Docteur en [illegible] temps exercé dans c[illegible] commencer à écrire lors d'un cong[illegible]. À partir de 1987, elle publie des livres romantiques à suspense ; elle décide ensuite de mettre à profit son expérience professionnelle et se lance ainsi dans les thrillers médicaux qui vont marquer ses débuts sur la liste des best-sellers du *New York Times*, avec *Chimère* (2000), *Le Chirurgien* (2004), *L'Apprenti* (2005), *Mauvais sang* (2006), *La Reine des morts* (2007), *Lien fatal* (2008), *Au bout de la nuit* (2009), *En compagnie du diable* (2010), *L'Embaumeur de Boston* (2011), *Le Voleur de morts* (2012), *La Disparition de Maura* (2013), *Les Oubliées* (2014), *La Dernière à mourir* (2015), *Écorchures* (2017) et *Le Martyre des innocents* (2019). Tous ses livres ont paru aux Presses de la Cité et ont inspiré la série télévisée *Rizzoli & Isles* diffusée sur France 2 depuis 2013. Tess Gerritsen vit actuellement dans le Maine avec sa famille.

Retrouvez toute l'actualité de l'auteur sur :
www.tessgerritsen.com

LE MARTYRE
DES INNOCENTS

ÉGALEMENT CHEZ POCKET

MAUVAIS SANG
LE VOLEUR DE MORTS

LES ENQUÊTES DE RIZZOLI & ISLES

LE CHIRURGIEN
LA REINE DES MORTS
LIEN FATAL
AU BOUT DE LA NUIT
EN COMPAGNIE DU DIABLE
L'EMBAUMEUR DE BOSTON
LA DISPARITION DE MAURA
LES OUBLIÉES
LA DERNIÈRE À MOURIR
ÉCORCHURES
LE MARTYRE DES INNOCENTS

TESS GERRITSEN

LE MARTYRE DES INNOCENTS

Traduit de l'anglais (États-Unis)
par Nathalie Serval

PRESSES
DE LA CITÉ

Titre original :
I KNOW A SECRET
L'édition originale de cet ouvrage a paru en 2017
chez Ballantines Books, New York

MIXTE
Papier issu de
sources responsables
FSC® C003309

L'éditeur de cet ouvrage s'engage dans une démarche
de certification FSC® qui contribue à la préservation
des forêts pour les générations futures.

Pour en savoir plus :
www.editis.com/engagement-rse/

ISBN : 978-2-266-29308-2
Dépôt légal : novembre 2021

Pour la divine Margaret Ruley

1

À sept ans, j'ai compris pourquoi il est important de pleurer aux enterrements. L'homme étendu dans son cercueil en ce jour d'été particulier était mon grand-oncle Orson. De son vivant, il m'avait surtout marquée par ses cigares, qui empestaient presque autant que son haleine, et sa propension à péter sans retenue. Il m'avait toujours ignorée autant que je l'ignorais, de sorte que sa mort ne m'avait pas peinée le moins du monde. Je ne voyais donc aucune raison d'assister à ses obsèques, mais on ne m'avait pas laissé le choix. C'est ainsi que je me suis retrouvée à me tortiller sur un banc d'église, soupirant d'ennui et transpirant dans ma robe noire. Je me demandais pourquoi on ne m'avait pas autorisée à rester à la maison avec mon père, lequel avait refusé tout net de nous accompagner. Il détestait le défunt, avait-il rappelé, et aurait été le dernier des hypocrites s'il avait fait semblant de le pleurer. Si le sens du mot « hypocrite » était un mystère pour moi alors, je savais au moins que je n'avais pas envie de l'être non plus. Pourtant, coincée entre ma mère et tante Sylvia, j'ai dû subir un concert interminable de louanges insipides à l'égard d'un homme parfaitement quelconque : « Un modèle d'indépendance », qui « s'adonnait sans compter à ses passions » et « chérissait sa collection de timbres ».

Personne n'a mentionné son haleine de chacal.

Pour tuer le temps, je m'amusais à observer les têtes des personnes assises sur le banc devant nous. J'ai remarqué ainsi que le chapeau de tante Donna était saupoudré de pellicules et que le postiche d'oncle Charlie, qui s'était assoupi, penchait de côté. On aurait dit un rat brun qui cherchait à s'échapper. J'ai réagi alors comme l'aurait fait n'importe quelle gosse de sept ans : j'ai éclaté de rire.

Des gens se sont retournés et m'ont fusillée du regard tandis que ma mère, mortifiée, plantait ses ongles dans mon bras.

« Chut ! m'a-t-elle soufflé.

— Mais… il est en train de perdre ses cheveux ! »

Ses ongles se sont enfoncés plus profondément.

« Une fois à la maison, nous aurons une petite discussion, Holly. »

En fait de discussion, à peine rentrée, elle s'est mise à me crier dessus et m'a giflée.

À cette occasion, j'ai appris qu'à un enterrement il convenait de se taire, d'afficher un air sinistre et, dans certains cas, de pleurer.

Aussi, à la mort de ma mère, quatre ans plus tard, j'ai veillé à sangloter bruyamment et à verser des torrents de larmes, sachant que c'était ce qu'on espérait de moi.

Mais en ce jour où l'on enterre Sarah Basterash, je ne suis pas certaine que quelqu'un s'attende à me voir pleurer. Cela faisait plus de dix ans que je n'avais pas revu celle que j'avais connue à l'école sous le nom de

Sarah Byrne. Nous n'avons jamais été proches, et je ne peux pas dire que sa disparition m'attriste. Pour être franche, c'est moins la volonté de lui faire mes adieux que la curiosité qui m'a poussée à venir à Newport. Je veux – je *dois* – savoir comment elle est morte. « Quelle tragédie ! » répètent les gens autour de moi, à l'église. Le mari de Sarah était absent, elle a bu quelques verres et s'est endormie avec une bougie allumée sur sa table de nuit. L'incendie qui l'a tuée était accidentel. Du moins, c'est ce que tout le monde affirme.

C'est l'explication à laquelle je me raccroche.

La petite église de Newport est pleine de tous les amis que Sarah s'est faits au cours de sa brève existence. La plupart me sont aussi inconnus que son mari, Kevin, un type plutôt séduisant. Dans d'autres circonstances, j'aurais pu tenter ma chance auprès de lui, mais aujourd'hui il a l'air brisé. C'est donc ça, le chagrin sincère ?

Je me retourne et balaie l'assistance des yeux. J'aperçois alors une ancienne camarade de classe, Kathy, assise derrière moi. Elle a le visage rougi et son mascara a coulé. Presque toutes les femmes et une bonne partie des hommes sanglotent : une soprano vient d'entonner *Simple Gifts*. Nos regards se croisent, celui de Kathy, noyé de pleurs, le mien, sec et froid. J'ai tellement changé depuis le lycée que je doute qu'elle me reconnaisse. Pourtant, elle continue à me fixer, pétrifiée, comme si elle avait vu un spectre.

Lui tournant le dos, je m'emploie à produire des larmes et, quand l'hymne s'achève, je pleure avec autant de conviction que les autres.

La messe finie, je me joins à la longue file qui attend pour saluer le veuf. En passant devant le cercueil fermé, je jette un coup d'œil à la photo de Sarah exposée sur un chevalet : une ravissante blonde aux joues roses et à l'air ingénu. Elle n'avait que vingt-six ans – quatre de moins que moi – et n'avait guère changé depuis l'école. À l'époque, j'étais la fille que personne ne remarquait, aussi transparente qu'un fantôme. Et me voici, éclatante de santé, tandis qu'il ne reste d'elle que des os carbonisés dans une boîte. Je parie qu'en regardant le visage souriant de Sarah toute l'assistance imagine comme moi un crâne noirci et des chairs calcinées.

La file avance peu à peu, et mon tour arrive enfin.

— Merci d'être venue, me murmure Kevin quand je lui présente mes condoléances.

Il n'a pas la moindre idée de qui je suis ni des circonstances dans lesquelles j'ai rencontré Sarah, mais il voit mes joues sillonnées de larmes et serre ma main avec gratitude. J'ai pleuré sa défunte femme, et ça lui suffit.

Je me glisse hors de l'église et m'éloigne d'un pas vif dans la bise glaciale de novembre : je ne veux pas que Kathy ou une autre vieille connaissance me retienne. Dieu merci, j'ai réussi à les éviter durant toutes ces années – à moins que ce ne soient elles qui m'aient évitée.

Il est à peine 14 heures. Bien que mon patron m'ait accordé toute la journée, j'envisage de passer au bureau pour lire mes mails. En tant qu'attachée de presse, je dois planifier les apparitions publiques d'une douzaine d'auteurs, envoyer des jeux d'épreuves et rédiger des communiqués. Mais j'ai encore une chose à faire avant de regagner Boston.

Je roule en direction de la maison de Sarah, ou de ce qu'il en reste : un amas de poutres et de briques maculées de suie. Les pompiers ont renversé la barrière blanche en tirant leurs tuyaux et leurs échelles. À leur arrivée, tout le bâtiment devait déjà être transformé en brasier.

Je descends de voiture et me dirige vers les ruines. Une odeur âcre flotte toujours dans l'air. Un reflet attire mon attention depuis le trottoir : un réfrigérateur en inox, à demi enfoui sous les décombres. À en juger par ses voisines, ça devait être une sacrée belle maison. Le mari de Sarah doit bien gagner sa vie, à moins qu'il ne soit issu d'une famille fortunée. Moi, je n'ai pas eu cette chance.

Le friselis des feuilles poussées par le vent me rappelle un autre jour d'automne, il y a longtemps : j'ai dix ans, et je marche dans la forêt en les faisant craquer sous mes pas. Vingt ans plus tard, l'ombre de ce souvenir plane toujours sur mon existence. C'est à cause de lui que je suis là aujourd'hui.

Je baisse les yeux vers le mémorial que des anonymes ont improvisé, une montagne de roses, de lis et d'œillets défraîchis en hommage à une jeune femme à l'évidence très aimée. Soudain, mon regard s'attache sur un élément qui ne fait pas partie d'un bouquet : une palme, le symbole du martyre.

Je recule précipitamment. Le sang cogne à mes tempes. À travers ses coups sourds, je perçois un bruit de moteur. Un véhicule de patrouille s'approche de moi en roulant au pas. Si je ne distingue pas le visage du conducteur, je devine qu'il m'observe derrière le pare-brise. Lorsqu'il me dépasse, je me détourne des ruines et rejoins ma voiture.

Assise derrière le volant, j'attends que les battements de mon cœur ralentissent et que mes mains cessent de trembler. En jetant un dernier coup d'œil aux décombres de la maison, il me semble revoir Sarah à six ans. La mignonne petite Sarah Byrne, qui faisait des bonds sur le siège devant moi. Cet après-midi-là, nous étions cinq à bord du car scolaire.

À présent, nous ne sommes plus que quatre survivants.

— Adieu, Sarah, murmuré-je.

Puis je mets le contact et reprends la route de Boston.

2

Même les monstres sont mortels.

Si la femme étendue à l'intérieur du box vitré avait l'air aussi humaine que les autres patients de l'unité de soins intensifs, Amalthea Lank était en réalité un monstre – la créature qui hantait les cauchemars de la Dr Maura Isles, qui projetait une ombre sur son passé et dont le visage lui révélait son avenir : sa mère.

— On nous avait signalé que Mme Lank avait une fille, dit le Dr Wang. Mais nous ne savions pas que vous habitiez tout près, à Boston.

Maura crut déceler une note de désapprobation dans sa voix, comme s'il lui reprochait d'avoir négligé ses devoirs.

— C'est juste ma mère biologique, expliqua-t-elle. Elle m'a confiée à l'adoption peu après ma naissance. Cela fait à peine quelques années que j'ai appris qui elle était.

— Vous l'avez déjà rencontrée ?

— Oui, mais je ne lui ai pas parlé depuis…

Depuis que je m'étais promis de ne plus jamais avoir affaire à elle.

— J'ignorais qu'elle était hospitalisée avant qu'une infirmière ne m'appelle, cet après-midi, acheva Maura.

— Nous l'avons admise chez nous il y a deux jours. Elle avait une forte fièvre et ses globules blancs se sont effondrés.

— C'est-à-dire ?

— Son taux de neutrophiles est de cinq cents à peine. Normalement, il devrait être au moins trois fois plus élevé.

— Je suppose que vous lui avez prescrit une antibiothérapie empirique ?

Wang lui lança un regard surpris, et Maura enchaîna :

— Pardon ! J'aurais dû vous préciser que j'étais médecin légiste.

— Oh ! Je vois, dit Wang, qui adopta aussitôt un langage plus technique : En effet, nous l'avons mise sous antibiotiques dès que nous avons eu les résultats de l'hémoculture. Environ cinq pour cent des patients soumis au même protocole de chimiothérapie développent une neutropénie fébrile.

— Quel protocole ?

— Folfirinox. Le traitement associe quatre molécules, dont le fluorouracile et l'acide folinique. D'après une étude française, le Folfirinox améliore de manière significative la survie des malades atteints d'un cancer du pancréas métastatique. Mais il impose une vigilance extrême à cause des risques de fièvre. Heureusement, l'infirmière de Framingham veillait au grain, précisa-t-il, marquant une pause avant de poursuivre : J'espère que ma curiosité ne vous paraîtra pas déplacée…

— Je vous en prie.

Il détourna les yeux, visiblement gêné. Il était plus facile de parler numération sanguine et protocole de soins : les faits ne sont ni bons ni mauvais ; ils n'appellent aucun jugement.

— Le dossier médical de Mme Lank ne mentionne pas les raisons de son emprisonnement. Tout ce qu'on nous a dit, c'est qu'elle purgeait une peine à perpétuité sans possibilité de libération conditionnelle. Le gardien chargé de la surveiller a insisté pour qu'elle reste menottée à son lit. Je trouve ça barbare.

— C'est la règle pour les détenus hospitalisés.

— Elle a un cancer en phase terminale et est très affaiblie. Je la vois mal s'enfuir dans son état. Mais le gardien affirme qu'elle est plus dangereuse qu'elle n'en a l'air.

— Il a raison.

— Pourquoi est-elle en prison ?

— Pour des homicides multiples.

Wang considéra Amalthea à travers la vitre :

— Quoi ? Cette dame… ?

— Maintenant vous comprenez pourquoi elle est menottée ? Et pourquoi elle fait l'objet d'une surveillance permanente ?

Maura jeta un coup d'œil au policier en uniforme qui ne perdait rien de leur conversation, assis devant l'entrée du box.

— Je vous demande pardon, reprit Wang. Ça doit être difficile pour vous, de savoir que votre mère…

— … est une meurtrière ? En effet.

Et encore, tu ne connais pas le reste de ma famille.

Maura vit Amalthea soulever les paupières et lui faire signe d'approcher d'un index recourbé, aussi maigre et pointu qu'une griffe. Un frisson la saisit, et elle fut tentée de tourner les talons. Cette femme ne méritait aucune pitié. Pourtant, Maura partageait son ADN avec elle. Qu'elle le veuille ou non, Amalthea Lank était sa mère.

Le policier ne la quitta pas des yeux tandis qu'elle enfilait une blouse et un masque. Elle savait qu'il observerait leurs moindres gestes, le moindre échange de regards entre elles, et que tout l'hôpital ferait bientôt des gorges chaudes de cette visite si peu privée : la Dr Maura Isles, la célèbre médecin légiste qui avait découpé un nombre incalculable de cadavres dans le sillage de la Faucheuse, était la fille d'une tueuse en série. Pour elles, la mort était une affaire de famille.

Amalthea leva vers Maura ses yeux noirs comme des éclats d'obsidienne. L'oxygène circulait avec un léger sifflement à travers sa sonde nasale. Son rythme cardiaque s'affichait sur l'écran au-dessus du lit, prouvant que même une créature aussi impitoyable possédait un cœur.

— Tu es là, murmura-t-elle. Tu avais pourtant juré de ne jamais revenir.

— On m'a dit que vous étiez dans un état critique. C'est peut-être la dernière occasion que nous aurons de parler. Je voulais vous revoir avant qu'il ne soit trop tard.

— Parce que tu espères quelque chose de moi ?

Maura secoua la tête, interdite :

— Moi ? Qu'est-ce que je pourrais attendre de votre part ?

— Ainsi va le monde, Maura. Tous les êtres sensés cherchent à obtenir quelque chose des autres. Nous n'agissons jamais que par intérêt.

— Vous, peut-être. Pas moi.

— Dans ce cas, pourquoi es-tu là ?

— Parce que vous allez mourir. Parce que vous n'avez jamais cessé de m'écrire, en me suppliant de venir vous voir. Parce que j'aime à croire que je suis capable de compassion.

— Je ne peux pas en dire autant.

— À votre avis, pourquoi êtes-vous menottée à ce lit ?

La bouche d'Amalthea se crispa, et elle ferma les yeux :

— Je suppose que je ne l'ai pas volé, soupira-t-elle.

Sa lèvre supérieure luisait de transpiration. Pendant plusieurs secondes, elle resta parfaitement immobile, comme si le simple fait de respirer lui causait une douleur intolérable. La dernière fois que Maura l'avait vue, elle avait une chevelure fournie, d'un noir strié d'argent. Maintenant, seules quelques mèches adhéraient encore à son crâne, la maladie avait creusé ses tempes et la peau pendait sur son visage.

— On dirait que vous souffrez, reprit Maura. Voulez-vous de la morphine ? Je vais appeler une infirmière.

Amalthea relâcha lentement son souffle.

— Non, dit-elle. Pas maintenant. Je tiens à demeurer éveillée. Il faut que je te parle.

— De quoi ?

— De toi, Maura. De la personne que tu es.

— Je sais très bien qui je suis.

— Vraiment ? Tu es ma fille. Tu ne peux pas le nier.

— Mais je n'ai rien de commun avec vous.

— Parce que tu as été élevée par M. et Mme Isles, un couple respectable de San Francisco ? Que tu as fréquenté les meilleures écoles et fait des études brillantes ? Que tu as mis ton talent au service de la vérité et de la justice ?

— Parce que je n'ai pas massacré une vingtaine de femmes. Mais peut-être y en avait-il davantage ? Combien d'autres victimes n'apparaissent pas sur votre tableau de chasse ?

— Tout ça, c'est du passé. Moi, c'est de l'avenir que je souhaite te parler. De *ton* avenir.

— À quoi bon ? Vous n'en ferez pas partie !

C'était cruel, mais Maura n'était pas d'humeur charitable. Elle avait la sensation que cette femme, qui savait mieux que quiconque sur quelles cordes jouer pour l'attirer dans son piège, l'avait manipulée. Pendant des mois, Amalthea l'avait bombardée de lettres : « Je vais mourir d'un cancer... » « Je suis la seule famille qu'il te reste... » « C'est notre dernière chance de nous dire adieu... » Il n'existe pas d'argument plus puissant que ces deux mots : « dernière chance ». Laisse échapper cette occasion, et tu le regretteras jusqu'à la fin de tes jours.

— Je n'en ai plus pour longtemps, c'est vrai, dit Amalthea d'un ton neutre. Si je meurs avant d'avoir pu te parler, tu ne connaîtras jamais tes semblables.

Maura s'esclaffa :

— Mes « semblables » ? À vous entendre, on dirait que nous formons une sorte de clan !

— C'est le cas. Le clan de ceux qui tirent profit des morts. Moi, ton père, ton frère... et toi. Quelle ironie, pas vrai ? T'es-tu jamais demandé ce qui t'avait motivée à embrasser une profession aussi bizarre ? Tu aurais pu faire carrière dans la banque, dans l'enseignement... Quelle est cette force qui te pousse à ouvrir des cadavres ?

— Mon intérêt est purement scientifique. Je recherche les causes de leur mort.

— Bien sûr : l'explication rationnelle.

— Vous en connaissez une meilleure ?

— Oui : l'attrait pour les ténèbres. La seule différence entre nous, c'est que, moi, j'assume cette attirance. Toi, tu tentes de conjurer ta peur en la disséquant au scalpel, dans l'espoir d'en percer les secrets. Mais ça ne marche pas comme ça. Ça ne résout pas ton problème fondamental.

— Qui est ?

— Ces ténèbres… elles font partie de toi.

Maura planta son regard dans celui de sa mère et sa bouche devint sèche. Nom de Dieu ! pensa-t-elle. J'ai l'impression de me voir.

— Je m'en vais, annonça Maura en s'écartant du lit. Vous m'avez demandé de venir, et je l'ai fait. Pas la peine de m'écrire : je ne vous répondrai pas. Adieu !

— Tu n'es pas la seule à qui j'envoie des lettres.

Sur le point d'ouvrir la porte du box, Maura s'immobilisa.

— J'entends des choses. Des choses qui pourraient t'être utiles, ajouta Amalthea, qui ferma les yeux et soupira : Tu n'as pas l'air intéressée, mais ça viendra. Parce que, bientôt, tu en trouveras une autre.

Une autre quoi ?

Maura hésitait sur le seuil. Ne lui réponds pas, pensa-t-elle. Elle essaie de te retenir.

Elle fut sauvée par la vibration sourde de son téléphone au fond de sa poche. Elle sortit sans se retourner, arracha son masque et chercha l'appareil à tâtons.

C'était l'inspectrice Jane Rizzoli.

— C'est Noël en avance pour toi, toubib, déclara celle-ci d'un ton beaucoup trop enjoué pour la nouvelle dont elle était porteuse. Une femme de race blanche de vingt-six ans, morte dans un lit, tout habillée.

— Où ça ?

— Un loft d'Utica Street, dans le Leather District. Il me tarde d'avoir ton avis.

— Tu dis qu'on l'a trouvée au lit. Le sien ?

— Yep ! C'est son père qui a découvert son corps.

— On est sûrs qu'il s'agit d'un homicide ?

— Ça ne fait aucun doute. Mais ce qui a fait flipper Frost, c'est le traitement qu'elle a subi après sa mort… Enfin, j'espère qu'elle était déjà morte !

Maura s'aperçut qu'Amalthea l'observait à travers la vitre du box.

— Dans combien de temps peux-tu être là ? demanda Jane.

— Ça dépendra de la circulation. En ce moment, je suis à Framingham.

— À Framingham ? Qu'est-ce que tu fiches là-bas ?

Ce n'était pas un sujet que Maura avait envie d'aborder, et encore moins avec Jane.

— Je me mets en route, se borna-t-elle à dire.

Après avoir raccroché, elle jeta un coup d'œil à sa mère mourante. J'en ai fini ici, pensa-t-elle. Maintenant, plus rien ne m'oblige à te revoir.

Les lèvres d'Amalthea se retroussèrent lentement dans un sourire.

3

Quand Maura atteignit Boston, la nuit était tombée et le vent mordant avait presque vidé les rues. Utica Street étant envahie par des véhicules de police, elle se gara à l'angle. Au cours des derniers jours, le redoux avait succédé à la neige, avant de céder la place à un froid polaire qui avait recouvert les trottoirs d'une sournoise couche de verglas. Allez, au travail ! songea-t-elle pour s'encourager. Il est temps de laisser Amalthea derrière toi. C'était précisément le conseil que lui avait donné Jane quelques mois plus tôt : « Ne retourne pas là-bas. Ne pense même pas à elle ! Qu'elle pourrisse en prison. »

Tout ça, c'est terminé. Maintenant que je lui ai fait mes adieux, elle est enfin sortie de ma vie.

Lorsqu'elle descendit de sa Lexus, la bise souleva son long manteau noir et transperça son pantalon de laine. Marchant aussi vite qu'elle l'osait sur le trottoir glissant, elle dépassa un café, une agence de voyages au rideau baissé et s'engagea dans Utica Street, un canyon étroit qui traversait une double rangée d'entrepôts en brique rouge. Au XIXe siècle, ceux-ci abritaient des tanneries et des grossistes en cuir. Beaucoup avaient été récemment convertis en lofts, et le quartier autrefois dédié à l'industrie accueillait à présent une population branchée et bohème.

Maura contourna un tas de gravats et se dirigea vers une voiture de patrouille dont les gyrophares éclairaient la nuit tel un fanal sinistre. À travers le pare-brise, elle distingua les silhouettes de deux policiers. Ils avaient laissé tourner le moteur pour se réchauffer. Quand elle s'approcha, l'un d'eux baissa sa vitre et lui sourit :

— Salut, toubib ! Vous avez manqué le clou du spectacle. L'ambulance vient juste de partir.

Son visage lui était familier et, à l'évidence, il la connaissait. Toutefois, elle ignorait son nom. Ça arrivait beaucoup trop souvent à son goût.

— Quel spectacle ? demanda-t-elle.

— Rizzoli interrogeait un type à l'intérieur quand il s'est effondré en se tenant la poitrine. Sans doute une crise cardiaque.

— Il est toujours en vie ?

— Il l'était quand on l'a évacué. Dommage que vous n'ayez pas été là. On aurait eu besoin d'un docteur.

— Désolée, mais je n'ai pas la bonne spécialité. Rizzoli est dedans ?

— Ouais, au premier. Chouette appartement. Ça devait être bien d'y vivre ; beaucoup moins d'y mourir.

Tandis que la vitre remontait, Maura entendit les deux hommes s'esclaffer. Une blague de scène de crime typique. Pour sa part, elle n'avait jamais pratiqué cet humour.

Elle enfila des gants et des surchaussures, exposée au vent glacial, avant de pénétrer dans l'immeuble.

Quand la porte se referma en claquant dans son dos, elle se figea devant l'image d'une fille éclaboussée de sang. Une affiche du film *Carrie au bal du diable* était accrochée au mur du vestibule – une explosion de gore en Technicolor, destinée à surprendre les visiteurs. D'autres ornaient la cage d'escalier en brique rouge. En montant, elle dépassa successivement *La Révolte des Triffides*, *Le Puits et le Pendule*, *Les Oiseaux* et *La Nuit des morts-vivants*.

— Ah ! Te voilà, lança Jane depuis le palier. Sympa, la déco, non ?

— On dirait des affiches originales, répliqua Maura. Pas ma tasse de thé, mais elles valent sans doute une petite fortune.

— Ce que j'ai à te montrer ne doit pas être non plus ta « tasse de thé ». Ni la mienne, d'ailleurs !

Maura s'arrêta sur le seuil de l'appartement pour admirer les poutres massives du plafond. Le parquet formé de larges lattes de chêne brillait comme un miroir. Rénové avec goût, l'ancien entrepôt était devenu un magnifique loft, très au-dessus des moyens d'un artiste désargenté.

— Je m'imagine bien vivre ici, avoua Jane. Mais je commencerais par virer cette horreur, ajouta-t-elle en indiquant à Maura une affiche avec un œil rouge, monstrueux, qui semblait les fixer depuis le mur. Tu as remarqué le titre de ce film ? demanda-t-elle.

— *Je te vois* ?

— Garde-le en mémoire. Il est peut-être important, précisa Jane d'un ton mystérieux.

Elle guida Maura à travers une cuisine ouverte, où un vase rempli de roses et de lis égayait la froide nuit de décembre d'une touche printanière. Une carte de fleuriste était posée sur le comptoir en granit noir. *Joyeux anniversaire, Papa*, pouvait-on y lire, écrit à l'encre violette.

— C'est son père qui l'a découverte ? voulut savoir Maura.

— Oui. Le bâtiment lui appartient. Sa fille l'occupait à titre gratuit. Ils devaient déjeuner ensemble au Four Seasons. Comme elle n'arrivait pas et qu'il ne parvenait pas à la joindre au téléphone, il est venu aux nouvelles. La porte n'était pas fermée à clé. Hormis cela, il n'a rien décelé de suspect… jusqu'à ce qu'il entre dans la chambre. À ce moment de son récit, il est devenu tout pâle et a porté une main à sa poitrine. On a dû appeler les secours.

— Le policier que j'ai vu en bas m'a dit qu'il était toujours en vie quand on l'a emmené.

— Mais il n'avait pas bonne mine. Cela dit, quand on a trouvé le corps, j'ai cru que j'allais devoir faire revenir l'ambulance pour Frost.

Dans l'angle de la chambre à coucher, l'inspecteur Barry Frost fixait résolument le calepin dans lequel il griffonnait. Le teint blafard, il salua Maura d'un faible signe de tête. C'est à peine si elle lui jeta un coup d'œil : son attention était dirigée vers le lit où la victime reposait dans une attitude étrangement sereine. Les bras le long du corps, elle semblait s'être simplement allongée sur le couvre-lit pour faire un somme. Elle était vêtue d'un fuseau et d'un pull à col roulé, tous les deux noirs, qui accentuaient la pâleur spectrale de son visage. Ses cheveux aussi étaient noirs, avec des racines blondes qui trahissaient leur couleur naturelle. Les lobes de ses oreilles étaient percés de plusieurs clous dorés et un anneau brillait à son sourcil droit.

Mais ce qui avait causé un choc à Maura, c'étaient ses orbites béantes. Les globes oculaires avaient disparu, laissant deux cavités sanglantes.

Le regard de la jeune femme s'arrêta sur la main gauche de la morte et sur les deux grosses billes à l'aspect repoussant nichées au creux de sa paume.

— Et ça, mesdames et messieurs, c'est la cerise sur le gâteau ! lança Jane.

— Énucléation bilatérale, murmura Maura.

— En langage médical, ça signifie qu'on lui a arraché les yeux ?

— Oui.

— J'adore quand tu amènes la conversation sur le terrain clinique. Dit comme ça, le fait qu'elle tienne ses yeux dans sa main a l'air moins… disons moins dégueulasse.

— Qu'est-ce qu'on sait de la victime ?

Frost leva le nez de son carnet, à contrecœur :

— Cassandra Coyle, vingt-six ans. Elle vit – ou plutôt elle vivait – seule. On ne lui connaît pas de petit ami récent. Cinéaste indépendante, elle avait fondé sa propre société de production, Crazy Ruby Films. Son studio est dans South Street.

— Ce bâtiment-là aussi appartient à son père, souligna Jane. Une famille friquée, apparemment.

Frost poursuivit :

— Il dit lui avoir parlé pour la dernière fois hier après-midi, entre 17 et 18 heures. Elle s'apprêtait à quitter le studio. On va y faire un saut pour interroger ses collègues et tenter de préciser l'heure de son départ.

— Quel genre de films faisait-elle ? s'enquit Maura.

Une question purement formelle : à en juger par les affiches qui décoraient le loft, la réponse était évidente.

— Des films d'horreur, dit effectivement Frost. D'après son père, elle venait d'achever son second long métrage.

— Ça colle avec son look, ajouta Jane. Piercings multiples, cheveux noir corbeau… On dit que le style gothique est passé de mode, mais cette nana était à fond dedans !

Maura se força à regarder les globes nichés dans la main de la victime. L'exposition à l'air avait asséché les cornées et les iris bleus avaient perdu leur éclat. Les muscles droits et obliques, qui collaborent étroitement pour contrôler les mouvements oculaires, étaient identifiables, quoique racornis. C'était grâce à eux qu'un étudiant parvenait à lire un texte en diagonale, ou qu'un chasseur pouvait suivre le vol d'un canard en plein ciel.

— Par pitié, supplia Jane, dis-moi qu'elle était déjà morte quand on lui a fait ça !

— Je penche en effet pour une énucléation post mortem, à voir l'état des *palpebrae*.

— Des quoi ?

— Des paupières. Les tissus n'ont presque pas subi de dommages externes. L'assassin a pris son temps pour opérer. Une victime consciente, en se débattant, lui aurait compliqué la tâche. Le fait qu'elle ait perdu très peu de sang indique également que son cœur ne battait plus quand on a pratiqué la première incision, fit Maura en examinant les orbites évidées. Sur le plan symbolique, c'est fascinant, murmura-t-elle.

Jane prit Frost à témoin :

— J'étais sûre qu'elle dirait ça !

— On considère les yeux comme les fenêtres de l'âme. L'assassin ne devait pas aimer ce qu'il voyait dans les siens ou la façon dont elle le regardait.

— À moins qu'il n'ait voulu faire allusion au titre de son film, intervint Frost.

— *Je te vois* ?

— Oui. La victime l'a écrit, produit et réalisé. Un barjo s'en est peut-être inspiré.

— C'est possible, acquiesça Maura.

— Vous avez déjà vu ce genre de mutilation ?

— Moi, non. Mais un confrère a travaillé sur une affaire similaire, à Dallas. Trois femmes tuées par balle dont on avait excisé les yeux post mortem. Sur la première le meurtrier avait opéré avec une précision chirurgicale, comme ici. Mais, avec la troisième, il avait agi dans la précipitation et laissé des indices. C'est comme ça qu'on l'a coffré.

— Un tueur en série, donc.

— Un taxidermiste amateur, qui haïssait les femmes et prenait plaisir à les faire souffrir. La police a découvert chez lui des dizaines de photos d'inconnues, dont il avait découpé les yeux. Je n'ai pas entendu parler d'autres cas.

— Pour nous, c'est une première, déclara Jane.

— Espérons que ça le restera, rétorqua Maura, qui tenta de plier le bras droit de la morte, sans succès. La peau est froide, poursuivit-elle, et le corps présente une rigidité cadavérique. D'après le témoignage de son père, elle était encore en vie vers 17 heures, hier. Ça réduit l'intervalle post mortem entre douze et vingt-quatre heures. Il y a des caméras de surveillance dans le secteur ?

— J'en ai repéré une à l'angle de la rue, répondit Frost. Elle semble pointée sur l'entrée d'Utica Street. Peut-être a-t-elle filmé Cassandra Coyle comme elle rentrait chez elle. Et avec un peu de chance, elle aura également filmé quelqu'un d'autre…

Maura roula le col de la victime et inspecta son cou. Pas d'ecchymoses ni de marques de ligature. Elle releva ensuite son pull et, avec l'aide de Jane, la retourna. Son dos présentait des taches violacées là où le sang s'était accumulé. Elle pressa la chair décolorée avec un doigt ganté. Les lividités étaient fixes, ce qui confirmait que la mort remontait à au moins douze heures. Mais quelle était la cause du décès ?

— À part les mutilations oculaires, je ne vois aucun signe extérieur de traumatisme, dit-elle. Pas d'entrée de balle, d'hémorragie ni de traces de strangulation.

— Le type lui a arraché les yeux, mais il ne les a pas emportés, fit Jane d'un air perplexe. Il les a placés dans sa main, comme un cadeau d'adieu macabre. Qu'est-ce que ça peut bien signifier ?

Maura se redressa.

— Ça, dit-elle, c'est une question pour un psy. Impossible de déterminer la cause de la mort. Il faudra attendre l'autopsie.

— Une overdose, peut-être ? suggéra Frost.

— Cette hypothèse figure au sommet de la liste. Le dépistage toxicologique nous donnera la réponse. Demain, j'attaquerai ma journée avec elle, ajouta Maura en se dépouillant de ses gants.

Jane l'accompagna à l'extérieur de la chambre.

— Tu n'as rien à me dire ? demanda-t-elle.

— Je ne peux rien t'apprendre de plus avant l'autopsie.

— Je ne parlais pas de cette affaire.

— De quoi, alors ?

— Au téléphone, tu m'as dit que tu étais à Framingham. Tu n'es pas retournée voir cette femme, quand même ?

Maura reboutonna son manteau, très calme :

— À t'entendre, on dirait que j'ai commis un crime !

— Je croyais que tu devais garder tes distances avec elle.

— Amalthea est en soins intensifs à cause des complications d'une chimiothérapie. Je ne sais pas combien de temps il lui reste à vivre.

— Elle joue sur la corde sensible afin de te manipuler. Bon Dieu, Maura ! Tu vas encore souffrir.

— Écoute, je n'ai pas envie d'en discuter.

Maura s'engouffra dans l'escalier et sortit dans la rue. La bise glaciale fouetta son visage et fit voler ses cheveux. Comme elle se dirigeait vers sa voiture, elle entendit la porte de l'immeuble se refermer en claquant. Elle jeta un coup d'œil derrière elle et constata que Jane l'avait suivie.

— Qu'est-ce qu'elle te voulait ? l'interrogea son amie.

— Elle va mourir d'un cancer. À ton avis, qu'est-ce qu'elle peut vouloir ? Un peu de compassion ?

— Elle essaie de te déstabiliser. Elle sait comment t'atteindre. Regarde comment elle a retourné son fils.

— Tu as peur que je finisse comme lui ?

— Bien sûr que non ! Mais tu m'as dit un jour que le sang maudit des Lank coulait dans tes veines.

Elle cherchera à en tirer avantage, d'une manière ou d'une autre.

Maura déverrouilla les portières de sa Lexus :

— Je n'ai pas besoin que tu me sermonnes, Jane. J'ai déjà assez de problèmes comme ça.

Jane leva les mains en signe de reddition :

— C'est bon ! Je m'inquiète pour toi, c'est tout. D'habitude, tu es plus maligne que ça. Promets-moi que tu ne feras rien de stupide.

Maura la suivit du regard tandis qu'elle rebroussait chemin en direction de la scène de crime. Vers la chambre où reposait une femme dont on avait arraché les yeux.

Les dernières paroles que lui avait dites Amalthea lui revinrent brusquement en mémoire : « Bientôt, tu en trouveras une autre. »

Elle fit vivement volte-face et scruta chaque porte et chaque fenêtre de la rue. Elle crut apercevoir une silhouette derrière une vitre, au premier étage d'un bâtiment, puis déceler un mouvement dans une allée. Elle avait l'impression d'être cernée de présences menaçantes. Tel était le pouvoir d'Amalthea : en soulevant un rideau, elle lui avait révélé un paysage de cauchemar peuplé d'ombres. C'était le sens de la mise en garde de Jane.

Avec un frisson, Maura monta à bord de sa voiture et fit démarrer le moteur. Le ventilateur lui souffla une bouffée d'air polaire au visage. Il était temps de rentrer chez elle, loin des ténèbres.

4

Depuis l'intérieur du café où j'ai pris place, j'observe les deux femmes en train de discuter, juste derrière la vitrine. Je les reconnais immédiatement pour les avoir vues à la télévision et avoir lu leurs noms dans des articles. La brune aux cheveux en bataille est inspectrice à la brigade des homicides. L'autre, grande et très élégante dans son manteau long, est médecin légiste. Si je n'entends pas ce qu'elles disent, je n'ai aucun mal à déchiffrer leur langage corporel : la flic parle avec des gestes agressifs, la toubib tente de battre en retraite.

Soudain, la première tourne les talons et s'éloigne. La seconde reste un moment immobile, comme si elle hésitait à la suivre. Puis elle secoue la tête d'un air résigné, monte à bord d'une Lexus noire aux lignes racées et démarre.

Je sais ce qui les a attirées à cet endroit par cette froide soirée d'hiver. Il y a un peu plus d'une heure, on a annoncé à la télé qu'une jeune femme avait été tuée dans Utica Street. La rue où habite Cassandra Coyle.

Je jette un coup d'œil vers l'entrée d'Utica Street : rien à voir, hormis les gyrophares des voitures de patrouille. Est-ce Cassandra, la morte ? Je n'ai pas revu Cassie depuis le collège. Je ne pense pas qu'elle me reconnaîtrait : la nouvelle Holly se tient droite et regarde les gens en face au lieu de raser les murs en jalousant les filles plus chanceuses. Au fil des ans, j'ai gagné en confiance et peaufiné mon look. Mes cheveux noirs sont maintenant coiffés en un carré lisse, j'ai appris à marcher avec des talons aiguilles et je porte un chemisier à deux cents dollars dégoté en solde à moins soixante-quinze pour cent. Dans mon travail, l'apparence est essentielle. Je me suis adaptée.

— Vous avez une idée de ce qui se passe dehors ? fait une voix près de moi.

Je tressaille, surprise. D'habitude, je ne laisse personne m'approcher à mon insu, mais j'étais distraite. « Beau gosse » : tels sont les premiers mots qui me viennent à l'esprit quand mon regard se pose sur l'inconnu. Il a dans les trente-cinq ans, une silhouette athlétique, des yeux bleus et des cheveux blond paille. Il boit un *latte* à l'heure où les vrais hommes carburent à l'expresso, mais je suis prête à passer l'éponge pour des yeux pareils. Ceux-ci ne sont pas fixés sur moi, mais sur l'agitation qui règne à l'extérieur. Sur les véhicules officiels qui ont convergé vers la rue où Cassandra Coyle vit… ou vivait.

— Toutes ces voitures de police dehors…, reprend l'inconnu. Il a dû arriver quelque chose.

J'acquiesce :

— Quelque chose de grave, oui.

— Regardez ! Un camion régie de Channel Six !

Nous restons un moment à siroter nos boissons en observant la rue. À l'arrivée d'un nouveau camion régie, plusieurs autres clients se pressent autour de moi en se bousculant pour être au premier rang. Il faut plus qu'un simple véhicule de patrouille pour exciter les Bostoniens blasés. Mais à la vue d'une caméra, ils déploient leurs antennes : la télé ne se déplace pas pour un accrochage ou une voiture garée en double sens.

La camionnette blanche du bureau du médecin légiste apparaît alors, comme pour leur donner raison. Mon cœur s'emballe soudain, et je me surprends à prier : Mon Dieu, faites qu'elle ne soit pas venue pour Cassandra… Faites qu'elle soit là pour quelqu'un que je ne connais pas.

— Ho ho ! s'exclame M. Beaux-Yeux-Bleus. Ça n'annonce rien de bon, ça.

— Quelqu'un sait ce que fabriquent les flics ? s'enquiert une femme.

— Il y a eu des coups de feu ?

Beaux-Yeux-Bleus s'adresse à moi :

— Vous étiez là avant nous. Qu'est-ce que vous avez vu ?

Tous les regards se braquent sur moi.

— Les voitures de police étaient déjà là quand je suis arrivée, réponds-je.

Les autres paraissent hypnotisés par les gyrophares. Beaux-Yeux-Bleus s'assied juste à côté de moi et verse du sucre dans son *latte* impropre à une consommation aussi tardive. A-t-il choisi ce tabouret pour mieux profiter du spectacle extérieur ou parce qu'il désire lier connaissance ? Si tel est le cas, je ne chercherai pas à le décourager. En réalité, un fourmillement le long de ma cuisse m'indique que mon corps réagit à sa présence. Ce n'est pas le besoin de compagnie qui m'a attirée dans cet endroit, mais ça fait un moment que je n'ai pas partagé l'intimité d'un homme. Plus d'un mois, si on ne compte pas la branlette express avec le voiturier du Colonnade Hotel, la semaine dernière.

— Vous êtes du quartier ? demande-t-il.

Une entrée en matière prometteuse, à défaut d'être originale.

— Non. Et vous ?

— J'habite Back Bay. Je dois rejoindre des amis au restaurant italien au bout de la rue. Comme j'étais très en avance, je me suis posé ici pour boire un café.

— Je vis dans le North End. Moi aussi, je devais retrouver des amis, mais ils se sont décommandés à la dernière minute.

Avec quelle facilité les mensonges coulent de mes lèvres ! Pourquoi douterait-il de ma parole ? La plupart des gens supposent naturellement que vous leur dites la vérité, ce qui simplifie la vie de mes semblables. Je lui tends ma main à serrer, un geste qui perturbe les hommes, mais je tiens à ce qu'il comprenne que nous faisons jeu égal.

Nous buvons nos cafés en surveillant la rue. Les interventions policières sont rarement spectaculaires. Un va-et-vient de véhicules, des types en uniforme qui entrent et sortent d'un bâtiment… Faute d'en voir l'intérieur, on ne peut qu'essayer de deviner la situation. Les flics ont l'air impassible – on dirait presque qu'ils s'ennuient. Quoi qu'il se soit produit dans Utica Street, cela remonte déjà à plusieurs heures. Les enquêteurs ne font que rassembler les pièces du puzzle.

Les autres clients finissent par se lasser et nous laisser, Beaux-Yeux-Bleus et moi, seuls face à la vitrine.

— J'imagine qu'on va devoir lire les journaux pour apprendre ce qui s'est passé, dit-il.

— C'est un homicide.

— Comment le savez-vous ?

— J'ai aperçu un inspecteur de la brigade criminelle il y a quelques minutes.

— Il est venu se présenter ?

— Elle. Son nom m'échappe, mais je l'ai déjà vue à la télé.

Il me considère maintenant avec curiosité :

— Ça vous passionne ? Les meurtres, ce genre de trucs ?

— Non, pas particulièrement. Je l'ai remarquée parce qu'elle est une femme. Je me suis demandé ce qui l'avait incitée à faire ce boulot. C'est pour ça que je l'ai reconnue. J'ai une bonne mémoire des visages. En revanche, j'ai beaucoup de mal avec les noms.

— À ce propos, je m'appelle Everett, dit-il avec un sourire adorable, qui creuse les rides au coin de ses yeux. Surtout, ne vous gênez pas pour oublier mon prénom, ajoute-t-il.

— Et si je préfère m'en souvenir ?

— Ça veut dire que vous me trouvez inoubliable ? J'en suis flatté.

Je plante mon regard dans le sien et, soudain, je sais précisément de quoi j'ai envie : qu'il m'emmène chez lui, à Back Bay. Que nous fassions glisser nos cafés avec quelques verres de vin avant de baiser comme des lapins. Dommage qu'il ait déjà des projets pour la soirée. Ça ne m'intéresse pas de rencontrer ses potes, et je ne vais pas perdre mon temps à attendre un hypothétique coup de fil près de mon téléphone. Donc, il est probable qu'on en restera là.

Je vide ma tasse et me lève :

— Ravie d'avoir fait votre connaissance, Everett.

— Ah ! Vous vous rappelez mon prénom.

— J'espère que vous passerez un bon moment avec vos amis.

— Qui vous dit que j'ai envie d'aller les retrouver ?

— C'est pour eux que vous êtes venu dans le quartier, non ?

— Je peux encore me décommander. Je n'aurai qu'à prétendre que j'ai eu un empêchement.

— Quel genre ?

Il se lève à son tour. Quand ses yeux plongent dans les miens, une délicieuse sensation de chaleur envahit mon bas-ventre. Je ne me soucie plus du tout de Cassandra et des conséquences éventuelles de sa mort. Je ne pense plus qu'à cet homme et à ce qui va arriver ensuite.

— Chez toi ou chez moi ? demande-t-il.

5

Amber Voorhees avait des cheveux blonds striés de mèches violettes et des ongles laqués de noir. Mais le plus perturbant était son piercing nasal : un anneau d'or dégoulinant de morve, qu'elle tamponnait délicatement avec un mouchoir en papier entre deux sanglots. Si ses collègues, Travis Chang et Ben Farney, ne pleuraient pas, la nouvelle de la mort de Cassandra Coyle semblait les avoir ébranlés aussi violemment que la jeune femme. Les trois étaient vêtus de l'uniforme des hipsters – tee-shirt, sweat à capuche, jean déchiré – et aucun ne donnait l'impression de s'être peigné au cours des derniers jours. À en juger par l'odeur de vestiaire qui flottait dans le studio, ils ne s'étaient pas non plus douchés depuis une éternité. Chaque surface était occupée par des cartons de pizza, des canettes de Red Bull vides et des pages de scénario. Une scène du film sur lequel ils travaillaient défilait sur un moniteur : une ado blonde en pleurs, courant à travers une forêt obscure pour fuir un tueur aussi insaisissable qu'impitoyable.

Travis se tourna vers l'ordinateur et mit la vidéo en pause. L'image du tueur, une ombre menaçante entre deux arbres, se figea.

— Merde ! marmonna-t-il. Je le crois pas. Putain, je le crois pas !

Amber le serra dans ses bras, et le jeune homme laissa échapper un sanglot. Puis Ben se joignit à eux et ils restèrent un moment tous les trois enlacés, éclairés à contre-jour par le halo de l'écran.

Jane lança un coup d'œil à Frost et le vit battre des paupières pour refouler ses larmes. Le chagrin est contagieux. Frost n'était toujours pas immunisé contre ça, malgré toutes les mauvaises nouvelles qu'il avait annoncées dans sa carrière. Les flics sont pareils à des terroristes qui balancent des bombes et contemplent ensuite les ravages qu'ils ont provoqués dans les vies des familles et des proches des victimes.

Travis brisa l'étreinte, puis il traversa la pièce, se jeta sur un canapé affaissé et enfouit la tête dans ses mains.

— Bon Dieu, elle était là hier encore… Elle s'est assise juste là !

— Maintenant, je comprends pourquoi elle ne répondait pas à mes SMS, dit Amber en reniflant. Sur le moment, j'ai pensé qu'elle stressait à cause de son père…

— À quelle heure a-t-elle cessé de donner des nouvelles ? l'interrogea Jane. Vous pouvez vérifier ?

Amber tâtonna autour d'elle et finit par retrouver son portable sous des pages de scénario.

— Je lui ai envoyé un SMS la nuit dernière, vers 2 heures, déclara-t-elle après avoir consulté le journal des messages.

— À 2 heures ? Et vous pensiez qu'elle allait vous répondre ?

— À ce stade de la production, oui.

Ben se laissa également tomber sur le canapé et enchaîna :

— Nous autres, on a travaillé sur le film jusqu'à 3 heures. Aucun de nous n'est rentré chez lui, ajouta-t-il en indiquant les sacs de couchage roulés dans un coin du studio.

— Vous avez dormi ici ?

— On est charrette à cause de la deadline. Cassie n'est pas restée parce qu'elle devait déjeuner avec son père aujourd'hui – remarquez que ça ne l'enchantait pas.

— À quelle heure est-elle partie ?

— Vers 18 heures ?

Ben se tourna vers ses collègues, qui acquiescèrent.

— On venait juste de livrer les pizzas. Cassie a dit qu'elle allait prendre un truc à manger de son côté et qu'on devait continuer sans elle, précisa Amber, qui passa une main sur ses yeux et laissa une traînée de mascara sur sa joue. Je ne parviens pas à croire qu'on ne la reverra pas, soupira-t-elle. Quand elle a franchi cette porte pour la dernière fois, elle parlait de la soirée qu'elle comptait organiser pour fêter le *picture lock*.

— Le quoi ? s'exclama Frost.

— Le montage image final, expliqua Ben. La version définitive du film, sans la musique ni les effets sonores. Pour y arriver, il nous manque encore une ou deux semaines de boulot.

— Plus vingt mille dollars, marmonna Travis, qui releva la tête, ses cheveux noirs dressés en épis graisseux. Merde ! Sans Cassie, je ne vois pas où on les trouvera.

— Cassandra était censée réunir cette somme ? s'enquit Jane.

Les trois jeunes gens échangèrent des regards hésitants. Amber se dévoua pour répondre :

— Elle comptait demander l'argent à son père. C'est pour ça qu'elle était aussi stressée. Elle détestait devoir mendier.

Jane considéra la moquette tachée, le canapé élimé et les sacs de couchage roulés en boule. Les assistants de Cassandra Coyle avaient pas loin de trente ans, mais ils paraissaient beaucoup plus jeunes : des ados attardés, qui menaient toujours une existence de rats de dortoir.

— Vous gagnez votre vie avec le cinéma, tous les trois ?

Travis haussa les épaules comme si la question lui semblait hors de propos.

— On fait des films, et c'est tout ce qui compte, dit-il. Vivre notre rêve.

— Grâce au père de Cassandra…

— Il ne le fait pas par générosité. Il investit dans la carrière de sa fille. Ce film pourrait bien la révéler, et son intrigue revêtait une importance toute particulière pour elle.

Jane jeta un coup d'œil à la première page du manuscrit qui traînait sur la table devant elle.

— *Monsieur Kong* ?

— Ne vous laissez pas abuser par le titre ni par l'étiquette « horreur ». Le scénario parle d'une fille qui disparaît. Il s'inspire d'un souvenir d'enfance de Cassandra. Il va atteindre un public beaucoup plus large que notre première production.

— *Je te vois*, c'est ça ?

Travis jeta un regard étonné à Frost :

— Vous l'avez vu ?

— Seulement l'affiche, chez Cassandra.

— C'est là… que vous l'avez trouvée ? voulut savoir Amber.

— Pas nous : son père.

La jeune femme frissonna.

— C'est arrivé comment ? murmura-t-elle. Il y a eu effraction ?

Au lieu de répondre, Jane posa une nouvelle question :

— Qu'avez-vous fait au cours des dernières vingt-quatre heures, les uns et les autres ?

Les trois assistants se concertèrent du regard : lequel allait s'exprimer au nom du groupe ? Puis Travis prit la parole, d'un ton calme et réfléchi :

— Aucun de nous n'a quitté ce studio. De jour comme de nuit.

Ses deux compagnons opinèrent en silence.

— Je sais pourquoi vous nous demandez ça, ajouta Travis. Ça fait partie de votre boulot. Nous connaissions tous Cassie depuis la fac. Je peux vous assurer qu'un tournage crée des liens très forts au sein d'une équipe. Non seulement on travaille, mais on mange et on dort ensemble. Il arrive qu'on se dispute, c'est vrai, mais ça ne dure jamais. Parce que nous formons une famille, affirma-t-il, avant d'indiquer le moniteur où l'image du tueur était toujours figée. Avec *Monsieur Kong*, reprit-il, on va casser la baraque et prouver au monde entier qu'il n'y a pas besoin de baiser le cul des patrons de studio pour faire des films !

— Pourriez-vous préciser vos rôles respectifs au sein de l'équipe ? s'enquit Frost, qui retranscrivait scrupuleusement la conversation dans son calepin écorné.

— Je suis réalisateur, dit Travis.

— Et moi, chef op, déclara Benjamin. Directeur de la photo, si vous préférez.

— Productrice, annonça Amber. C'est moi qui embauche, paie et vire les gens. Je dois veiller à ce que tout fonctionne comme une mécanique bien huilée. En réalité, ajouta-t-elle avec un soupir, je fais à peu près tout.

— Et Cassandra ?

— Elle a écrit le scénario, répondit Travis. Elle était aussi productrice exécutive. Le poste le plus important, en un sens. C'était elle qui trouvait les financements.

— Auprès de son père.

— C'est vrai. Mais il nous manque pas grand-chose pour boucler le budget. Un dernier chèque, c'est tout ce qu'elle comptait lui demander.

Un chèque sur lequel ils pouvaient faire une croix.

Amber s'avachit à côté de Ben. Ça empestait l'échec et les reliefs de nourriture.

Jane considéra l'affiche accrochée au-dessus du canapé. Elle était identique à celle qu'elle avait remarquée chez Cassandra.

— Ce film, *Je te vois*, dit-elle en indiquant l'œil monstrueux qui la fixait depuis les ténèbres. Vous pouvez m'en dire plus à son sujet ?

— Notre premier long métrage, expliqua Travis. Espérons que ce ne sera pas le dernier, ajouta-t-il d'un air maussade.

— Vous avez travaillé dessus tous les quatre ?

— Ouais. Au départ, c'était notre film de fin d'études à l'université de New York. On a beaucoup appris en le faisant... On a commis aussi beaucoup d'erreurs.

— Il a bien marché en salle ?

Un silence douloureux et éloquent accueillit la question de Frost.

— Il n'a pas trouvé de distributeur, finit par avouer Travis.

— Personne ne l'a vu, dans ce cas ?

— Oh ! Plusieurs festivals l'ont projeté. Celui-ci, par exemple, dit Travis en montrant le tee-shirt du Screamfest Horror Film Festival, qu'il portait sous sa veste à capuche. Il est également disponible en DVD et en vidéo à la demande. Il semblerait même qu'il soit en passe de devenir culte. C'est la meilleure chose qui pouvait lui arriver.

— Il vous a rapporté de l'argent ? voulut savoir Jane.

— Ce n'est pas ce qui compte.

— Quoi, alors ?

— D'avoir des fans. Des gens qui apprécient notre travail. Dans le cinéma indépendant, le bouche à oreille est le moyen le plus sûr d'attirer le public vers votre film suivant.

— Donc, vous n'avez rien gagné avec.

Travis baissa les yeux vers la moquette crasseuse et lâcha du bout des lèvres :

— Non.

Jane dirigea de nouveau son attention vers l'œil monstrueux de l'affiche.

— Ça parle de quoi, *Je te vois* ?

— D'une fille qui est témoin d'un meurtre. Mais en l'absence de corps et de preuves, la police refuse de la croire. En réalité, le meurtre n'a pas encore eu lieu. L'héroïne a un lien télépathique avec l'assassin, et elle voit ce qu'il s'apprête à faire.

La même pensée traversa les esprits de Jane et de Frost : Dommage qu'on n'ait pas le même don. Ça nous faciliterait le travail.

— Et le tueur s'en prend à elle ? supposa Jane.

Ben acquiesça.

— Bien sûr ! C'est le b.a.-ba du cinéma d'horreur. Le tueur finit *toujours* par s'attaquer à l'héroïne.

— Le film comporte des scènes de mutilations ?

— Là encore, c'est la base. Pour ainsi dire, c'est le…

— Le b.a.-ba, je sais. Quel genre de mutilations ?

— Quelques doigts amputés. Une fille sur le front de laquelle on grave le nombre 666…

— Tu oublies l'oreille, souffla Amber.

— Ah oui ! Un type se fait couper une oreille, comme Van Gogh.

Bande de malades !

— Pas d'yeux arrachés ? glissa Frost.

Les trois jeunes gens échangèrent des regards surpris.

— Non, dit Travis. Pourquoi cette question ?

— À cause du titre : *Je te vois.*

— Mais vous avez parlé précisément d'yeux « arrachés ». Pourquoi ? Ça a un rapport avec…

Travis se tut et l'effroi se peignit sur son visage.

— Bon Dieu ! s'exclama Amber en plaquant une main sur sa bouche. C'est ce qu'on a fait à Cassandra ?

Jane enchaîna avec une autre question :

— Combien de spectateurs ont vu le film ? demanda-t-elle en désignant de nouveau l'affiche de *Je te vois.*

Les jeunes gens, hébétés, restèrent muets. Leur univers était plein de faux sang, de membres postiches en silicone, et la violence n'y entraînait pas plus de conséquences que dans les dessins animés. Bienvenue dans le monde réel ! pensa Jane avec ironie. Le mien.

— Combien ? répéta-t-elle.

— Difficile à dire, répondit Travis. On a vendu quelques DVD, et les téléchargements nous ont rapporté environ mille dollars. Sans parler des projections lors des festivals…

— Donnez-moi un ordre de grandeur.

— Mettons, quelques milliers de spectateurs. Mais je serais incapable de vous dire qui ils sont et où ils vivent. Le public du cinéma d'épouvante est international.

— Vous ne croyez quand même pas que Cassandra a été tuée par quelqu'un qui a vu notre film ? s'écria Amber. Ça n'a pas de sens ! Les fans d'épouvante peuvent paraître effrayants, mais en réalité ce sont des gens parfaitement équilibrés, assura-t-elle en indiquant le moniteur. Les œuvres telles que *Monsieur Kong* agissent comme une thérapie : elles nous aident à gérer nos peurs et notre agressivité, expliqua-t-elle, avant de secouer la tête et d'ajouter : Les méchants ne regardent pas de films d'horreur.

— Amber a raison, approuva Travis. Ces trous du cul préfèrent les comédies romantiques, poursuivit-il, avant de prendre un DVD dans un tiroir et de le tendre à Jane. Un exemplaire de *Je te vois*. Pour vous, inspectrice.

— Et *Monsieur Kong* ? On pourrait en avoir aussi une copie ?

— Désolé, mais il n'est pas encore prêt. Jetez un coup d'œil à *Je te vois*, et dites-nous ce que vous en pensez. Si nous pouvons vous aider en quoi que ce soit, n'hésitez pas.

Amber intervint :

— Si la mort de Cassandra est liée au film, qui sait si nous ne sommes pas tous en danger ? Peut-être sommes-nous les prochains sur la liste du tueur…

Un long silence suivit cette déclaration.

— Ça, soupira enfin Travis, c'est le b.a.-ba de l'horreur.

6

Le patient endormi sur le lit d'hôpital ne ressemblait plus du tout à l'homme que Jane avait interrogé à peine quelques heures plus tôt. Matthew Coyle donnait l'impression d'avoir rétréci. Par contraste avec ce fantôme grisâtre à la mâchoire pendante, la femme assise à son chevet était resplendissante : chevelure de feu, chemisier vert émeraude, rouge à lèvres éclatant. À cinquante-huit ans, Priscilla Coyle était presque aussi âgée que son mari. Mais son visage hâlé et botoxé, son corps ferme paraissaient facilement dix ans de moins. Tout en elle respirait la vitalité, et sa tenue – tailleur ajusté et talons aiguilles – suggérait qu'elle n'avait pas prévu de consacrer sa soirée à veiller un malade.

Priscilla jeta un coup d'œil à sa montre.

— Si vous voulez lui parler, dit-elle aux deux policiers, vous allez devoir revenir. Il était tellement agité que les médecins lui ont donné un sédatif. Ça m'étonnerait qu'il se réveille avant demain matin.

— En fait, c'est vous que nous sommes venus voir, dit Jane.

— Pourquoi ? Je n'ai rien à vous dire. J'ai passé tout l'après-midi au musée Gardner pour une réunion du conseil d'administration. J'ignorais ce qui s'était produit avant le coup de fil de l'hôpital.

— Il y a une salle de repos au bout du couloir. Nous y serions mieux pour discuter.

— Je devrais déjà être rentrée. Je dois prévenir beaucoup de gens.

— Nous ne vous retiendrons pas longtemps, assura Frost. Nous aimerions juste que vous nous confirmiez quelques points de détail.

Matthew Coyle se trouvait dans l'aile VIP du Pilgrim Hospital, dont la salle de repos était équipée d'un téléviseur à écran large, de fauteuils en cuir moelleux et d'une cafetière Keurig. Priscilla posa son sac Prada en crocodile près d'elle sur le canapé et jeta négligemment son manteau Brunello Cucinelli en cachemire sur l'accoudoir. Jane, qui en connaissait la valeur pour avoir déchiffré l'étiquette dans une boutique, songea que, si elle avait la chance de posséder un jour une telle merveille, elle l'enfermerait dans un coffre-fort de peur de l'abîmer.

Frost tira une chaise et s'assit face à Priscilla :

— Racontez-nous ce qui est arrivé aujourd'hui, madame Coyle.

La question était facile. Pourtant, Priscilla réfléchit longuement avant d'y répondre :

— Matthew devait déjeuner avec Cassandra au Four Seasons. Au bout d'un moment, comme elle n'était toujours pas là, il m'a appelée pour savoir si j'avais eu de ses nouvelles et, quelques heures plus tard, l'hôpital m'a avertie qu'on l'avait admis aux urgences pour une crise cardiaque.

— Sa fille et lui se voyaient souvent ?

— Non, très rarement. À l'entendre, Cassie est toujours débordée. C'est à peine si elle… Elle avait sa vie, et nous la nôtre, poursuivit-elle après s'être reprise. Mais aujourd'hui était un jour spécial.

— Votre mari nous a dit qu'il l'avait invitée à l'occasion de son anniversaire.

Priscilla acquiesça :

— En réalité, l'anniversaire de Cassandra tombe le 13 décembre. Mais comme nous devions nous absenter à cette date, ils avaient décidé de le fêter aujourd'hui.

— Vous n'aviez pas prévu de vous joindre à eux ?

— Je vous l'ai dit : j'avais un conseil d'administration. Et je ne crois pas que…

Priscilla se mit à tripoter le fermoir doré de son sac à main. Certains silences sont plus éloquents que les mots, songea Jane.

— Vous vous entendiez bien avec votre fille ? demanda-t-elle.

— Cassandra était ma belle-fille, la corrigea Priscilla. Nous n'avons jamais été très proches.

— Vous aviez des relations conflictuelles ?

Priscilla releva brusquement la tête.

— Je vais être franche avec vous, dit-elle. Matthew a divorcé de la mère de Cassandra pour m'épouser. Dans ces conditions, vous comprendrez qu'il ait subsisté des tensions entre nous. Elle me l'a toujours reproché, alors que le couple de ses parents battait de l'aile bien avant que je ne rencontre Matthew. Dix-neuf ans plus tard, je demeure « l'autre », quand bien même c'est *moi* qui ai payé ses études à NYU et financé ses ridicules…

Priscilla se ressaisit et baissa les yeux vers son sac, symbole de ce qu'elle avait apporté dans la corbeille de mariage. Matthew Coyle avait quitté son épouse pour une femme habituée à porter du Prada et du Cucinelli. Cette inégalité aurait provoqué des tensions dans n'importe quel couple.

Jane reprit l'interrogatoire :

— Connaissez-vous quelqu'un qui aurait pu vouloir du mal à Cassandra ? Ex-petit ami, ennemi ?

Autre que toi.

— Non, je ne vois pas. Mais je ne savais pas tout de sa vie. Après mon mariage avec Matthew, Cassandra a vécu à Brookline, chez sa mère.

— À ce propos, où est-elle ? Nous aurions besoin de lui parler.

— Elaine séjourne chez des amis, à Londres. Elle a prévu de rentrer aux États-Unis après-demain. En tout cas, c'est ce qu'elle dit dans son mail.

— Vous lui avez appris la mort de sa fille par mail ?

— Il fallait bien que quelqu'un s'en charge !

Jane tenta d'imaginer sa réaction si elle recevait un message disant : *Ta fille a été assassinée.* La haine entre les deux femmes devait être tenace pour que l'une ait jugé bon d'annoncer une nouvelle aussi tragique en tapant quelques mots sur son smartphone.

— Je vous ai dit tout ce que je savais, reprit Priscilla.

— Vous connaissez les amis de Cassandra ?

Priscilla fronça le nez :

— J'ai rencontré les trois gosses avec qui elle travaille.

— Des *gosses* ?

— On ne dirait pas qu'ils ont terminé leurs études depuis déjà quatre ans. Il serait temps qu'ils apprennent un vrai métier, car ce ne sont pas leurs films qui vont les nourrir !

— Vous avez vu le premier long métrage de Cassandra ?

— *Je te vois* ? Je n'ai pas tenu plus d'un quart d'heure. Matthew, lui, est resté devant jusqu'au bout, et il s'est persuadé qu'il l'avait aimé. Il voulait tellement faire plaisir à sa petite fille chérie ! Après toutes ces années, il cherchait toujours à se racheter. Cassandra en profitait pour lui soutirer tout ce qu'elle pouvait : son studio, l'appartement qu'elle occupait à titre gracieux… Malgré ça, je ne crois pas qu'elle lui ait jamais pardonné d'avoir quitté sa mère.

— Ils s'entendaient bien tous les deux ?

— Oui, bien sûr.

— Pourtant, vous dites qu'elle ne lui avait jamais pardonné. Ils se disputaient ? À cause de l'argent, peut-être ?

— C'est le cas dans toutes les familles, non ?

— Parfois, les disputes dégénèrent.

Priscilla haussa les épaules :

— Ils avaient parfois des frictions. Je suis certaine que la question financière serait revenue sur le tapis aujourd'hui, pendant leur déjeuner. Elle avait laissé entendre qu'elle avait besoin d'une rallonge pour achever son nouveau film. C'est en partie pour ça que je ne voulais pas me joindre à eux. Mais pourquoi m'interrogez-vous sur Matthew ? Vous n'insinuez quand même pas qu'il…

— C'est la routine, madame, intervint Frost. Nous commençons toujours par nous renseigner sur la proche famille d'une victime.

— Enfin, c'est son père ! Vous n'avez aucune piste sérieuse ?

— Vous en voyez une ?

Priscilla réfléchit avant de répondre :

— Cassie était une jolie fille, et les jolies filles attirent l'attention. Quand vous tapez dans l'œil d'un homme, vous ignorez de quoi il est capable. Certains deviennent obsédés, vous suivent jusqu'à votre domicile et… Vous savez aussi bien que moi ce qui peut arriver à une femme.

Jane le savait, assurément. Combien de corps meurtris par les coups, de visages lacérés par des prétendants évincés avait-elle examinés à la morgue ? Elle songea aux orbites béantes qui contenaient autrefois les yeux de Cassandra – des yeux qui avaient probablement vu l'assassin. L'avait-elle regardé avec mépris ou dégoût ? Était-ce ce qui l'avait poussé à la mutiler ?

— Je voudrais rentrer chez moi, dit Priscilla en tendant la main vers son manteau. J'ai eu une journée difficile.

— Une dernière question, dit Jane, et vous serez libre.

— Oui ?

— Où étiez-vous hier soir, votre mari et vous ?

— Hier soir ? Pourquoi ?

— Encore une fois, c'est la routine.

Priscilla pinça les lèvres :

— Puisque notre emploi du temps vous intéresse, je vais me faire un plaisir de vous éclairer. Matthew et moi avons passé la soirée chez nous. J'ai préparé le dîner – saumon et brocolis, si vous tenez à le savoir –, puis nous avons regardé un film à la télévision.

— Quel film ?

— Un vieux truc sur TCM : *L'Invasion des profanateurs de sépultures.*

— Et ensuite ?

— Ensuite, nous nous sommes couchés.

— Tu as déjà vu *L'Invasion des profanateurs de sépultures* ? demanda Frost.

Attablés dans la cafétéria de l'hôpital, Jane et lui dévoraient leurs sandwichs. En fin de journée, le distributeur automatique n'offrait qu'un choix restreint : thon-crudités, jambon ou fromage. Le thon-crudités de Jane était détrempé, mais cela valait mieux que de sauter le dîner.

— Quelle version ? Il en existe au moins une demi-douzaine, non ?

— Je ne te parle pas des remakes, mais de l'original en noir et blanc, avec Kevin McCarthy.

— En noir et blanc ? On n'était même pas nés à l'époque !

— Vrai. Mais le film est intemporel. Alice y voit une parfaite métaphore de l'aliénation. Quand les personnages se transforment, dit-elle, c'est comme lorsque ton mari – ou ta femme – cesse de t'aimer et devient un étranger. C'est ce qui rend l'histoire plus terrifiante qu'un banal film de monstres : elle fait écho à des peurs profondes.

— Une seconde ! Alice et toi, vous vous reparlez ? Depuis quand ?

— Depuis… deux ou trois semaines ? Je ne sais plus. Hier soir, on a regardé *L'Invasion des profanateurs de sépultures.* Priscilla Coyle a dit la vérité : le film était bien programmé à la télé à 21 heures.

— Tu as passé la nuit avec Alice ?

— On a dîné, on a regardé la télé, puis je suis rentré chez moi.

— Ça fait combien de mois que vous êtes officiellement divorcés, déjà ?

— Ça ne veut pas dire qu'on va se remettre ensemble.

Jane reposa son sandwich détrempé avec un soupir. Pourquoi tous les gens auxquels elle tenait prenaient-ils des décisions aussi funestes dans leurs vies personnelles ? Il y avait d'abord eu la visite de Maura à cette cinglée d'Amalthea Lank. Et voilà que Frost, qu'elle considérait comme son petit frère, renouait avec son ex ! Elle songea à toutes les fois où il l'avait appelée, en pleurs, après qu'Alice l'eut quitté pour un de ses condisciples de la fac de droit. À toutes les nuits où, rongée par l'angoisse, elle avait hésité à lui confisquer son arme pour garantir sa sécurité. Les mois qui avaient suivi, elle l'avait patiemment écouté lui raconter une succession de rendez-vous calamiteux avec des femmes pas assez jolies ni assez brillantes pour remplacer Alice, cette garce. À présent, elle craignait la répétition du même cycle infernal : exaltation, désespoir ; exaltation, désespoir. Frost méritait mieux.

Il était temps de lui mettre les points sur les *i*.

— Puisque tu revois Alice, lança-t-elle, elle t'a donné des nouvelles de son petit ami ? Tu sais, le type qu'elle a connu à la fac ?

— Elle n'y va plus. Elle a décroché son diplôme.

— Génial ! Elle sera encore mieux armée pour t'entuber devant le juge.

— Elle ne l'a pas fait. Ça a été un divorce civilisé.

— Sans doute parce qu'elle se sentait coupable. Par pitié, sois prudent !

À son tour, Frost posa son sandwich et soupira :

— Contrairement à ce que tu sembles croire, la vie, ce n'est pas tout noir ou tout blanc. Si j'ai épousé Alice, il y a une raison. Elle est belle, drôle, intelligente…

— Et elle a un copain.

— Plus maintenant. Il a trouvé du boulot à Washington et ils ont rompu.

— C'est pour ça qu'elle revient en courant vers toi, le gars sûr ?

— Bon sang ! Tu ne sais pas ce qu'est devenu le marché de la drague. C'est comme nager dans une mer infestée de requins. J'ai enchaîné une vingtaine de rencards. Un désastre ! Les femmes ne sont plus comme avant.

— Naaan… Maintenant, on a toutes plusieurs centaines de dents pointues et effilées.

— En plus, aucune ne veut sortir avec un flic. Elles s'imaginent que je vais tenter de les dominer.

— Quelle blague ! C'est toi qui laisses Alice te dominer.

— C'est faux !

— Ça explique probablement sa réapparition : elle sait qu'elle peut te mener par le bout du nez, assena Jane, qui se pencha brusquement vers son coéquipier, résolue à lui éviter d'avoir à nouveau le cœur brisé. Tu vaux mieux que ça, Barry. Tu es un brave type, futé… et tu auras une super-retraite.

Le teint blafard de Frost avait viré au rouge brique :

— Stop ! Tu crois tout savoir mieux que les autres. Et d'abord, comment en est-on venus à parler d'Alice ? On discutait de *L'Invasion des profanateurs de sépultures.*

— Ouais, c'est ça… Parlons plutôt de ce fichu film.

— Tout ce que je disais, c'est qu'il est bien passé à la télé hier soir. Mme Coyle n'a pas menti. D'ailleurs, pour quelle raison aurait-elle tué sa belle-fille ?

— Parce qu'elles se détestaient ?

— À son réveil, son mari pourra confirmer son alibi.

— Pour en revenir à Alice : tu n'as quand même pas oublié le mal qu'elle t'a fait ? Je ne veux pas que ça recommence.

— Le sujet est clos, d'accord ?

Frost froissa l'emballage de son sandwich et se leva. Au même moment, une annonce retentit dans la salle : « Code bleu, chambre 715… Code bleu, chambre 715… »

Frost se tourna vers Jane :

— 715 ? C'est le numéro de chambre de…

Matthew Coyle !

Jane se précipita à la suite de Frost. Septième étage… Trop haut pour monter à pied. Elle enfonça le bouton d'appel de l'ascenseur, une fois, deux fois. Quand les portes s'ouvrirent, elle faillit bousculer une infirmière qui en sortait.

— Je croyais qu'il était tiré d'affaire ? s'étonna Frost tandis que la cabine s'élevait.

— Avec le cœur, rien n'est jamais sûr. Et on n'a pas fini de l'interroger.

En descendant, ils croisèrent une jeune femme en tenue de bloc qui courait dans le couloir. Depuis le seuil de la chambre 715, Jane regarda le personnel s'agiter autour du lit. Le patient était invisible derrière un mur impénétrable de blouses bleues.

— La vasopressine ne fait pas d'effet ! dit une infirmière.

— D'accord, on réessaye. Deux cents joules !

— Écartez-vous ! Un, deux, trois !

Jane entendit le bruit du défibrillateur. Tous avaient les yeux fixés sur l'écran de l'électrocardioscope. Plusieurs secondes s'écoulèrent dans un silence anxieux.

— C'est bon, on a un rythme sinusal !

— La tension artérielle est à 90/60.

— Excusez-moi, fit une voix dans le dos de Jane. Vous êtes de la famille ?

Elle se retourna et se retrouva face à une infirmière.

— Nous sommes de la police, expliqua-t-elle. Ce patient est témoin dans une affaire d'homicide.

— Je vous demande de vous éloigner de cette chambre.

— Que lui est-il arrivé ?

— Laissez les médecins faire leur travail.

Avant que la femme ne les entraîne à l'écart, Jane aperçut les pieds de Matthew Coyle. La peau présentait des marbrures qui contrastaient avec la blancheur du drap. La porte se referma sur cette vision alarmante.

— Il va s'en sortir ? voulut savoir Frost.

— Je l'ignore, avoua l'infirmière.

7

Beaux-Yeux-Bleus dort encore quand je me glisse hors du lit, le lendemain matin. Nos vêtements sont éparpillés à travers la chambre – sa chemise près de la porte, ma culotte au milieu de la pièce, mon soutien-gorge enroulé comme un cobra en dentelle rose au pied de la table de chevet… Je rassemble mes affaires, mon sac à main et me dirige sans bruit vers la salle de bains. On voit que celle-ci a été conçue pour un mec : un carrelage noir, une douche en chrome et en verre, mais pas de baignoire. Les hommes ignorent les bienfaits d'un long bain brûlant. Après avoir pissé dans les toilettes Numi aux lignes épurées, je passe un peu d'eau sur mon visage et me lave les dents au-dessus du lavabo en onyx blanc. J'ai toujours une brosse de secours dans mon sac pour ce genre d'imprévu, même si ça faisait très longtemps que je n'avais pas dormi une nuit entière dans le lit d'un inconnu. En général, je m'éclipse avant l'aube. Je devais être vraiment fatiguée hier soir.

Ou alors, c'est à cause des deux bouteilles de rioja que nous avons descendues.

Les excès de la veille se lisent sur mes traits et mes paupières gonflées. Quelle tête d'épouvantail ! J'humidifie mes cheveux et je m'efforce de les lisser devant le miroir. Même débraillée et décoiffée, je me sens comblée comme je ne l'avais pas été depuis une éternité. On dit merci qui ? Merci, Everett !

Je jette un coup d'œil dans l'armoire à pharmacie. Pansements adhésifs, aspirine, écran solaire FPS 30, sirop pour la toux… Je repère deux flacons de comprimés et les sors afin de les examiner. Vicodin et Valium, prescrits l'un et l'autre pour des douleurs dorsales, il y a deux ans. Chacun contient encore une douzaine de doses. J'en conclus qu'Everett n'a pas souffert du dos récemment.

S'il manque quelques cachets, il ne devrait pas le remarquer.

J'en prélève quatre de chaque sorte et les fourre dans ma poche. Sans être accro, quand j'ai l'occasion de me fournir gratuitement en médicaments qui pourraient m'être utiles un jour, je ne la laisse pas passer. Pendant que je replace les flacons dans l'armoire, mon regard se fixe sur l'étiquette de l'un d'eux. *Everett J. Prescott.* Un nom qui fleure bon la vieille aristocratie bostonienne. Hier soir, nous avons juste échangé nos prénoms, et c'est bien ainsi : il y a peu de chances que nos routes se croisent de nouveau.

Une fois habillée, je regagne la chambre sur la pointe des pieds et me chausse. Il dort toujours profondément. Je m'attarde quelques secondes pour admirer son bras nu, posé en travers du drap. Ce n'est pas le biceps d'un adepte de la gonflette, mais un muscle honnête, durci par un labeur authentique. Hier soir, il m'a dit qu'il était architecte paysagiste. Je l'ai alors imaginé en train de construire des murets et de soulever des ballots de tourbe, même si je doute qu'il fasse vraiment ce genre de trucs. Malheureusement, je n'aurai pas le temps de le vérifier.

Je veux être loin quand il se réveillera. Je n'ai jamais été fan des au revoir gênés et des promesses faites du bout des lèvres. De toute manière, je ne tiens pas les miennes. C'est pour ça que je ne ramène jamais d'homme chez moi. S'ils ignorent où je vis, ils ne risquent pas de venir frapper à ma porte.

Mais Everett m'incite à réviser ma stratégie. Pas uniquement parce qu'il s'est montré un amant très prévenant, attentif à satisfaire mes moindres désirs, ni parce qu'il est agréable à regarder et rit à toutes mes plaisanteries. Il y a chez lui une profondeur, une sincérité comme j'en ai rarement rencontré.

À moins que je ne ressente juste la montée d'ocytocine qui suit une bonne baise.

Une fois dehors, je jette un dernier coup d'œil à la façade en brique rouge. Une belle maison avec une valeur historique, située dans un quartier où je n'aurai jamais les moyens d'habiter. Pas de doute, Everett doit être plein aux as. Pendant quelques secondes, je regrette mon départ précipité. J'aurais peut-être dû lui laisser mon numéro, ou au moins mon nom.

Puis je songe aux conséquences : la violation de mon intimité, les espoirs qu'il n'aurait pu s'empêcher de nourrir, les coups de fil de plus en plus insistants, la jalousie…

Mieux vaut m'en aller sans me retourner.

Toutefois, je range son adresse dans un coin de ma mémoire. Qui sait ? Un homme tel qu'Everett Prescott pourrait se révéler précieux un jour.

8

— Combien de temps ont-ils tenté de le ranimer ? demanda Maura tout en sectionnant les côtes de Cassandra Coyle.

Le claquement de la cisaille qu'elle maniait avec la dextérité d'un artisan à son établi arracha une grimace à Jane. La cage thoracique de la morte n'était plus qu'une barrière entre eux et les secrets qu'elle renfermait.

— Quinze, vingt minutes, répondit Jane. Mais ils ont réussi à faire repartir son cœur. J'ai appelé l'hôpital ce matin. Il est toujours en vie… pour le moment.

Maura rompit une nouvelle côte, et Frost se figea quand l'os craqua. Il n'avait jamais pu s'habituer aux visions et aux odeurs de la morgue, et son estomac délicat était devenu légendaire au sein de la brigade criminelle. Il s'était écoulé à peine un jour entre la mort de Cassandra Coyle et sa découverte, mais un cadavre laissé à température ambiante se dégrade rapidement. À la première bouffée pestilentielle, Frost pâlit et leva un bras devant son visage.

— Tu as environ quarante pour cent de chances de survivre à un arrêt cardiaque à l'hôpital, et vingt pour cent de chances d'en sortir vivant au final, énonça Maura d'un ton détaché. Il a repris conscience ?

— Non. Il est toujours dans le coma.

— Alors, j'ai peur que le pronostic ne soit pas bon. Même si M. Coyle survit, il souffrira de lésions cérébrales irréversibles.

— Autrement dit, il pourrait rester à l'état de légume.

— C'est probable, malheureusement.

Après le découpage des côtes, Maura leva le sternum. Une odeur infecte s'échappa de la cavité thoracique. Frost recula vivement tandis que Maura s'approchait pour examiner les organes.

— Ces poumons sont remplis de liquide séreux, annonça-t-elle en saisissant un scalpel.

— Ça indique quoi ? fit la voix assourdie de Frost.

— C'est un symptôme non spécifique, qui peut vouloir dire beaucoup de choses, expliqua Maura, qui releva la tête et s'adressa à son assistant : Yoshima, vous pourriez demander une analyse toxicologique ?

— Je m'en suis déjà occupé, répondit Yoshima d'un ton posé et professionnel. J'ai demandé un AxSYM, un Toxi-Lab A et une GC-MS pour une quantification. Ça devrait couvrir toutes les substances connues.

Maura plongea les mains à l'intérieur du thorax et en sortit les poumons ruisselants :

— Ils sont vraiment lourds. Je ne vois pas de lésions apparentes, juste quelques pétéchies. Là encore, rien de spécifique, lâcha Maura, qui déposa ensuite le cœur sur un plateau et suivit le tracé des coronaires d'un doigt ganté. Intéressant ! s'exclama-t-elle.

— Tu dis ça devant chaque corps, lança Jane.

— Parce que chacun raconte une histoire différente. Mais celui-ci n'a aucun secret à dévoiler. La dissection et les radios du cou sont normales. L'os hyoïde est intact. Et regardez les coronaires : aucun signe de thrombose ni d'infarctus. Un cœur parfaitement sain, appartenant à une jeune femme qui semblait en parfaite santé.

Une femme capable de lutter, songea Jane. Pourtant, rien n'indiquait que Cassandra Coyle avait résisté à son agresseur – ni ongles cassés ni ecchymoses.

Maura s'attaqua ensuite à l'abdomen. Elle détacha méthodiquement le foie, la rate, le pancréas et les intestins, mais c'était surtout l'estomac qui l'intéressait. Elle le sortit avec autant de précautions que si elle mettait un enfant au monde et le posa sur le plateau de dissection. Jane redoutait toujours cette étape de l'autopsie. Le dernier repas de la victime remontait à deux jours ; quoi qu'elle ait pu manger, il n'en resterait qu'un mélange putride de suc gastrique et d'aliments en partie digérés. Elle s'écarta tandis que Frost plissait douloureusement les yeux au-dessus de son masque en papier.

Mais quand Maura ouvrit l'estomac d'un coup de scalpel, il ne contenait qu'un peu de liquide violacé.

— Vous sentez ? demanda-t-elle.

— Euh… je préfère pas, marmonna Jane.

— Ça ressemble à du vin. À en juger par la couleur, je pencherais pour un cabernet ou un zinfandel.

Jane ricana :

— Donne-nous aussi le millésime, tant que tu y es !

— Je ne vois aucune trace d'aliments, ajouta Maura après avoir exploré la cavité stomacale. Ça signifie qu'elle n'avait rien mangé au cours des quelques heures qui ont précédé sa mort. Vous avez trouvé une bouteille ouverte chez elle ?

— Non, répondit Frost. Il n'y avait pas non plus de verre sale sur le comptoir ou dans l'évier.

— Elle s'est peut-être arrêtée en chemin, suggéra Jane. Tu penses qu'elle aurait pu rencontrer l'assassin dans un bar ?

— Dans ce cas, c'était juste avant de rentrer chez elle. Les liquides passent très rapidement dans le jéjunum. Or son estomac contient encore du vin.

— Elle a quitté le studio vers 18 heures, rappela Frost. Elle avait environ dix minutes de marche jusqu'à son domicile. Je vais me renseigner auprès de tous les établissements du secteur.

Maura vida l'estomac dans un bocal. Elle s'approcha ensuite de la tête du cadavre et considéra les orbites béantes avec perplexité. Elle avait déjà examiné les globes oculaires, qui flottaient à présent dans une solution de formaldéhyde, telles deux olives grotesques dans du gin.

— Mettons qu'elle ait fait une halte quelque part pour boire un verre, dit Jane, s'efforçant de retracer la séquence des événements. Puis qu'elle ait ramené l'assassin chez elle, ou qu'il l'ait suivie. Et après ? Comment l'a-t-il tuée ?

Maura ne répondit pas. Elle reprit son scalpel et incisa le cuir chevelu d'une oreille à l'autre.

Comme il est facile d'effacer les traits les plus reconnaissables d'un être humain ! songea Jane en regardant son amie décoller le scalp. Le joli visage de Cassandra Coyle s'affaissa comme un masque de chair, et ses cheveux teints en noir vinrent le recouvrir tel un rideau frangé. La plainte de la scie oscillante interrompit la conversation, et Jane détourna la tête pour éviter d'inhaler de la poussière d'os. Le crâne, à tout le moins, était impersonnel. Il aurait pu appartenir à n'importe qui.

Maura détacha la calotte, exposant les replis luisants de la matière grise. C'était là qu'étaient stockés les souvenirs de Cassandra, tout ce qu'elle avait jamais su, ressenti, aimé – tout ce qui faisait d'elle un être unique. Maura souleva délicatement les lobes du cerveau et trancha les nerfs, les artères, avant de l'extraire de la boîte crânienne.

— Aucun signe d'hémorragie, dit-elle. Pas de contusions ni d'œdèmes.

— Il a l'air normal, donc ? insista Frost.

— En surface, du moins. Pour résumer, nous avons une jeune femme avec un cerveau, des poumons et un cœur en parfait état. Elle n'a pas été étranglée et n'a pas subi d'agression sexuelle. Son corps ne présente ni ecchymoses, ni marques de piqûre, ni traumatisme apparent, à l'exception des yeux, prélevés post mortem.

— Qu'est-ce qui l'a tuée, alors ? s'interrogea Jane.

Le regard de Maura s'attarda sur le bocal rempli de formol où elle avait plongé le cerveau – un cerveau qui ne leur avait fourni aucun éclaircissement sur les causes de la mort.

— Je n'en sais rien, finit-elle par avouer.

Le portable de Jane vibra. Elle retira ses gants et glissa une main sous sa blouse pour l'extirper de sa poche. Un numéro inconnu s'affichait sur l'écran.

Elle décrocha.

— Allô ?

— Inspectrice Rizzoli ? fit une voix d'homme. Désolé de ne pas vous avoir rappelée plus tôt. Je me trouvais en Floride, et je regrette déjà d'être rentré. Bon sang, quel temps de cochon !

— Qui est à l'appareil ?

— Benny Lima. Vous savez, l'agence de voyages Lima ? Vous m'avez laissé un message hier, à propos de ma caméra de surveillance. Celle qui est dirigée vers Utica Street.

— Elle est opérationnelle ?

— Bien sûr. L'an dernier, elle nous a permis de coincer un gosse qui s'amusait à balancer des cailloux sur la vitrine.

Frost avait dressé l'oreille en entendant le mot « caméra ».

— Nous aurions besoin de visionner les images qu'elle a enregistrées lundi soir. Vous les avez conservées ?

— Elles vous attendent à l'agence !

9

Lorsque Jane sortit de la voiture, une averse glaciale lui fouetta le visage. Frost et elle traversèrent la rue en courant et s'engouffrèrent dans l'agence de voyages Lima. Un tintement annonça leur entrée quand la porte se referma.

— Il y a quelqu'un ? lança Jane. Monsieur Lima ?

Un philodendron en plastique poussiéreux, des affiches de navires de croisière aux couleurs passées : la décoration n'avait pas dû changer depuis plusieurs décennies. Un ordinateur trônait sur le bureau. L'économiseur d'écran faisait défiler des photos de plages tropicales, le genre d'endroits dont n'importe quel Bostonien rêvait par une journée aussi grise et déprimante.

Un bruit de chasse d'eau leur parvint alors. Au bout de quelques secondes, un homme, ou plutôt une montagne de chair, surgit de l'arrière-boutique.

— Vous êtes les policiers que j'attendais ? demanda-t-il en broyant la main de Jane. Benny Lima. Si je ne vous ai pas rappelés plus tôt, c'est parce que j'étais…

— … En Floride. Vous me l'avez dit au téléphone.

— Je suis descendu pour enterrer mon oncle Carlo. Sacrée cérémonie ! Mon oncle, c'était une star dans sa maison de retraite. Je n'ai pris connaissance de votre message que ce matin, en rouvrant l'agence. C'est un honneur de pouvoir aider la police de Boston.

Frost intervint :

— Vous possédez une caméra de surveillance, monsieur Lima ?

— Ouais. Elle ne garde que quarante-huit heures d'images en mémoire. Si ce que vous cherchez remonte à moins de deux jours, vous avez de grandes chances de le trouver.

— Nous aimerions voir ce qu'elle a enregistré lundi soir.

— Pas de problème. Venez avec moi !

D'un pas insupportablement nonchalant, Benny les guida jusqu'à l'arrière-boutique, à peine assez vaste pour les contenir tous les trois. Frost contourna la masse imposante du gérant de l'agence pour accéder à l'ordinateur.

— On a fait installer la caméra il y a trois ans, raconta Benny. On avait subi trois cambriolages en un mois. On ne garde jamais d'argent liquide à l'agence, mais ces connards se barraient avec le matériel informatique. Grâce à la vidéosurveillance, on a fini par en prendre un la main dans le sac. Vous n'allez pas le croire, mais cette petite merde créchait juste au coin de la rue !

Frost pressa une touche du clavier et l'écran s'éclaira. La caméra n'offrait qu'une vue partielle d'Utica Street, mais elle était la seule du voisinage susceptible d'avoir filmé les allées et venues par son entrée sud. L'image qu'ils avaient sous les yeux, prise à 10 heures, montrait trois piétons.

Cassandra Coyle était encore vivante.

— C'est le début de l'enregistrement, expliqua Benny. Sitôt après avoir écouté votre message, j'ai fait une sauvegarde pour éviter que la séquence qui vous intéresse ne soit effacée.

Frost cliqua sur « avance rapide » :

— Passons directement à lundi soir.

— Vous enquêtez sur la fille assassinée un peu plus bas dans la rue ? On en a parlé à la télé. Ce genre de truc, ça n'arrive jamais dans le quartier.

— « Ce genre de truc », le reprit Jane, arrive n'importe où.

— J'ai toujours vécu dans le coin. C'est mon oncle qui a créé l'agence, dans les années 1970. À l'époque, les gens avaient besoin d'aide pour organiser leurs séjours. Vu qu'on est tout près de Chinatown, le gros de notre activité consistait à réserver des vols pour Hong Kong ou Taïwan. De nos jours, tout le monde guette le moindre plan pourri sur Internet. Ici, c'est un quartier sûr. Je ne me rappelle pas qu'on y ait jamais commis de meurtre. À part la fusillade de Knapp Street, bien sûr. Et le type auquel on a fracassé le crâne dans un entrepôt. Oh ! Il y a aussi la fois où…

— J'y suis ! s'exclama Frost.

Jane se tourna vers l'écran, qui indiquait à présent 17 h 05.

— Tu vois quelque chose ? s'enquit-elle.

— Pas encore.

— À ce moment-là, je me trouvais en Floride, crut bon de préciser Benny. J'ai gardé mes billets d'avion, au cas où vous voudriez vérifier.

Jane tira une chaise et s'assit à côté de Frost. Le visionnage d'images de vidéosurveillance était une tâche abrutissante – la promesse de longues heures d'ennui récompensées, dans le meilleur des cas, par la poussée d'adrénaline d'une révélation. D'après ses collègues, Cassandra avait quitté le studio aux environs de 18 heures, après avoir travaillé toute la journée sur le montage de *Monsieur Kong*. De là, elle devait marcher à peine dix minutes pour regagner son domicile. Si elle avait pénétré dans Utica Street depuis Beach Street, elle était forcément passée devant l'agence de voyages.

Dans ce cas, où était-elle ?

Frost fit de nouveau « avance rapide », et les minutes défilèrent en accéléré. Des voitures traversèrent l'écran tels des éclairs, des piétons entrèrent et sortirent du cadre avec des mouvements saccadés. Aucun ne s'engagea dans Utica Street.

— 18 h 30, annonça Frost.

— On dirait qu'elle n'est pas rentrée directement chez elle.

— Ou alors on l'a manquée, dit Benny, comme s'il faisait à présent partie de leur équipe. Si elle arrivait de Kneeland Street, à l'autre bout d'Utica, ma caméra n'a pas pu la filmer.

Debout derrière eux, il fixait l'écran par-dessus l'épaule de Jane. En l'entendant renifler, celle-ci ne put s'empêcher de penser aux microbes qu'il soufflait sur sa nuque. Elle chassa cette idée de son esprit et se concentra sur la vidéo. La température était descendue à moins dix dans la nuit de lundi ; les passants étaient tous emmitouflés dans des vêtements épais, avec des écharpes et des bonnets. Si Cassandra se trouvait parmi eux, comment parviendraient-ils à l'identifier ? Elle s'approcha de l'écran. Benny l'imita aussitôt.

— Monsieur Lima, dit-elle, vous pourriez nous rendre un service ?

— Avec joie !

— J'ai aperçu un bar, un peu plus loin dans la rue. Mon coéquipier et moi avons un besoin urgent de boire un café.

— Vous voulez quoi ? *Latte* ? Cappuccino ? Ils en ont de toutes sortes.

Jane pêcha un billet de vingt dollars dans son sac à main et le tendit au gros homme.

— Deux cafés noirs, s'il vous plaît. Avec du sucre.

— Ça marche ! fit-il, avant d'enfiler un manteau matelassé qui lui faisait la silhouette d'un cumulus glissant à travers la pièce. C'est un plaisir de pouvoir aider la police de Boston ! répéta-t-il.

Surtout, prends ton temps ! pensa Jane comme la porte se refermait.

L'horodateur affichait à présent 20 h 10, et les passants se faisaient plus rares. À ce moment, Cassandra était sans doute déjà chez elle, ce qui signifiait qu'elle avait emprunté l'autre entrée de la rue. *Merde !*

— Bingo ! s'écria soudain Frost.

Jane braqua son regard sur l'écran. Frost avait gelé la vidéo sur deux silhouettes qui tournaient le coin d'Utica Street. Si on ne distinguait pas leurs traits, la taille et la carrure de la plus grande indiquaient un homme. La seconde semblait s'appuyer contre lui, la tête inclinée sur son épaule. Jane scruta l'image, à l'affût du moindre signe particulier, mais les deux visages étaient dans l'ombre.

— Cassandra mesurait un mètre soixante-quinze, rappela-t-elle. Si c'est bien elle, l'homme qui l'accompagne doit faire pas loin de deux mètres.

— La caméra a enregistré leur passage à 20 h 15, dit Frost. Si Cassandra Coyle a bien quitté le studio à 18 heures, qu'a-t-elle fait ensuite ? Où a-t-elle rencontré ce type ?

Jane concentra son attention sur le sac à dos de l'inconnu et tenta d'imaginer ce qu'il transportait à l'intérieur : des gants en latex, des instruments chirurgicaux, tout le matériel nécessaire à un tueur prévoyant pour accomplir son bizarre rituel post mortem.

La main de Benny sur son épaule la fit sursauter.

— Hé ! Ce n'est que moi. Voici vos cafés.

Le cœur battant, elle prit le gobelet qu'il lui tendait et but une gorgée qui lui brûla la langue.

— C'est lui ? demanda Benny en dévorant l'écran des yeux.

Jane se fit la réflexion qu'on pouvait l'éliminer d'emblée comme suspect : aucun vêtement, même très ajusté, n'aurait pu endiguer une telle masse de chair.

— Mettons que nous aimerions bien l'interroger, répondit-elle.

— Et c'est grâce à ma caméra que vous l'avez repéré ? Cool !

Mais la séquence était trop brève. À peine apercevait-on deux ombres qui semblaient flotter au-dessus du sol.

— Fais « avance rapide », ordonna Jane à Frost. Peut-être le verra-t-on repartir.

Les secondes, les minutes se mirent à défiler au bas de l'écran : 21 heures ; 22 heures…

À 23 h 10, Frost cliqua sur « pause ».

— Te voici ! murmura Jane.

Le visage de l'homme était toujours invisible sous sa capuche, et il portait à présent son sac à l'épaule.

— La victime et lui ont pénétré dans la rue à 20 h 15, récapitula Frost. Il en est ressorti à 23 h 10, soit trois heures plus tard.

C'était plus qu'il n'en fallait pour tuer et mutiler Cassandra Coyle. *Qu'est-ce que tu as fichu jusque-là ?* Jane revit la jeune femme étendue sur le lit dans une attitude paisible. Avait-elle succombé à une drogue, à une substance toxique ? Si oui, comment l'assassin lui avait-il administré le poison ? Avait-elle senti la mort venir ?

— On n'a aucune idée de son âge ni de sa race, reprit Frost. Tout ce qu'on peut en dire, c'est qu'il s'agit d'un homme… ou d'une femme très grande et baraquée.

— On sait autre chose à son sujet, déclara Jane.

— Quoi donc ?

— Ce n'était pas un inconnu. La victime l'a ramené chez elle.

10

L'ambiance à l'intérieur de l'église Sainte-Anne évoquait une zone de combat.

Depuis sa place, au sixième rang, Jane observait les deux camps – celui de l'ex-femme de Matthew Coyle, Elaine, et celui de Priscilla – qui échangeaient des regards aussi acérés que des flèches. Derrière elle, des commères dénigraient la seconde épouse sans chercher à être discrètes.

— Non mais tu l'as vue ? Comme si elle s'était jamais souciée de la pauvre gosse…

— Je me suis toujours demandé ce qui avait pu séduire Matthew chez elle.

— Son argent, pardi ! Que veux-tu que ce soit d'autre ? Tout est en plastique chez elle, son visage comme ses cartes de crédit.

— Je plains Elaine de devoir supporter sa présence un jour comme celui-ci.

Jane jeta un coup d'œil par-dessus son épaule et aperçut deux femmes d'une cinquantaine d'années. Penchées l'une vers l'autre, elles paraissaient communier dans la crainte et la haine des voleuses de mari qui savaient si bien exploiter la faiblesse des hommes, telle Priscilla. Leurs semblables devaient être nombreuses dans l'assistance, car des expressions hostiles accompagnèrent la seconde épouse de Matthew quand elle se leva pour prononcer son discours. Priscilla n'avait pas lésiné sur la dépense : elle avait offert à sa belle-fille un cercueil en bois de rose décoré d'une somptueuse gerbe de glaïeuls blancs. Elle fit une halte devant, avant de rejoindre le micro, et effleura le couvercle d'un geste si théâtral que Jane elle-même grimaça.

— Comme le savent la plupart d'entre vous, commença-t-elle, Matthew ne pourra pas se joindre à nous malgré le désir qu'il en avait. Il est encore à l'hôpital, où il se remet lentement du choc que lui a causé la disparition de sa merveilleuse fille. C'est pourquoi je prends la parole en notre nom à tous les deux. Nous avons perdu – le monde a perdu – une jeune femme pleine de talent et de beauté. La mort de Cassandra nous brise le cœur…

Un ricanement fusa derrière Jane, assez fort pour atteindre l'autre côté de l'allée, où Frost siégeait avec le clan adverse. En voyant son coéquipier secouer la tête d'un air incrédule, elle se demanda quels commentaires pouvaient proférer les partisans de Priscilla, qui lançaient à présent des regards noirs à la perturbatrice.

Si Priscilla avait conscience de l'animosité d'une partie de l'assemblée, elle n'en laissait rien paraître. Toutefois, elle évitait manifestement de se tourner vers sa rivale, Elaine, assise au premier rang.

— Quand j'ai fait la connaissance de Cassie, poursuivit-elle, c'était une petite fille timide de six ans, avec de longs cheveux et des jambes interminables.

C'était la première fois qu'elle me voyait. Pourtant, elle a noué les bras autour de ma taille et m'a dit : « Maintenant, j'ai une deuxième maman ! » À ce moment-là, j'ai su que nous allions former une vraie famille...

— Qu'est-ce qu'il faut pas entendre ! marmonna la femme derrière Jane.

Cassandra Coyle reposait dans son cercueil, son père était hospitalisé dans un état grave, et leur entourage ne pensait qu'à déverser sa colère et son ressentiment. Jane avait déjà assisté à ce genre de scène lors d'enterrements d'autres victimes de meurtre. Quand la mort frappe sans prévenir, elle ne vous permet pas de faire vos adieux ou de régler vos querelles. Elle laisse des conversations en suspens et des familles à jamais divisées.

Priscilla alla se rasseoir et un trio familier lui succéda au micro. Les collègues de Cassandra avaient fait un effort de présentation : costume sombre et cravate pour les deux hommes, robe noire pour Amber, dont le piercing nasal brillait d'un éclat surprenant à la lumière des cierges. Ils avaient l'air complètement perdu, tels des explorateurs qui se seraient invités dans une cérémonie tribale sans savoir comment s'y comporter.

Amber paraissait trop bouleversée pour parler et Ben fixait obstinément ses Reebok. Travis Chang prit la parole, en clignant nerveusement des yeux face au projecteur :

— On était les Trois Mousquetaires, et Cassie était notre d'Artagnan. Une combattante, avec un tempérament de leader. Une conteuse-née, capable de transformer en or un traumatisme d'enfance. Telle était notre Cassandra ! Nous nous sommes rencontrés tous les quatre à l'université de New York, où nous avons appris que les histoires les plus puissantes découlaient des épisodes les plus dramatiques de nos existences. Nous étions en train de traduire une de ces histoires en film quand nous avons perdu Cass…

La voix de Travis se brisa. Amber lui prit la main et Ben baissa encore plus la tête.

— Si ce qu'on nous a enseigné à la fac est vrai, poursuivit Travis, si les meilleures histoires trouvent leur source dans les plus grandes tragédies, celle-ci devrait nous inspirer un putain de scénario ! Pour le moment, la douleur est si forte qu'aucun de nous ne sait quoi en faire. Mais nous terminerons ce que tu as commencé, Cass. Ce film, c'était ton bébé. Nous te promettons d'en prendre soin.

Les trois jeunes gens retournèrent s'asseoir.

Le silence se prolongea, rompu par un craquement sonore quand Elaine Coyle se leva. La mère de Cassandra avait meilleure allure que lorsque Jane et Frost l'avaient interrogée, quatre jours plus tôt. Accablée par la mort de sa fille, elle avait répondu à leurs questions d'une voix à peine audible. Elle se dirigea vers le pupitre d'un pas résolu et promena un regard grave sur l'assistance. À l'inverse de Priscilla, dont le visage lifté cherchait à donner l'illusion de la jeunesse éternelle, Elaine assumait parfaitement son âge. Ses cheveux étaient striés de gris, et si le temps avait marqué ses traits, à cinquante-huit ans, elle respirait la force.

La force, et l'amertume.

— Ma fille n'était pas tendre avec les hypocrites. Elle n'accordait son affection qu'aux gens en qui elle avait foi, et elle leur rendait leur loyauté au centuple, dit-elle en se tournant vers les trois jeunes cinéastes. Travis, Ben et Amber, merci d'avoir été les amis de Cassie. Vous savez mieux que quiconque quels obstacles elle a dû surmonter. Par temps calme comme par grand vent, vous êtes toujours restés à ses côtés… Pas comme d'autres, qui ignorent le sens du mot fidélité et fuient leurs responsabilités à la première tentation.

Le regard d'Elaine se posa sur Priscilla, et son expression se durcit.

Une rumeur approbatrice s'éleva derrière Jane.

— Si Cassie était ici avec nous, elle nous dirait ce qu'est le véritable amour. Elle nous dirait comment une enfant de six ans réagit à un abandon. Tout l'argent, tous les cadeaux du monde ne rachèteront jamais une telle trahison.

— Est-ce qu'elle va finir par se taire ? gronda un homme.

Priscilla se leva et sortit.

L'officiant s'approcha d'Elaine, et le micro amplifia ce qu'il lui murmura :

— Il faudrait conclure, madame. D'autres personnes souhaitent prendre la parole.

— Je n'ai pas terminé !

— Le moment est mal choisi, vous ne trouvez pas ? Venez, je vais vous raccompagner à votre place…

— Non, je…

La mère de Cassandra pâlit subitement et se cramponna au pupitre.

— À l'aide ! appela le prêtre en tentant de la soutenir.

Soudain, les jambes d'Elaine se dérobèrent et elle s'effondra.

Elaine sirotait une tasse de thé très sucré au presbytère. Toute sa détermination était revenue en même temps que ses couleurs. Elle avait refusé qu'on appelle une ambulance et fait la sourde oreille aux exhortations à consulter au plus vite un médecin. Très droite sur sa chaise, elle affichait un visage sombre tandis que le prêtre faisait chauffer de l'eau pour remplir la théière. Les rayonnages de la bibliothèque derrière elle étaient chargés de livres sur la confiance, la charité et la compassion, des qualités dont on ne voyait aucune trace dans le regard qu'elle posait à présent sur Jane et Frost.

— Ça fait une semaine que ma fille est morte et vous n'avez toujours aucune idée de l'identité de son assassin ? lança-t-elle d'un ton accusateur.

— Nous suivons plusieurs pistes, répondit prudemment Jane.

— Et vous avez appris quoi jusqu'ici ?

— Que les relations étaient très compliquées au sein de votre famille, répliqua Jane, qui s'assit en face d'Elaine et plongea ses yeux dans les siens. Vous y êtes allée un peu fort avec Priscilla, souligna-t-elle.

— Elle le mérite. Elle m'a volé mon mari !

— Parce qu'il le voulait bien.

— Les torts sont partagés, évidemment. Je vais vous dire comment ça s'est passé !

Je ne suis pas sûre d'en avoir envie.

— Matthew était son expert-comptable et gérait sa fortune. Il a vite compris qu'elle pouvait lui offrir la vie dont il rêvait. Quand il a commencé à enchaîner les déplacements professionnels, j'étais loin de me douter qu'il partait avec *elle*. Pendant ce temps, Cassie et moi, nous restions seules à la maison. C'était une période affreuse : on venait de kidnapper une petite fille du voisinage. Toutes les familles étaient bouleversées mais, lui, il s'en fichait. Il était trop occupé à baiser cette salope pleine aux as !

Le prêtre se figea, la bouilloire inclinée vers la théière, et rougit violemment.

— Vous lui avez parlé, reprit Elaine à l'adresse de Jane. Je suppose qu'elle vous a donné sa version.

— Elle nous a dit que votre mariage battait déjà de l'aile.

— C'est ce que prétendent toutes les briseuses de ménage.

Jane soupira :

— Nous ne sommes pas conseillers conjugaux, madame Coyle. Nous nous efforçons juste de retrouver l'assassin de Cassandra. Croyez-vous que sa mort soit liée aux conflits qui agitent votre famille ?

— Je sais qu'elles se détestaient.

— Votre fille détestait sa belle-mère ?

— Elle lui avait volé son père. Comment auriez-vous réagi à sa place ?

Ce n'était pas difficile à imaginer. Le père de Jane avait eu une aventure avec une femme plus jeune, « la bimbo ». Sa mère, Angela, en avait eu le cœur brisé. Depuis, Frank était revenu vivre à la maison, mais peut-on jamais réparer le passé ?

— Si vous pensez que le tueur a agi par haine, ajouta Elaine, vous devriez vous intéresser de plus près à Priscilla.

— Et à qui d'autre ? s'enquit Frost. L'église était presque pleine aujourd'hui. Connaissiez-vous toutes les personnes présentes ?

— Pourquoi cette question ?

— Il n'est pas rare qu'un assassin cherche à s'immiscer dans l'enquête pour assister aux funérailles de sa victime et jouir de la douleur de ses proches, ou tenter de savoir si la police est sur sa piste.

Le prêtre regarda les deux inspecteurs d'un air choqué :

— Vous voulez dire que le tueur était peut-être là, dans mon église ?

— C'est possible, oui. C'est pourquoi nous avons installé une caméra de surveillance à l'entrée. S'il est venu, il y a de fortes chances pour qu'il apparaisse sur l'enregistrement. Madame Coyle, avez-vous repéré quelqu'un qui ne semblait pas à sa place ?

Elaine secoua la tête.

— À part la clique de Priscilla, non. Je connaissais la plupart des autres. D'anciens camarades de classe de Cassie. Des relations qu'elle avait gardées de son enfance à Brookline. Beaucoup de gens l'aimaient et sont venus lui rendre hommage, dit-elle, avant de baisser les yeux vers son thé refroidi et de grimacer de dégoût. Dieu merci, je n'ai pas eu à le croiser, *lui* !

— Qui ça ?

— Matthew. Il est dans le coma, m'a-t-on dit, et le pronostic n'est pas bon, fit-elle, en reposant la tasse sur la soucoupe avec un claquement triomphant. S'il meurt, il peut toujours courir pour que j'assiste à son enterrement !

— Rien de tel qu'une belle et grande famille unie, hein, Frost ? lança Jane, qui avait pris le volant et roulait en direction du siège de la police de Boston. On a assassiné sa fille, son ex est entre la vie et la mort, et elle n'arrête pas de baver sur la seconde femme. Je trouvais que Priscilla était un cas, mais *elle*...

— C'est sûr ! Comment peut-on garder rancune aussi longtemps à quelqu'un ? Ça fait quoi, dix-neuf ans, que Matthew et elle sont séparés ?

Jane s'immobilisa au feu rouge et jeta un coup d'œil à son coéquipier. Lui aussi avait connu un divorce douloureux et, pourtant, il n'avait jamais manifesté la moindre amertume. Son ex-femme et lui faisaient même des soirées télé-pizza ensemble. Si quelqu'un était dépourvu du gène de la rancœur, c'était bien Frost, dont l'amabilité légendaire faisait passer Jane pour une virago. Mais le problème des gentils, c'est que tout le monde leur marche dessus, alors que le fait d'avoir grandi auprès de deux frères avait enseigné à Jane qu'un coup de savate dans le tibia est souvent plus efficace qu'un « s'il te plaît ».

— Tu n'en veux même pas un peu à Alice ? demanda-t-elle.

— Pourquoi la ramènes-tu sans cesse sur le tapis ?

— On parlait des ex et de la rancune.

— Je l'admets, je lui en veux… un peu.

— Un peu ?

— À quoi bon rester en colère ? Ce n'est pas sain. Il faut pardonner et tourner la page, comme ta mère. Tu m'as dit qu'elle avait su rebondir ?

— Ouais. Le problème, c'est que mon père aussi a rebondi, pour atterrir en plein dans sa vie.

— C'est une bonne chose qu'ils se soient remis ensemble, non ?

— Viens donc réveillonner chez les Rizzoli, et tu verras comme ça colle bien entre eux !

— C'est une menace ou une invitation ?

— Ma mère me demande tout le temps quand tu viendras dîner. Elle voit en toi le fils idéal qu'elle n'a pas eu, surtout depuis que tu lui as changé un pneu crevé. Franchement, tu nous rendrais service à tous : comme d'habitude, elle aura prévu une montagne de nourriture.

— J'aimerais bien, mais je suis déjà pris.

— Ne me dis pas que tu vas réveillonner avec Alice ?

— Si.

— OK, soupira Jane. Tu peux l'amener, si tu y tiens.

— Non mais tu t'entends ? Tu es vraiment blessante.

— Moi, je suis blessante ? Et elle, elle ne t'a pas blessé, peut-être ? Je déteste te voir malheureux. Je te préviens : si elle te fait encore du mal, je lui file mon pied au cul !

— Voilà pourquoi je ne l'amènerai pas chez ta mère. Embrasse-la pour moi, d'accord ? Elle est gentille.

Jane gara la voiture sur le parking et éteignit le moteur.

— Crois-moi, dit-elle, je préférerais avoir une excuse pour ne pas y aller. Vu comment ça se passe entre mes parents, ça ne va pas être une partie de rigolade.

— Tu n'as pas le choix. C'est ta famille, et c'est le réveillon.

— Je sais. Joyeux Noël, mon œil !

11

— C'est quoi, le truc avec la fille sans yeux ?

Jane jeta un regard noir à son frère Frankie, occupé à se tailler une généreuse tranche d'agneau. Leur mère avait passé la journée à cuisiner le festin qui s'étalait à présent devant eux. Le gigot piqué de gousses d'ail et cuit à point trônait au milieu des pommes sautées au romarin, des haricots verts aux amandes, des trois sortes de salade et des petits pains maison.

Assise à l'extrémité de la table, le visage luisant de transpiration, Angela espérait des compliments amplement mérités. Mais Frankie avait abordé directement le sujet du meurtre tout en découpant la viande, qui rendait un jus teinté de sang dans le plat.

— Frankie, ce n'est pas le moment, marmonna Jane.

— Vous vous êtes encore surpassée, Angela, dit Gabriel, toujours prévenant avec sa belle-mère. Ce repas est fantastique.

Frankie poursuivit comme si de rien n'était :

— Ça fait plus d'une semaine qu'on l'a tuée. Les premières quarante-huit heures sont déjà loin ! s'exclama-t-il en se tournant vers leur père, Frank. Au cas où tu l'ignorerais, papa, déclara-t-il d'un air d'autorité, c'est dans les quarante-huit heures suivant un meurtre qu'on a le plus de chances d'en coincer l'auteur. Dans ce cas, il semblerait que la police n'ait même pas de suspect.

Cependant, Jane s'appliquait à couper des pommes de terre et des haricots verts pour sa fille de trois ans, Regina.

— Tu sais que je n'ai pas le droit de parler d'une enquête en cours, dit-elle.

— Allons donc ! On est en famille. En plus, la presse a déjà révélé tous les détails.

— Celui qui concerne la mutilation infligée au corps ne devait pas être divulgué. Il y a eu une fuite au sein du service, et je m'efforce d'en découvrir l'origine. Ensuite, la victime avait vingt-six ans. Ce n'était plus une « fille », mais une jeune femme.

— Ouais, je sais, tu m'as fait la leçon.

— Et tu t'es dépêché de l'oublier, répliqua Jane, qui s'adressa ensuite à Angela : Maman, ton gigot est parfait. Comment fais-tu pour avoir une viande aussi tendre ?

— Le secret, c'est la marinade, Janie. Je t'ai donné la recette l'an dernier, tu te rappelles ?

— Il faudra que je la retrouve. Mais je ne la réussirai jamais comme toi.

Frankie poursuivit d'un ton pédant :

— La mutilation a forcément une signification symbolique. Elle nous apprend quelque chose sur la psychologie du tueur. Ce type n'aime pas la façon dont les filles – pardon, les « femmes » – le regardent.

Jane éclata de rire :

— Tu te prends pour un profileur ?

Frank Sr intervint :

— Ton frère a le droit d'avoir un avis, Janie.

— Sur une affaire dont il ignore tout ?

— Je sais ce que je sais, s'entêta Frankie.

— C'est-à-dire ?

— Après avoir arraché les yeux, le tueur les a placés dans la main de la victime.

Angela reposa brutalement ses couverts :

— C'est Noël, bon sang ! Vous ne pourriez pas parler d'autre chose que de meurtres horribles ?

— Tu vas devoir t'y faire, déclara Frank en enfournant une pomme de terre. C'est leur boulot.

— Depuis quand est-ce aussi le boulot de Frankie ? s'enquit Jane.

— Depuis qu'il suit une formation en criminologie à l'institut de Bunker Hill, répondit son père. Tu es sa sœur, tu devrais l'encourager et le pistonner le jour où il cherchera un emploi.

— Je n'ai pas l'intention de postuler auprès de la police de Boston, lâcha Frankie d'un ton supérieur qui exaspéra Jane. J'en suis déjà au stade 3 du SSAS. Ça s'annonce bien !

— C'est quoi, le SSAS ? interrogea Jane, perplexe.

— Demande à ton mari, répliqua Frankie.

Jusque-là, Gabriel s'était contenté d'écouter en découpant en petits morceaux la viande de Regina.

— C'est le système de sélection des agents spéciaux, expliqua-t-il avec une expression résignée.

— Bravo ! s'exclama Frank Sr en donnant une claque dans le dos de son fils. Notre Frankie va entrer au FBI !

— T'emballe pas, papa, protesta Frankie avec une modestie feinte. Ce n'est pas encore gagné. J'ai passé une première épreuve théorique. La prochaine étape, c'est un entretien. Le fait d'avoir un beau-frère dans la place devrait jouer en ma faveur. Pas vrai, Gabe ?

— Ça ne peut pas faire de mal, répondit Gabriel sans se mouiller, avant de se tourner vers Angela : Pourrais-je avoir d'autres haricots, s'il vous plaît ? Regina a dévoré les siens.

— C'est pour ça que je me renseigne sur les affaires en cours, reprit Frankie. Comme la fille sans yeux. Je veux observer comment l'enquête est gérée au niveau local.

— J'ai peur de ne pas pouvoir t'apprendre grand-chose, dit Jane, vu que je n'exerce qu'au niveau local, justement…

— C'est quoi, cette attitude ? la houspilla son père. Tu trouves que Frankie n'est pas assez bon pour faire partie de ton club, c'est ça ?

— Là n'est pas la question, papa. Je n'ai pas le droit de commenter une enquête en cours, c'est tout.

— C'est ta copine flippante qui a pratiqué l'autopsie ? s'enquit Frankie.

— Quoi ?

— J'ai entendu dire que les flics l'avaient surnommée la Reine des morts.

— Qui t'a raconté ça ?

— J'ai mes sources. Remarque, ça ne me gênerait pas de passer une nuit à la morgue avec elle, ajouta Frankie avec un sourire complice à son père.

Angela repoussa sa chaise et se leva :

— Je me demande pourquoi je me donne la peine de faire à manger ! gronda-t-elle. La prochaine fois, je commanderai des pizzas !

Elle franchit la porte battante à la volée et disparut dans la cuisine.

— Bah ! Ne vous en faites pas pour elle, dit Frank. Ça lui passera.

Jane reposa brutalement sa fourchette :

— Vous pouvez êtes fiers de vous, tous les deux ! lança-t-elle.

— Pourquoi ? s'étonna Frank.

— Maman et toi, vous venez juste de vous réconcilier. Et c'est comme ça que tu la traites ?

— C'est quoi, le problème ? intervint Frankie. Ça a toujours été comme ça entre eux.

— Donc, tout va bien, c'est ça ?

Jane jeta rageusement sa serviette et se leva à son tour.

— Tu ne vas pas t'y mettre ? protesta son père.

— Maman a besoin d'aide pour empoisonner le dessert.

Jane trouva Angela près de l'évier, en train de se verser un grand verre de vin.

— Tu partages ? demanda Jane.

— Non. J'estime que j'ai mérité de m'enfiler la bouteille toute seule, rétorqua sa mère, en trempant les lèvres dans son verre. C'est comme avant, Janie, dit-elle d'un ton lugubre. Rien n'a changé.

Si, toi. Autrefois, Angela aurait tenu vaille que vaille tout au long de la soirée. Mais la femme qu'elle était devenue ressentait la goujaterie de son mari comme une blessure qu'elle s'efforçait de panser avec du chianti.

— Tu es sûre de vouloir boire seule ? insista Jane.

— C'est bon, joins-toi à moi.

Angela remplit un verre pour sa fille, et elles trinquèrent.

— Le repas était succulent, maman.

— Je sais.

— Papa en est conscient, mais il ne sait pas comment t'exprimer sa reconnaissance.

Elles burent une gorgée.

— Tu as vu Vince, dernièrement ? demanda Angela à voix basse.

Jane ne répondit pas tout de suite. Sa mère avait connu une période de bonheur aussi brève qu'intense avec Vince Korsak, un ancien flic. Jusqu'à ce que Frank la supplie de reprendre la vie commune. Jusqu'à ce que le sens du devoir et une culpabilité très catholique la poussent à mettre fin à sa relation avec Korsak.

— Il m'arrive de le croiser, dit enfin Jane. Il déjeune parfois au Doyle's.

— Comment est-il ?

— Égal à lui-même.

En réalité, Vince Korsak faisait pitié à voir. Il semblait avoir pris la résolution de s'empiffrer et se soûler à mort.

— Est-ce que… Il y a quelqu'un dans sa vie ?

— Je n'en sais rien, maman. On n'a pas eu l'occasion d'en parler.

— Si c'était le cas, je ne lui en voudrais pas. Il a parfaitement le droit de tourner la page. Mais… (Angela posa brusquement son verre.) Seigneur ! Je crois que j'ai commis une erreur. Je n'aurais pas dû le laisser partir. Maintenant, c'est trop tard…

La porte de la cuisine s'ouvrit et Frankie entra d'un pas pesant.

— Hé, m'man ! Papa voudrait savoir ce qu'il y a comme dessert.

Angela s'essuya furtivement les yeux et se dirigea vers le congélateur. Elle y prit un carton de crème glacée, qu'elle tendit à son fils.

— C'est tout ? fit celui-ci, déçu.

— Tu espérais quoi ?

— Ça va, je demandais.

— J'ai aussi du coulis au chocolat. Emporte ça et sers tout le monde.

Avant de sortir, Frankie se retourna et déclara :

— C'est chouette que tout soit redevenu normal. Pour papa et toi, je veux dire. C'est comme ça que ça doit être.

— C'est ça, soupira Angela. C'est comme ça que ça doit être.

Le portable de Jane sonna. Elle l'extirpa de sa poche et jeta un coup d'œil au numéro sur l'écran.

— Rizzoli, lâcha-t-elle d'un ton vif. (Agacée, elle constata que Frankie ne la quittait pas des yeux et tentait de deviner l'objet de la conversation. Monsieur l'aspirant agent spécial, toujours prêt à s'immiscer dans une enquête.) J'arrive tout de suite, dit-elle avant de raccrocher, puis de s'adresser à Angela : Désolée, maman, mais je dois y aller.

— Un nouveau meurtre ? s'enquit Frankie.

— Tu tiens vraiment à le savoir ?

— Ouais !

— Eh bien, achète les journaux demain.

— C'est une impression ou on nous réserve les cas les plus tordus ? s'interrogea Frost.

Jane et lui grelottaient sur la jetée de Jeffries Point. La bise leur piquait le visage comme des aiguilles. Jane remonta son écharpe sur son nez déjà insensible. Officiellement, l'hiver n'avait commencé que quatre jours plus tôt, pourtant de minces plaques de glace flottaient dans le port. Un avion décolla de l'aéroport international Logan tout proche, et le rugissement de ses moteurs couvrit brièvement les clapotis de l'eau contre les piliers.

— Tous les meurtres sont tordus, chacun à sa manière, rétorqua Jane.

— Ce n'est pas ainsi que j'imaginais la soirée. J'ai dû laisser Alice juste quand ça devenait vraiment sympa, reprit Frost, en baissant les yeux vers la raison de leur présence dans cet endroit désolé. Au moins, dit-il, cette fois, on ne devrait pas avoir trop de mal à déterminer la cause du décès.

Leurs lampes de poche éclairaient un homme de race blanche, torse nu dans la nuit glaciale. Ce détail mis à part, il était élégamment vêtu d'un pantalon en laine, d'une ceinture en autruche et de chaussures à embouts en cuir. Âgé d'environ vingt-cinq ans, doté d'un physique agréable, il était coiffé à la dernière mode, avec une mèche blonde qui lui barrait le front. Il avait des ongles nets, des mains exemptes de callosités – le genre de type qu'on s'attend à croiser dans une tour de bureaux du centre-ville, et non à découvrir sur une jetée balayée par les vents, la poitrine percée de trois flèches.

Jane se retourna en voyant des phares approcher. Une Lexus se gara derrière la voiture de patrouille et Maura Isles en descendit, son long manteau déployé telle une cape. Dessous, elle portait un pantalon, un pull à col roulé et des bottes noirs. Une tenue appropriée pour la Reine des morts de Boston.

— Joyeux Noël ! lui lança Jane. On a un cadeau pour toi.

Maura ne répondit pas. Son attention était concentrée sur le jeune homme étendu à ses pieds. Elle ôta ses gants de laine et les fourra dans sa poche. La paire en latex qu'elle enfila à la place n'offrait qu'une frêle protection contre le froid, aussi se dépêcha-t-elle d'examiner les flèches enfoncées dans la poitrine du cadavre, deux à gauche du sternum et une à droite.

— On dirait que quelqu'un a reçu un arc tout neuf à Noël et qu'il l'a étrenné sur ce pauvre gars, ironisa Jane.

— Qui a découvert le corps ? s'enquit Maura.

— Un agent de sécurité. Il affirme qu'il n'était pas là trois heures plus tôt, lors de sa précédente ronde. Il n'y a pas de caméras de surveillance dans le secteur. Ça ne va pas être facile de trouver des témoins, surtout un soir de réveillon.

— Les flèches sont d'un modèle courant, en aluminium, avec un empennage orange et blanc, enchaîna Maura. On peut en acheter dans n'importe quelle boutique d'articles de sport. Elles ont pénétré selon des angles légèrement différents. Je ne vois pas d'autres blessures.

— C'est ça qui est étrange, intervint Frost.

Jane éclata de rire :

— C'est tout ce qui t'étonne ?

— Il faut une ou deux secondes pour encocher une flèche. Le type aurait pu tenter de fuir. Mais on dirait qu'il est resté là, à servir de cible vivante.

— Je ne crois pas que ce soit ça qui l'ait tué, indiqua Maura.

— Au moins une des trois a dû percer un poumon.

— Certainement, au vu de leurs emplacements. Mais regardez : aucune des trois plaies n'a beaucoup saigné. Vous voulez bien m'éclairer ?

Jane et Frost dirigèrent le faisceau de leurs lampes vers le torse de la victime, et Maura pressa la peau de son aisselle.

— On constate une légère lividité au niveau de la zone axillaire droite, et elle semble fixée, annonça-t-elle, avant de contourner le corps afin d'examiner l'autre aisselle. Pas de lividité à gauche. Aidez-moi à le retourner, s'il vous plaît.

Les deux policiers s'accroupirent près du cadavre et le firent basculer sur le côté en veillant à ne pas déloger les flèches. À travers ses gants en latex, Jane le trouva aussi froid qu'un morceau de viande qui sortirait du réfrigérateur. Plissant les yeux à cause de la bise, elle inspecta le dos nu à présent illuminé par la lampe de Maura.

— Quelqu'un a-t-il bougé le corps ? demanda la légiste.

— L'agent de sécurité dit qu'il n'y a même pas touché. Pourquoi ?

— Les lividités sont situées dans la partie droite du torse. Ça signifie qu'il est resté étendu sur le côté pendant plusieurs heures après sa mort. Pourtant, à mon arrivée, il reposait sur le dos.

— Par conséquent, on l'a tué ailleurs. Puis on l'a transporté ici – dans le coffre d'une voiture, sans doute.

— C'est ce que suggère la disposition des *livor mortis*, approuva Maura, qui se pencha et tenta de plier le bras de la victime. La rigidité commence à peine dans les membres. J'estime que le décès date de deux à six heures.

Jane considéra les empennages qui frémissaient dans le vent.

— À quoi bon l'avoir criblé de flèches ? s'interrogea-t-elle. Encore une connerie de symbole ?

— L'assassin a peut-être agi dans un accès de fureur, dit Maura. La mort de la victime ne l'a pas soulagé, alors il a tenté de la tuer à nouveau.

— Vous savez à quoi ça me fait penser ? intervint Frost. À Robin des Bois, qui volait les riches pour donner aux pauvres. Ce type porte une ceinture en cuir d'autruche. Il devait bien gagner sa vie.

— Pourtant, on l'a retrouvé torse nu sur une jetée, répliqua Jane. Si ce ne sont pas les flèches qui l'ont tué, alors quoi ?

Un autre avion décolla de Logan. Le visage éclairé par la lumière des gyrophares, Maura attendit que le rugissement des moteurs se soit éloigné pour répondre :

— Je n'en ai pas la moindre idée.

12

Maura n'avait pas souvenir d'avoir jamais connu un matin de Noël aussi froid. Serrant une tasse de café dans ses mains, elle considérait l'épaisse couche de givre qui recouvrait le jardin par la fenêtre de la cuisine. Le thermomètre extérieur indiquait -15 °C à l'abri du vent glacial, et la terrasse dallée glissait comme une patinoire. Quand elle était allée ramasser le journal, elle avait failli tomber et s'était fait mal au dos en tentant de rétablir son équilibre. C'était un jour à ne pas mettre le nez dehors, et elle se réjouissait de ne pas avoir à sortir : son confrère Abe Bristol était d'astreinte au bureau. Elle comptait profiter de cette journée pour lire et cuisiner un succulent dîner pour elle seule. Un jarret d'agneau était en train de décongeler dans l'évier et une bouteille d'amarone attendait qu'elle la débouche.

Elle remplit sa tasse et s'assit afin de parcourir le *Boston Globe.* L'édition du jour était si mince qu'elle ne semblait pas présenter un grand intérêt, mais c'était son rituel matinal chaque fois qu'elle était en congé : deux tasses de café, un muffin anglais et la lecture du journal – un authentique journal, et non un flot de pixels sur un écran. Elle ignora le chat gris qui se frottait contre ses jambes et miaulait avec insistance pour réclamer son deuxième petit déjeuner. Un mois plus tôt, elle l'avait recueilli, affamé, sur une scène de crime. Depuis, il ne s'était pas écoulé une journée sans qu'elle regrette de l'avoir ramené chez elle. À présent, il était trop tard : le chat lui appartenait. Ou était-ce elle qui lui appartenait ? Difficile à dire.

Elle repoussa la Bête du pied et tourna une page du *Globe.* S'il ne faisait pas encore état du corps découvert la nuit précédente sur la jetée, il revenait sur le meurtre de Cassandra Coyle :

> CAUSES DE LA MORT TOUJOURS INCONNUES
>
> Les enquêteurs ont qualifié de « suspect » le décès de Cassandra Coyle, 26 ans. C'est le père de la jeune femme, inquiet de ne pas la voir au restaurant où il lui avait donné rendez-vous pour déjeuner, qui l'a trouvée à son domicile, mardi dernier. Une autopsie a été pratiquée dès le lendemain, mais le bureau du médecin légiste n'est pas encore parvenu à déterminer la cause de la mort…

Le chat sauta sur la table et s'assit juste sur l'article.

— Merci pour ce commentaire, marmonna Maura avant de le poser par terre.

Il lui adressa un regard dédaigneux et quitta la pièce d'une démarche altière. Voilà que je parle à un animal, maintenant ! pensa-t-elle. Quand était-elle devenue une « femme à chat », une célibataire gouvernée par un tyran à quatre pattes ? Rien ne l'obligeait à passer Noël seule. Elle aurait pu aller retrouver Julian, son pupille de dix-sept ans, dans son internat du Maine. Elle aurait pu organiser une fête de voisinage, se proposer comme bénévole dans une soupe populaire, ou accepter une des nombreuses invitations à dîner qu'elle avait reçues.

J'aurais pu appeler Daniel...

Daniel… Une année, poussée par le désir de le voir, même de loin, elle s'était glissée dans le fond de son église pendant qu'il célébrait la messe de Noël. Elle, la non-croyante, avait bu ses paroles alors qu'il parlait de Dieu, d'amour et d'espérance à ses ouailles. Mais leur amour n'avait servi qu'à leur briser le cœur. Tandis qu'elle se faisait ces réflexions, Daniel était-il en train de scruter l'assemblée des fidèles dans l'espoir de l'apercevoir ? Ou bien étaient-ils voués à mener des existences parallèles, sans que leurs chemins se croisent de nouveau, jusqu'à leur mort ?

Un coup de sonnette la fit sursauter. Elle imagina aussitôt Daniel derrière la porte. Qui d'autre pouvait lui rendre visite le matin de Noël ? *Bonjour, tentation ! Vais-je prendre le risque de le faire entrer ?*

Elle gagna le vestibule, respira profondément et ouvrit.

Ce n'était pas Daniel, mais une femme d'âge mûr avec un carton dans les mains. Elle était enveloppée dans une parka molletonnée. Son écharpe de laine ne laissait voir que ses yeux bruns au regard las et ses joues gercées. Quelques mèches blondes échappées de son bonnet tiré au ras des sourcils tremblaient au vent.

— Docteure Maura Isles ? demanda-t-elle.

— Oui ?

— Elle m'a chargée de vous remettre ceci.

Des objets s'entrechoquèrent dans le carton quand elle le tendit à Maura.

— Qu'est-ce que c'est ? l'interrogea celle-ci.

— J'en sais rien. On m'a juste dit de livrer cette boîte à votre domicile. Joyeux Noël, m'dame !

La femme descendit les marches et s'éloigna le long de l'allée verglacée.

— Une seconde ! lui cria Maura. *Qui* vous a confié cette course ?

Elle ne reçut aucune réponse. Maura, perplexe, vit l'inconnue monter à bord d'une camionnette blanche, qui démarra aussitôt.

Le froid mordant la fit battre en retraite à l'intérieur. Comme elle repoussait la porte du pied, elle sentit le contenu du carton se déplacer. Elle le porta au salon et le posa sur la table basse. Il était fermé par du ruban adhésif décoloré et ne comportait ni étiquette ni aucune indication de provenance.

Elle alla chercher une paire de ciseaux dans la cuisine. Quand elle revint, le chat avait sauté sur la table et décochait des coups de patte au carton.

Maura fendit l'adhésif, souleva les rabats et découvrit un véritable bric-à-brac : une montre-bracelet pour femme aux aiguilles arrêtées sur 4 h 15, un sac en plastique plein de bijoux fantaisie, une pochette dont le cuir verni s'écaillait et, dessous, une douzaine de photos d'inconnus devant une vieille ferme, dans une rue d'une petite ville ou pique-niquant à l'ombre d'un arbre. À en juger par les coiffures et les vêtements, les clichés dataient des années 1940 ou 1950. Pour quelle raison les lui avait-on adressés ?

Elle plongea la main au fond de la boîte et en sortit une enveloppe avec d'autres photos. En y jetant un coup d'œil, elle aperçut un visage familier. Prise d'un frisson, elle lâcha les photos, qui s'étalèrent à ses pieds tel un serpent venimeux.

Elle se rua vers la cuisine et appela Jane.

— Tu as vu sa plaque d'immatriculation ? demanda l'inspectrice. Qu'est-ce que tu peux me dire pour m'aider à retrouver le véhicule ?

— Je me souviens juste d'une camionnette blanche, répondit Maura tout en marchant de long en large dans le salon.

— Neuve ou ancienne ? De quelle marque ? Ford, Chevrolet ?

— Je suis incapable de faire la différence ! Pour moi, toutes les voitures se ressemblent, dit Maura, qui se laissa tomber sur le canapé avec un soupir : Désolée ! Je n'aurais pas dû t'appeler, surtout aujourd'hui. Mais, sur le moment, j'ai paniqué. Ma réaction est disproportionnée.

Jane eut un rire incrédule :

— Tu plaisantes ? Tu viens de recevoir un cadeau de Noël de la part d'une tueuse en série enfermée dans un quartier de sécurité maximum. Il y a de quoi flipper, oui ! La question, c'est qu'est-ce qu'Amalthea espère de toi ?

Maura considéra le cliché qui l'avait bouleversée. Une jeune femme brune y fixait l'objectif d'un regard assuré, adossée à un chêne aux branches largement déployées. Sa robe d'un blanc immaculé mettait en valeur sa taille élancée et ses bras minces. Elle aurait pu trouver charmante cette image prise sur une route de campagne si le modèle ne lui avait pas été aussi familier.

— On dirait moi, sur cette photo, murmura-t-elle en frissonnant.

Elle resta silencieuse pendant que Jane étudiait les clichés. Son regard s'attarda sur le sapin qu'elle avait décoré sans enthousiasme la semaine précédente. Les paquets disposés au pied – des cadeaux de collègues, pour la plupart – étaient encore emballés. Celui de Jane, enveloppé dans du papier métallisé violet et argent, occupait la place d'honneur. Maura avait prévu de les ouvrir dans la matinée, mais l'arrivée du carton avait chassé l'esprit de Noël de la maison. Amalthea le lui avait-elle offert en gage de réconciliation ? À moins que son cerveau malade n'ait imaginé que sa fille souhaitait conserver des souvenirs de sa famille… Une famille de monstres, qui pratiquait le meurtre dans un but lucratif.

À présent, le dernier de ces monstres était promis à une mort lente et douloureuse des suites d'un cancer. Une fois Amalthea partie, serai-je enfin libre ? pensa Maura. Pourrai-je de nouveau me considérer comme la fille de M. et Mme Isles, un couple respectable de San Francisco ?

— Quelle jolie petite famille ! ironisa Jane, penchée au-dessus d'une photo montrant Amalthea, son mari et leur fils. Papa, maman et Ted Bundy Jr. C'est fou comme le gosse lui ressemblait, à elle.

Le gosse... La seule fois où Maura avait posé les yeux sur son frère, c'était lorsqu'elle avait examiné son cadavre. Amalthea cherchait-elle à lui faire comprendre qu'elle ne pouvait échapper à ce qu'elle était ?

— C'est encore un de ses jeux pervers, conclut Jane en balançant les photos sur la table. Le carton devait être entreposé quelque part, peut-être dans un garde-meuble. Elle s'est débrouillée pour te le faire livrer le jour de Noël. Dommage que tu ne puisses rien me dire de plus sur la camionnette, ou sur la femme qui te l'a remis.

— Quand bien même la retrouverais-tu, ce n'est pas illégal de déposer une boîte chez quelqu'un.

— C'est du harcèlement. Amalthea cherche à exercer son emprise sur toi.

— Depuis son lit d'hôpital ?

— Tu ne m'aurais pas fait venir si ça ne t'affectait pas.

— Je ne savais pas qui d'autre appeler.

— Bon sang, Maura ! Je suis la première personne que tu dois prévenir dans ce genre de situation. Et d'abord, qu'est-ce qui t'a pris de vouloir passer Noël toute seule avec ce fichu chat ? L'année prochaine, je te traînerai de force chez ma mère !

— À t'entendre, on croirait que c'est une corvée.

Jane soupira :

— Que veux-tu que je fasse, à propos de ce carton ?

Maura baissa les yeux vers le chat, qui se frottait à elle en feignant l'affection pour obtenir à manger.

— Je n'en sais rien, avoua-t-elle.

— Dans ce cas, je vais te dire ce que je compte faire, moi. Je vais m'assurer qu'Amalthea ne recommencera pas. À l'évidence, elle a des complices à l'extérieur. Je vais la faire boucler de manière à ce qu'elle ne puisse plus t'atteindre.

Une pensée traversa alors l'esprit de Maura, tellement dérangeante qu'un frisson parcourut son échine.

Le chat dut sentir son trouble, car il parut brusquement sur le qui-vive.

— Et si ce n'était pas Amalthea qui m'avait envoyé ce carton ? murmura-t-elle.

— Qui veux-tu que ce soit ? répliqua Jane. Son mari et son fils sont morts. Il n'y a plus personne en vie dans cette famille.

Maura se tourna vers elle.

— En es-tu sûre ? demanda-t-elle.

13

Les attachées de presse comme moi feraient aussi bien de se mettre en congé pendant les quelques jours qui suivent Noël. Personne ne répond au téléphone ni aux mails. Aucun journaliste n'a envie de m'écouter lui vanter les mémoires émaillés de révélations croustillantes d'une vedette de téléréalité qui se trouve être ma putain de cliente. La dernière semaine de décembre est la pire période de l'année pour sortir un livre ou tenter de le vendre, mais c'est le moment qu'a choisi l'éditeur de Victoria Avalon pour la jeter dans l'arène. Bien sûr, Mlle Avalon n'est pas vraiment l'auteur de son bouquin – c'est à peine si elle sait écrire son nom. Pour faire le boulot, on a embauché une certaine Beth, une pro qui produit une prose honnête, à défaut d'être inspirée, et rend toujours sa copie à l'heure. Beth ne peut pas blairer Victoria – du moins, c'est ce que prétend la rumeur. Je suis bien placée pour récolter les ragots, et celui-ci est sans doute fondé : Victoria est exécrable. Moi aussi, je la déteste. En même temps, j'admire sa faculté à se foutre de l'opinion des autres, parce que c'est ainsi qu'on fait son chemin dans l'existence. À cet égard,

Victoria et moi, on se ressemble. Moi non plus, je n'en ai rien à cirer des autres.

Simplement, je cache mieux mon jeu.

Donc, assise à mon bureau, un sourire plaqué sur le visage, j'explique au téléphone à Victoria pourquoi je n'ai pu lui décrocher aucune des interviews radio ou télé qu'elle espérait. C'est la période de Noël, lui dis-je. Dans les rédactions, les gens sont trop occupés à dessoûler et à digérer leur dinde pour me rappeler. Oui, Victoria, c'est injuste. Oui, Victoria, on sait que tu es une star : tout le monde a pu mater tes nibards dans *Esquire*, et tu as été mariée à un joueur des New England Patriots pendant huit mois – un record ! Toutefois, elle reste persuadée que c'est ma faute si les médias ne se bousculent pas pour lui faire de la pub et si les libraires n'arrivent pas à écouler son bouquin (celui de Beth, en réalité).

Je garde le sourire même quand elle se met à hurler sur moi. C'est important de sourire au téléphone, car ça s'entend à votre voix. Ça l'est aussi parce que mon patron, Mark, m'observe depuis son bureau. Il ne doit pas deviner que notre cliente est en train de péter un plomb et va probablement résilier son contrat avec Booksmart Media. Je souris toujours quand elle me traite de « poupée Barbie sans cervelle » et me raccroche au nez.

— Elle est furax ? demande Mark.

— Oui. Elle s'attendait à ce que son livre fasse un carton.

— Tous pareils ! ricane Mark. Tu l'as bien gérée.

J'ignore s'il est sincère ou s'il dit ça pour me flatter. Nous savons tous les deux que Victoria Avalon n'entrera jamais dans la liste des meilleures ventes et que la faute m'en incombera.

Je dois à tout prix obtenir une couverture presse pour ce fichu bouquin. Je me tourne vers mon ordinateur pour vérifier si le nom de ma cliente a resurgi récemment dans les médias. Même un blog people fera l'affaire. Je ranime l'écran, qui affiche la page d'accueil du *Boston Globe*, et mon regard tombe sur une info de dernière minute. J'oublie aussitôt Victoria. C'est à propos du type dont on a trouvé le corps sur la jetée de Jeffries Point, il y a quelques jours de ça. Hier, à la télé, on disait qu'il avait été tué avec des flèches. La police est parvenue à établir son identité.

— Il faudrait rappeler Arthur, me suggère Mark. Il est question de foot dans les mémoires de Victoria, même à la marge. Il devrait pouvoir lui consacrer quelques lignes dans sa rubrique.

Je relève brusquement la tête.

— Quoi ?

— Victoria a été mariée à un joueur de football. À mon avis, il y a un angle pour un journaliste sportif.

J'attrape mon sac à main et je me lève d'un bond.

— Désolée ! J'ai un truc à faire. Je reviens tout de suite.

— Pas de problème. De toute manière, il ne se passera pas grand-chose aujourd'hui. Mais si tu pouvais jeter un coup d'œil au dossier de presse du livre d'Alison Reeve…

Je sors avant qu'il ait terminé sa phrase.

14

Le corps étendu sur la table d'autopsie était celui de Timothy McDougal, un comptable de vingt-cinq ans, célibataire, domicilié dans le North End de Boston. Yoshima avait raccourci les trois flèches, ne laissant que les pointes enfoncées dans la poitrine du cadavre. Impossible de pratiquer une incision en Y dans ces conditions : le scalpel de Maura avait fait un détour pour ne pas risquer d'entailler les perforations. Les rayons X avaient mis en évidence qu'une des flèches avait pénétré dans l'aorte descendante, causant une blessure qui aurait certainement tué Timothy McDougal si celui-ci n'avait été déjà mort.

La porte de la salle s'ouvrit et Jane entra en ajustant son masque.

— Frost ne vient pas, annonça-t-elle. Il est retourné chez la sœur de la victime. Elle est anéantie. C'est le pire Noël de toute sa vie.

Maura considéra le cadavre. Timothy McDougal avait été aperçu pour la dernière fois le 24 décembre dans l'après-midi, quand il avait salué gaiement son voisin en sortant de son appartement. Sa sœur cadette l'attendait pour bruncher le lendemain à Brookline. Il n'était pas venu. Entre-temps, les chaînes de télé avaient signalé la découverte du corps d'un jeune homme à Jeffries Point. Craignant le pire, sa sœur avait appelé la police.

— Leurs parents sont morts tous les deux, expliqua Jane. Rends-toi compte : à vingt-deux ans, elle se retrouve seule au monde.

Maura reposa le scalpel et saisit une cisaille.

— Elle vous a indiqué des pistes ? s'enquit-elle.

— Selon elle, Tim n'avait pas d'ennemis et ne s'était jamais attiré d'ennuis. Un grand frère idéal, apprécié de tous.

— Sauf de la personne qui l'a criblé de flèches, intervint Yoshima.

Ayant sectionné les côtes, Maura leva le sternum et inspecta la cavité thoracique.

— Des antécédents de toxicomanie ? demanda-t-elle.

— Pas d'après sa sœur. Le seul truc auquel il était accro, c'était la bouffe diététique.

— Aucune trace de drogue chez lui ?

— Avec Frost, on a passé son appartement au peigne fin. Comme il habitait un studio, ça a été rapide. On n'a même pas trouvé de beuh. Juste du vin dans le réfrigérateur et de la tequila dans le buffet. Y a pas plus clean que ce gars !

— C'est ce que tout le monde croit, en tout cas.

Jane haussa les épaules :

— On ne peut jamais être sûr de rien, en effet.

Tout être humain a ses secrets, et trop souvent c'était Maura qui les révélait : le citoyen respectable retrouvé mort, une revue pédopornographique à la main ; la parfaite épouse, la femme de la haute société avec une seringue d'héroïne plantée dans le bras… Timothy McDougal avait certainement les siens, et Maura allait devoir élucider le plus mystérieux de tous : la cause de son décès.

Celle-ci ne lui apparaissait toujours pas, même si elle avait semblé évidente sur les radios. Elle voyait très nettement la pointe d'acier perforant la paroi aortique. L'aorte descendante est la principale artère qui alimente le bas du corps. Si la victime avait succombé à une hémorragie interne, la cavité thoracique aurait été remplie de sang. Son absence indiquait que le cœur avait cessé de battre quand la flèche avait pénétré l'aorte.

— À voir ta tête, il y a un problème, fit Jane.

Au lieu de répondre, Maura saisit son scalpel et entreprit de prélever les organes, résolue à dissiper l'incertitude qui la rongeait. Le cœur et les poumons étaient conformes à ceux d'un homme jeune et en bonne santé : aucun signe d'affection coronarienne, d'emphysème ni d'abus tabagique. Son foie et sa rate étaient sains, son pancréas apte à produire de l'insuline pendant toute la durée de son existence.

Elle plaça l'estomac sur un plateau et l'incisa. Un liquide sombre qui sentait fort l'alcool s'en écoula. Elle s'immobilisa, le scalpel à la main, frappée par une réminiscence.

— Du whisky, dit-elle.

— Donc, il a bu peu avant sa mort.

— Ça ne t'évoque pas une autre victime ?

— Tu veux parler de Cassandra Coyle ?

— Elle avait du vin dans l'estomac, et je n'ai pas réussi à déterminer la cause de son décès. L'alcool semble être le dénominateur commun entre les deux affaires.

— On a visité tous les bars autour du domicile de Cassandra.

— Personne ne se souvenait d'elle ?

— Une serveuse a cru la reconnaître sur une photo, mais la femme qu'elle a remarquée ce soir-là buvait en compagnie d'une autre cliente. Elle n'a pas souvenir de l'avoir vue avec un homme.

— Les deux victimes se connaissaient-elles, ou avaient-elles un cercle d'amis communs ?

Jane réfléchit.

— Rien ne l'indique à ce stade de l'enquête, répondit-elle enfin. Elles n'habitaient pas le même quartier et exerçaient des métiers complètement différents. Je vais appeler Frost chez la sœur de Tim, ajouta-t-elle en attrapant son portable. Voyons si le nom de Cassandra Coyle lui est familier.

Pendant ce temps, Maura ouvrit l'estomac. Elle n'y trouva aucune trace d'aliments non digérés. Le jeune célibataire sortait-il pour prendre un verre avec des amis quand son voisin l'avait croisé ? Cassandra Coyle non plus n'avait pas mangé quand on l'avait tuée, et son estomac ne contenait qu'un reste de vin.

— On a reçu les analyses toxicologiques de Cassandra Coyle ? demanda-t-elle à Yoshima.

— Ça fait deux semaines que j'ai envoyé les échantillons, répondit l'assistant en se dirigeant vers l'ordinateur. Je vais regarder si les résultats sont arrivés.

Jane raccrocha et se tourna vers Maura :

— La sœur de Timothy n'a jamais entendu le nom de Cassandra Coyle. Franchement, je ne vois rien qui relie les victimes, hormis le fait qu'elles étaient toutes les deux jeunes, en bonne santé, et avaient bu avant de mourir.

— Les deux ont subi une mutilation post mortem.

— Pas faux !

— Trouvé ! s'exclama Yoshima. Le test de Cassandra Coyle était positif à l'alcool… et à la kétamine.

— La kétamine ?

Maura s'approcha également de l'ordinateur et déchiffra le compte rendu d'analyses :

— « Alcool : 0,4 g par litre de sang. Kétamine : 2 mg par litre. »

— Ce n'est pas ce qu'on appelle « la drogue du viol » ? interrogea Jane.

— À l'origine, c'est un anesthésique, mais, en effet, certains violeurs s'en servent pour endormir leurs victimes. Toutefois, je n'ai relevé aucun signe d'agression sexuelle sur le corps de Cassandra.

— En tout cas, maintenant, on a la cause du décès.

— Non, toujours pas. Le dosage de kétamine dans son sang était suffisant pour la neutraliser, mais pas assez élevé pour tuer une jeune femme en bonne santé.

— On lui a peut-être administré une substance que le labo n'a pas détectée.

— J'ai fait rechercher toutes celles que je connais.

— Alors, de quoi est-elle morte ?

— Je l'ignore toujours, avoua Maura en se dirigeant de nouveau vers la table et en considérant Timothy McDougal : Lui non plus, je ne sais pas ce qui l'a tué. J'ai certainement négligé un détail…

— Toi ? Impossible !

— Supposons que l'assassin utilise un mélange d'alcool et de kétamine pour neutraliser ses victimes. Une fois qu'elles sont inconscientes et vulnérables, comment parvient-il à les tuer sans laisser de… ? (Maura se tourna brusquement vers Yoshima :) Allez chercher le CrimeScope ! Avant de reprendre la dissection, je souhaite examiner son visage.

— Tu espères trouver quoi ? s'enquit Jane.

— Mets tes lunettes de protection, et tu verras.

Au signal de Maura, Yoshima plongea la pièce dans le noir. Une foule de détails surgirent soudain du néant sous le projecteur du CrimeScope : des fibres et des cheveux brillaient sur le sol, laissés là par une multitude de flics et d'employés de la morgue. Les gants, les blouses et les surchaussures ne prévenaient pas complètement la contamination, et la preuve s'étalait à présent sous leurs yeux.

Maura pointa l'appareil vers le visage de Timothy McDougal.

— La police scientifique a déjà ratissé la scène de crime pour trouver des indices, lui signala Jane.

— Je sais, mais je cherche autre chose.

Elle dirigea le faisceau vers le cou et testa les différentes fréquences en ignorant les pointillés de sang noir qu'elle avait dispersés en incisant le thorax.

Là, juste au-dessus du cartilage thyroïde ! Un trait à peine visible barrait la gorge et se prolongeait vers la nuque, où il disparaissait.

— Bordel ! gronda Jane. C'est quoi, ce truc ? Une marque de ligature ?

— Non. J'ai déjà examiné le cou. Je n'ai constaté ni hématomes ni impressions sur la peau. En outre, l'os hyoïde paraissait intact sur les radios.

— Qu'est-ce qui a fait ça, alors ?

— Je penche pour un résidu. Les fabricants d'adhésifs emploient parfois des additifs tels que le dioxyde de titane ou l'oxyde ferrique.

— Le tueur s'est servi de ruban adhésif ?

— C'est possible, mais pas pour attacher Timothy. La trace se limite à la face antérieure du cou. Le ruban maintenait quelque chose en place, mais il n'était pas assez serré pour provoquer des ecchymoses. Si les analyses toxicologiques révèlent la présence de kétamine, alors je serai en mesure de dire ce qui est arrivé à Timothy McDougal… et à Cassandra Coyle. Vous pouvez rallumer, Yoshima.

Jane ôta ses lunettes de protection.

— Tu crois qu'ils ont été victimes du même assassin ? demanda-t-elle.

— Oui, répondit Maura. Et je sais comment il a procédé.

15

Beaux-Yeux-Bleus semble surpris de me voir. Il s'est écoulé presque deux semaines depuis que nous avons couché ensemble et que j'ai fui au petit matin, comme une voleuse. Je n'ai pas repris contact avec lui pour ne pas me créer d'obligations supplémentaires : rendre un homme heureux, ça demande beaucoup de travail, et j'ai déjà mes propres besoins à satisfaire.

C'est d'ailleurs la raison de ma présence sur le pas de sa porte : j'ai besoin de lui. Pas de lui en particulier, mais de quelqu'un pour me rassurer après le choc que m'a causé la nouvelle lue sur le site du *Boston Globe*. Je ne sais même pas pourquoi je me suis précipitée chez lui. Peut-être parce que mon instinct me dit qu'il est digne de confiance et inoffensif – pas le type à vous poignarder dans le dos. Peut-être parce qu'il ne me connaît pas assez pour démêler la vérité des mensonges qu'il m'arrive de raconter. Tout ce que je sais, c'est que, pour la première fois de ma vie, je ressens la nécessité de me lier à un être humain.

Mais il n'a pas l'air décidé à me recevoir. À voir sa tête, on dirait que je suis un Témoin de Jéhovah venu lui vendre la parole divine et qu'il hésite à me claquer la porte au nez.

— Il fait froid dehors, dis-je. Je peux entrer ?

— L'autre jour, tu es partie sans même dire au revoir.

— Désolée. C'était nul de ma part. Je traversais une période difficile au boulot, je n'étais plus moi-même. Alors, la nuit qu'on a passée ensemble… C'était trop à la fois. J'avais besoin de réfléchir à tout ça.

Il pousse un soupir résigné :

— C'est bon, entre. Je ne voudrais pas que tu aies une pneumonie par ma faute.

Je me retiens de lui répondre qu'on n'attrape pas une pneumonie à cause du froid et le suis à l'intérieur. De nouveau, je suis impressionnée par sa maison : un vrai palais, comparativement à mon appartement minable. Everett est un « beau parti », comme aurait dit ma défunte mère. Le genre de petit ami qu'une fille a intérêt à garder. Malheureusement, je crains d'avoir tout gâché et qu'il ne soit juste trop poli pour me flanquer dehors. Il porte un jean et une vieille chemise en flanelle. J'en déduis qu'il ne bosse pas aujourd'hui. Ça me laisse le temps de redresser la situation. Nous restons un moment à nous observer dans un silence gêné. Ses yeux sont si bleus qu'ils m'hypnotisent. Il n'est pas peigné et il manque un bouton à sa chemise, mais ces détails triviaux ne le rendent que plus réel. Pour une fois, j'ai l'impression de pouvoir baisser la garde face à un homme.

— Je te dois des explications, dis-je. Le soir où on s'est rencontrés… je n'ai pas pu te résister. Je me suis jetée sur toi. Et le lendemain matin j'ai eu honte.

Son regard s'adoucit immédiatement.

— Pourquoi ? demande-t-il.

— Je ne suis pas ce genre de fille. (*En fait, si. Mais il n'a pas besoin de le savoir.*) À mon réveil, j'ai eu peur que tu ne me juges mal. Alors, je me suis rhabillée et…

Je me laisse tomber sur le canapé – une merveille en cuir noir, très confortable, qui doit coûter une fortune. Encore un bon point pour lui.

Il s'assied près de moi et me prend la main.

— Tu sais, me confie-t-il, je ressens exactement la même chose que toi. J'ai beau être un homme, je n'ai pas l'habitude de coucher aussi vite. Ma crainte, c'était que tu ne croies que je m'étais servi de toi, et que tu ne me considères comme un connard…

— À aucun moment je n'ai pensé ça !

Il me sourit :

— Et si on reprenait depuis le début ? Bonjour, je m'appelle Everett Prescott. Très heureux de faire ta connaissance.

Nous échangeons une poignée de main sans cesser de sourire. Une douce chaleur m'envahit. Cette fois, ça n'a rien de sexuel. C'est beaucoup plus profond. Est-ce que c'est ça, tomber amoureuse ?

— Dis-moi, poursuit-il, pourquoi es-tu revenue ? Pourquoi aujourd'hui ?

Je regarde nos mains toujours enlacées et décide de lui dire la vérité :

— Il s'est produit quelque chose d'horrible. Je l'ai lu dans le journal ce matin.

— Quoi donc ?

— Un homme a été tué le jour de Noël. On a trouvé son corps sur la jetée de Jeffries Point.

— Oui, j'ai vu.

— Le truc, c'est que je le connaissais.

Everett me dévisage, interdit.

— Oh ! Je suis désolé, Holly. C'était un ami proche ?

— Non. On est juste allés à l'école ensemble, à Brookline. Mais quand même, ça m'a secouée. Ça m'a rappelé qu'il peut arriver n'importe quoi, n'importe quand.

Il m'attire contre lui. Il sent la lessive et l'après-rasage. Une odeur réconfortante, qui me donne la sensation d'être à nouveau une petite fille dans les bras de mon papa.

— Il ne t'arrivera rien, Holly, murmure-t-il.

Mon père aussi me dit ça tout le temps. Lui non plus, je ne le crois pas.

Je soupire :

— Personne ne peut promettre une chose pareille.

— Si, moi.

Everett relève mon visage et plonge son regard dans le mien. Il cherche à comprendre ce qui me bouleverse tellement. Quand je lui ai parlé de Tim, je ne lui ai dit qu'une partie de la vérité. Il n'a pas besoin de savoir le reste.

Aussi, je passerai les autres morts sous silence.

— Qu'est-ce que je peux faire pour que tu te sentes en sécurité ? demande-t-il.

— Être mon ami. Ce qu'il me faut en ce moment, c'est quelqu'un sur qui je peux compter.

Quelqu'un qui ne posera pas trop de questions.

— Tu veux que je t'accompagne à l'enterrement ?

— Hein ?

— Celui de ton ami. Si sa mort t'affecte tant, c'est important que tu y ailles. Tu dois exprimer ton chagrin pour pouvoir faire ton deuil. Et je serai là, avec toi.

Sa présence pourrait me procurer un avantage. Ça me ferait une paire d'oreilles supplémentaire pour recueillir des rumeurs et des informations. Mais elle pourrait aussi constituer un danger. Je me suis éclipsée discrètement aussitôt après l'enterrement de Sarah Byrne. À celui de Cassie Coyle, comme personne ne m'avait reconnue, je me suis fait passer pour une ex-camarade d'université, Sasha. Mais Everett sait que je me prénomme Holly. Même s'il ne connaît qu'une partie de la vérité, cela me compliquerait la tâche si je devais mentir. Un vieux poème dit : « Ô la toile enchevêtrée que nous tissons, lorsque dès l'abord nous pratiquons la tromperie. » C'est faux. Les problèmes ne découlent pas de la tromperie, mais de la sincérité.

— Je serai ton roc, Holly, si c'est ce que tu désires.

Une lueur amoureuse brille dans ses yeux. Pas de doute : il pourrait se révéler utile, d'un tas de manières que je n'imagine même pas encore.

— Qu'est-ce que tu en dis ? insiste-t-il.

Je lui souris.

— Je crois que ça me plairait beaucoup.

Mais alors que nos lèvres se joignent dans un baiser, il me vient à l'esprit que, un roc, ce n'est pas qu'une chose à laquelle on se raccroche pour éviter de couler. Ça peut aussi vous entraîner sous la surface, jusqu'au fond de l'eau.

16

— C'est le seul mécanisme de décès qui ait du sens, affirma Maura. Le problème, c'est qu'il est presque impossible à démontrer.

Elle jeta un coup d'œil au Dr Lawrence Zucker, le psychologue médicolégal, assis de l'autre côté de la table. À voir son expression, elle n'aurait su dire si elle l'avait convaincu. Jane et Frost l'avaient laissée exposer sa théorie sans l'interrompre. À présent, elle allait devoir se soumettre à l'appréciation d'un confrère qui avait toujours constitué une énigme pour elle. La police de Boston avait l'habitude de faire appel au Dr Zucker pour élucider le comportement d'un tueur. Si Maura respectait son expertise, elle n'avait jamais éprouvé de sympathie pour lui. Son regard froid et inquisiteur évoquait plus un androïde qu'un être humain – une machine conçue pour sonder l'esprit de ses sujets d'expérience avec une absence complète de compassion.

Et ce regard était rivé sur elle.

— Avez-vous la moindre preuve de ce que vous avancez ? demanda Zucker en la fixant de ses yeux pâles qui ne cillaient pas.

— Le prélèvement effectué sur la gorge de la victime a mis en évidence des traces de polyisoprène et d'hydrocarbures C5. Les deux sont couramment employés pour la fabrication de ruban adhésif. Les matériaux inorganiques sont également des composants très communs. C'est pourquoi le CrimeScope a pu repérer le résidu.

— On distingue très nettement les contours de celui-ci sur les photos du cou, ajouta Jane en tournant son ordinateur portable vers Zucker.

Celui-ci examina le cliché avec attention.

— Il est à peine visible, fit-il.

— Mais il est bien présent.

— Peut-être l'assassin a-t-il utilisé du ruban adhésif pour immobiliser la victime.

— On n'a relevé ni ecchymoses ni égratignures sur la gorge de Timothy McDougal, objecta Maura. Rien n'indique non plus qu'il ait opposé une résistance physique à son agresseur. Je pense qu'il était déjà inconscient quand on l'a tué. Le labo a confirmé la présence d'alcool et de kétamine dans son sang, comme chez Cassandra Coyle, à un niveau suffisant pour le neutraliser sans toutefois provoquer sa mort.

— Pourquoi avoir appliqué de l'adhésif sur son cou, dans ce cas ?

— Pour maintenir quelque chose en place et empêcher l'air de passer dessous. Ça me fait penser à la Porte du Paradis… Pas le film de Michael Cimino.

— Vous faites allusion à la secte de San Diego ? supposa Zucker.

Maura acquiesça :

— La Porte du Paradis était un mouvement New Age fondé par un certain Marshall Applewhite, un gourou qui prétendait descendre de Jésus-Christ. Il racontait à ses adeptes que les extraterrestres s'apprêtaient à détruire notre planète, et que leur seule chance de survivre était d'évacuer celle-ci. Début 1997, la comète Hale-Bopp s'est approchée de la Terre. Applewhite affirmait que sa queue dissimulait un vaisseau spatial qui allait transférer leurs âmes à son bord. Mais pour cela ils devaient abandonner leurs enveloppes corporelles. Vous devinez par quel moyen…

— Le suicide, lâcha Frost.

— Trente-neuf membres de la secte, tous habillés de la même manière – chemise noire, pantalon de survêtement, chaussures de sport Nike –, ont ingéré un mélange de vodka et de phénobarbital pour éviter de paniquer ou de ressentir de l'anxiété. Puis ils ont noué un sac en plastique autour de leur tête et sont morts asphyxiés.

— Dans leur cas, la cause du décès était évidente, fit remarquer Zucker.

— Parce qu'on les a retrouvés avec un sac sur la tête. Mais imaginez un meurtrier qui prendrait la précaution de l'enlever une fois sa victime décédée ? L'homicide serait alors très difficile à démontrer. Quand j'ai examiné les poumons de Cassandra Coyle et Timothy McDougal, je n'ai relevé qu'un œdème mineur et des pétéchies. Sans les mutilations post mortem, j'aurais eu beaucoup de mal à classifier leur décès.

— Si j'ai bien compris, intervint Zucker, après avoir commis des meurtres parfaits, l'assassin aurait mutilé les corps pour qu'on sache qu'il s'agissait bien d'homicides ?

— Exactement.

Une lueur d'intérêt brilla dans le regard reptilien du psychologue.

— C'est fascinant ! s'exclama-t-il.

— C'est tordu, oui, répliqua Jane.

— Pensez au message qu'il tente de nous faire passer, reprit Zucker : « Je pourrais continuer à tuer sans que personne soupçonne rien. Mais je veux que vous sachiez ce que j'ai fait. »

— Il frime, lança Jane.

— Vis-à-vis de qui ?

— De la police, bien sûr ! Il nous nargue. Il se croit trop intelligent pour qu'on l'attrape.

— Êtes-vous certaine qu'il cherche à communiquer avec nous ? Les hommes de main de la mafia signent également leurs meurtres afin d'intimider leurs ennemis.

— Aucune des deux victimes n'était liée au crime organisé, réfuta Jane.

— Alors, le message s'adresse peut-être à quelqu'un d'autre… Quelqu'un qui comprend le symbolisme des mutilations : des yeux arrachés, un corps criblé de flèches… Dites-m'en plus sur Timothy McDougal. On l'a trouvé sur la jetée, mais où a-t-il été tué ?

— Ça, on l'ignore. Un voisin l'a vu quitter son appartement du North End aux environs de 16 heures, soit cinq heures avant la découverte de son cadavre. Les fibres bleu foncé recueillies sur son pantalon correspondent à un tapis de voiture de modèle courant. Il est probable qu'on l'a transporté jusqu'à la jetée à bord d'une automobile.

Zucker joignit les mains, les yeux mi-clos :

— Le tueur l'a déposé dans un lieu public. Il aurait pu le balancer dans le port, ou le cacher dans les bois.

Mais non, il désirait qu'on le trouve. Il aspire à la notoriété.

— C'est pour ça que j'ai prié la Dr Isles de vous exposer sa théorie, reprit Jane. Ça m'a l'air d'être un fichu bordel dans la tête de ce type. À votre avis, à quelle catégorie de barjo a-t-on affaire ?

C'était précisément le genre de cas dont raffolait Zucker. Maura décela une lueur d'excitation dans son regard tandis qu'il étudiait la question. Fallait-il être soi-même dérangé pour sonder les ténèbres de l'âme humaine avec un tel enthousiasme ? *Et toi, Maura ? Qu'est-ce que ta vocation révèle de toi ?*

Zucker s'adressa alors à elle :

— Qu'est-ce qui vous fait croire qu'un même assassin a commis les deux meurtres ?

— Ça me semble évident : les deux victimes avaient de l'alcool et de la kétamine dans le sang. La cause du décès n'était apparente ni dans un cas ni dans l'autre. Les deux ont subi des mutilations post mortem.

— Des yeux arrachés, sur un plan symbolique, ce n'est pas pareil qu'une poitrine percée de flèches.

— Les deux ne peuvent être issus que d'un cerveau malade, glissa Jane.

Zucker poursuivit :

— La présence de kétamine n'est pas exceptionnelle en soi. C'est une drogue récréative d'un usage assez courant. D'après une étude récente, même les lycéens y ont recours.

— C'est vrai, lui concéda Maura. Toutefois…

— En outre, la première victime était une femme et la seconde, un homme. Avaient-ils quoi que ce soit en commun ?

— On n'a rien trouvé à ce stade de l'enquête, admit Jane. Ils n'habitaient pas le même quartier, n'étaient pas diplômés de la même université, travaillaient dans des secteurs différents et n'évoluaient pas dans le même milieu.

— Et les réseaux sociaux ?

— Tim McDougal n'avait de comptes ni sur Facebook ni sur Twitter. Ils n'ont pas pu entrer en contact par ce moyen.

— J'ai épluché leurs relevés bancaires, indiqua Frost. Au cours des six derniers mois, ils n'ont fréquenté ni les mêmes bars, ni les mêmes restaurants, ni les mêmes commerces alimentaires. La sœur cadette de Timothy ne connaît pas le nom de Cassandra, et la belle-mère de cette dernière n'a jamais entendu celui de Timothy McDougal.

— Alors, pourquoi l'assassin a-t-il choisi ces deux personnes en particulier ?

Il y eut un long silence. Personne n'avait de réponse à fournir à Zucker.

— Tous deux avaient de l'alcool dans l'estomac, insista Maura.

Zucker détacha les yeux de son bloc-notes à couverture jaune :

— Verser de la kétamine dans le verre de sa proie est une pratique courante chez les violeurs.

— Ni l'une ni l'autre victime n'ont subi de sévices sexuels, affirma Maura.

— En êtes-vous certaine ?

— On a effectué des prélèvements dans tous leurs orifices et examiné leurs vêtements sans y déceler la moindre trace de sperme.

— Ça n'exclut pas un mobile d'ordre sexuel.

— Je ne peux pas me prononcer sur les motivations du tueur, docteur Zucker. Mon rôle se borne à étudier les faits.

Les lèvres de Zucker se retroussèrent légèrement. Quelque chose chez lui troublait Maura. Il lui donnait l'impression de savoir sur elle des choses qu'elle-même ignorait. Il était forcément au courant, pour Amalthea. Tout le monde au sein de la police de Boston connaissait son secret le plus douloureux : elle était la fille d'une femme emprisonnée à perpétuité pour de multiples homicides. Voyait-il sa mère en elle ? Est-ce que ça expliquait le sourire qu'il venait de lui adresser ?

— Je n'avais pas l'intention de vous offenser, docteure Isles, se défendit-il. Je n'ignore pas que votre spécialité repose sur l'étude des faits. Mais mon travail consiste à comprendre pourquoi l'assassin a choisi ces deux personnes – à supposer que nous ayons affaire à un tueur unique, bien sûr. Parce qu'il existe des différences notables entre les deux victimes. Il y a deux semaines, quand les inspecteurs Frost et Rizzoli m'ont consulté à propos des mutilations subies par Cassandra Coyle, ils envisageaient une tout autre théorie…

— Elle tenait en quelques mots, expliqua Jane : « Je ne vois pas le mal », comme le premier singe de la fable. Vous l'aviez jugée convaincante à l'époque.

— Un tueur va arracher les yeux de sa victime parce que ceux-ci revêtent une signification particulière pour lui, reprit Zucker. C'est un acte symbolique puissant, qui lui procure aussi une excitation sexuelle. Pourquoi choisir ensuite une cible masculine et lui infliger des mutilations radicalement différentes ?

— Vous ne croyez pas que les deux affaires sont liées ? demanda Jane.

— Disons qu'il faudra de meilleurs arguments pour me convaincre, lâcha-t-il en refermant son bloc-notes et en se tournant vers Maura : Prévenez-moi quand vous les aurez.

Il se leva et quitta la pièce, tandis que Maura considérait les documents étalés sur la table d'un air résigné.

— Quelle tête de mule ! maugréa Jane.

— Il a raison, soupira Maura. Nous n'avons aucune preuve que c'est le même tueur.

— Tu en es persuadée, et ça me suffit.

— Pourquoi ça ?

— Parce qu'en temps normal tu ne fonctionnes pas à l'intuition. Pour toi, seuls les faits comptent. La dernière fois que tu as eu un pressentiment, je ne t'ai pas crue, et j'avais tort.

— Rien ne dit que j'aie raison cette fois.

— Tu commences à douter ?

— Nous devons trouver le point commun entre les deux victimes, reprit Maura en rassemblant ses papiers. Comment sont-elles entrées en contact avec l'assassin ?

Elle s'apprêtait à refermer la chemise contenant les clichés du corps de Timothy McDougal quand elle s'immobilisa. Un souvenir flottait à la surface de sa mémoire ; la vision furtive d'un rayon de soleil filtré par des vitraux.

— Qu'est-ce qu'il y a ? s'inquiéta Jane.

Maura ne répondit pas. Elle plaça une photo du cadavre de Cassandra Coyle à côté de celle de Tim McDougal. Deux victimes : un homme, une femme.

Celui-là la poitrine percée de flèches, celle-ci les yeux arrachés.

— Comment n'y ai-je pas pensé plus tôt ? murmura-t-elle.

— Tu vas me dire ce qui se passe, à la fin ? s'impatienta Jane.

— Pas encore. Pas avant d'avoir fait quelques recherches, précisa Maura en glissant prestement les clichés dans la chemise avant de se diriger vers la porte : Je dois consulter un expert, lança-t-elle.

— Qui donc ?

Maura fit une pause sur le seuil.

— Ça, répondit-elle, je préfère ne pas te le dire.

Puis elle sortit.

17

Ils avaient décidé de se rencontrer en terrain neutre. Surtout pas chez Maura, où ils risquaient de succomber de nouveau à la tentation. Ni à Notre-Dame-de-la-Divine-Lumière, où ils auraient été exposés aux regards des fidèles. Ce bar d'Huntington Avenue semblait beaucoup plus sûr et, à 15 heures, il était assez peu fréquenté pour qu'ils puissent s'y attarder sans être dérangés ni éveiller la curiosité.

Maura arriva la première et choisit une banquette au fond de la salle. Elle s'assit le dos au mur, comme si elle craignait d'être surprise par un ennemi. Toutefois, c'était moins Daniel qu'elle redoutait que ses propres sentiments. Elle commanda un café. Elle n'y avait pas encore trempé les lèvres qu'elle sentit son pouls s'accélérer. Pour détourner son esprit de Daniel, elle étudia de nouveau les clichés pris sur les scènes de crime. Bizarrement, ces images violentes et morbides avaient un effet apaisant sur elle. Cela faisait-il d'elle une perverse ? Elle avait toujours préféré la compagnie des morts. Eux, au moins, n'exigeaient rien et n'espéraient aucune faveur.

Ils n'inspiraient pas le désir.

Elle entendit la porte s'ouvrir et leva les yeux juste comme il entrait. Enveloppé dans un manteau épais, une écharpe enroulée autour du cou, il ressemblait à n'importe quel client pressé de se réchauffer avec un café. Mais Daniel Brophy n'était pas n'importe qui. La serveuse qui disposait des couverts sur les tables s'interrompit et le suivit du regard tandis qu'il s'avançait vers le fond. Pas étonnant : avec ses cheveux bruns et son pardessus noir, on aurait dit Heathcliff arpentant la lande. Daniel ne remarqua même pas l'intérêt qu'il suscitait chez la jeune femme. Ayant repéré Maura, il marcha droit vers elle.

— Ça faisait une éternité, murmura-t-il.

— Depuis avril, je crois.

En vérité, elle se rappelait la date exacte, l'heure et les circonstances de leur dernière rencontre. Lui aussi.

— C'était à Roxbury Crossing, dit-il. La nuit où on a tué un inspecteur à la retraite.

Maura et Daniel ne se croisaient plus que sur les scènes de crime. Pendant qu'elle examinait les morts, lui, en tant qu'aumônier de la police de Boston, s'employait à réconforter les vivants traumatisés et accablés de chagrin. Si leurs rôles respectifs ne les obligeaient pas à s'adresser la parole, Maura avait sans cesse conscience que sa présence bouleversait son univers si ordonné.

Il ôta son manteau et se débarrassa de son écharpe, révélant son col ecclésiastique, cette simple bande d'étoffe empesée qui avait le pouvoir de séparer deux êtres épris l'un de l'autre.

— Tu as renoncé à ta charge d'aumônier ? s'enquit-elle. Je ne t'ai vu sur aucune scène de crime depuis.

— J'ai passé six mois au Canada. Ça fait à peine quelques semaines que je suis rentré.

— Au Canada ?

— Une retraite spirituelle. J'avais besoin de m'éloigner de Boston.

Maura ne lui demanda pas d'explication. Les rides de son visage s'étaient creusées et des fils d'argent se mêlaient à ses cheveux sombres. Ce n'était pas Boston qu'il avait fui, mais elle.

— Ton coup de fil m'a surpris, avoua-t-il. La dernière fois que nous nous sommes parlé, tu m'as prié de ne plus jamais entrer en contact avec toi. Ça n'a pas été facile, mais j'ai respecté ta décision. Je n'ai toujours voulu que ton bien, Maura.

— Daniel, il ne s'agit pas de nous. Je…

— Qu'est-ce que je vous sers, monsieur ?

Ils sursautèrent tous les deux. L'employée venait d'apparaître à côté de leur table, son carnet à la main.

— Juste un café, s'il vous plaît.

Ils se turent pendant que la jeune femme remplissait la tasse de Daniel et resservait Maura. S'interrogeait-elle sur ce couple silencieux et morose ? Croyait-elle voir un prêtre en train de soutenir une de ses paroissiennes, ou son intuition lui soufflait-elle qu'il y avait autre chose ?

— J'aimerais avoir ton avis sur une enquête en cours, reprit Maura après son départ, en faisant glisser un cliché sur la table. Dis-moi ce que ça t'inspire.

Daniel fronça les sourcils :

— Pourquoi me montres-tu cette photo ?

— La victime s'appelle Timothy McDougal. On a trouvé son corps sur la jetée de Jeffries Point dans la soirée du 24 décembre. La police n'a encore ni piste ni suspect.

— Je ne vois pas en quoi je pourrais t'aider.

— Garde cette image présente à l'esprit.

Elle lui fit passer ensuite un gros plan du visage de Cassandra Coyle, avec deux trous béants à l'emplacement des yeux, et observa sa réaction. Quand il releva la tête, elle lut de la stupéfaction dans son regard.

— Sainte Lucie ! s'exclama-t-il.

Elle acquiesça :

— J'ai eu la même idée.

— Comment est-ce possible ? Tu n'es pas croyante.

— Mes parents étaient catholiques, et… (Elle hésita, répugnant à lui confesser son secret :) Je ne te l'avais jamais dit, mais je suis souvent entrée dans ton église. Parfois, j'étais toute seule. Je m'asseyais toujours au fond.

— Pourquoi ?

— Pour me sentir près de toi, même en ton absence.

Il tendit le bras et lui prit la main :

— Oh ! Maura…

— Sur le mur à gauche du banc, il y a de magnifiques vitraux avec des saints et des saintes. En les regardant, je pensais aux souffrances qu'ils avaient endurées. Bizarrement, ça me réconfortait de me dire qu'à côté d'eux j'avais de la chance. Je me rappelle particulièrement un homme attaché à un poteau, les yeux levés vers le ciel. Un homme transpercé de flèches…

— Sébastien, le patron des archers et des policiers. Un des martyrs les plus représentés à l'époque médiévale. Sébastien était un officier romain converti au christianisme, exécuté pour avoir refusé d'honorer les anciens dieux. (Il tapota la photo de Timothy McDougal :) Tu crois que cette mise en scène fait référence à saint Sébastien ?

— En effet, répondit Maura. Et ta réaction me conforte dans cette idée.

— Parle-moi de l'autre victime.

— Cassandra Coyle. Une jeune femme de vingt-six ans, découverte morte dans sa chambre. Ses globes oculaires ont été excisés post mortem et déposés dans sa paume.

— Une représentation classique de sainte Lucie, patronne des aveugles. Lucie était une vierge qui s'était vouée au Christ. On l'a emprisonnée et torturée pour avoir refusé d'épouser l'homme auquel elle était promise. Son bourreau lui a arraché les yeux.

— Une fois qu'on en a pris conscience, la référence est évidente.

— Qu'en pense la police ?

— Je ne leur en ai pas encore parlé. Je voulais d'abord avoir ton avis.

— Je connais le calendrier liturgique, et aussi la plupart des vies de saints. Mais ça ne fait pas de moi un expert.

— Non ? Je n'ai pas oublié tes leçons sur l'iconographie sacrée. Tu m'as expliqué qu'un vieillard avec des clés représentait presque à coup sûr saint Pierre. Une femme tenant un pot d'onguent ? Marie Madeleine ! Un homme en haillons portant un agneau ? Saint Jean Baptiste !

— N'importe quel historien de l'art t'en dirait autant.

— Mais combien sont aussi versés que toi dans le symbolisme religieux ? Tu pourrais nous aider à identifier les autres victimes du tueur.

— Parce qu'il y en a d'autres ?

— Peut-être. Simplement, on n'a pas su les repérer. Tes connaissances pourraient se révéler précieuses.

Le silence se prolongea. Maura comprit que Daniel hésitait à cause de leur liaison passée. Leurs routes s'étaient séparées à peine un an plus tôt. La blessure n'était pas encore refermée. Elle espérait qu'il répondrait favorablement à sa requête, et le redoutait à la fois.

Il tendit la main vers son manteau et son écharpe, très calme. Sa décision semblait prise. C'est mieux ainsi, pensa Maura. Toutefois, son cœur se serra quand il se leva. Serait-elle capable un jour de le regarder sans émotion ?

— Retrouvons-nous à l'église, dit-il.

— Pourquoi ?

— Si je dois te conseiller, autant réviser les bases. À tout de suite.

Combien de fois Maura s'était-elle blottie sur un banc de Notre-Dame-de-la-Divine-Lumière pour s'apitoyer sur son sort ? Même si elle n'était pas croyante, elle ressentait le besoin d'être guidée par une autorité supérieure et puisait du réconfort dans ce décor familier : la lueur tremblante des bougies votives, l'autel drapé de velours pourpre, le regard bienveillant de la madone de pierre trônant dans une alcôve… Et combien de fois avait-elle médité sur les tourments endurés par les saints représentés sur les vitraux ? Le jour qui filtrait de l'extérieur nimbait le visage de Daniel Brophy d'une froide clarté hivernale.

— Je n'ai jamais pris le temps d'étudier vraiment ces vitraux, dit-il quand Maura le rejoignit devant la première fenêtre. Ils sont magnifiques, tu ne trouves pas ? On m'a dit qu'ils n'étaient pas très anciens – ils remontent à peine à un siècle –, mais ils ont été fabriqués en France, dans le style traditionnel présent dans les églises à travers toute l'Europe.

Maura indiqua l'angle supérieur gauche du vitrail :

— Ce n'est pas saint Sébastien, là ?

— Si. Il est facilement reconnaissable.

— Et en haut à droite ?

— Saint Barthélemy, le patron de l'Arménie. Tu vois le couteau dans sa main ? C'est l'instrument de son martyre.

— Il a été poignardé ?

— Pire que ça : écorché vif pour le punir d'avoir converti le souverain arménien au christianisme. On le dépeint parfois avec sa peau sur le bras, comme un manteau sanglant. C'est aussi le patron des bouchers et des tanneurs, ajouta Daniel avec un sourire triste.

— Et qui est la femme dans le coin inférieur gauche ?

— Sainte Agathe.

— Qu'est-ce qu'elle porte sur un plateau ? On dirait des petits pains.

— Euh… ce n'est pas tout à fait ça, bredouilla Daniel, gêné.

Maura le fixa d'un regard perçant :

— Comment l'a-t-on tuée ?

— Comme elle refusait d'honorer les anciens dieux romains, on l'a obligée à marcher sur du verre brisé et brûlée avec des charbons ardents, pour finir par lui arracher les seins avec des tenailles.

Maura secoua la tête :

— Que d'histoires horribles !

— En effet. Mais tu dois en connaître au moins une partie. Tu m'as dit que tes parents adoptifs étaient catholiques ?

— Seulement sur le papier. Ils se bornaient à assister à la messe de Noël. À douze ans, j'ai arrêté de fréquenter les églises. Je n'avais pas mis les pieds dans l'une d'elles jusqu'à… notre rencontre.

Ils restèrent un moment silencieux à fixer le vitrail comme si le remède à leurs peines était là, gravé dans le verre.

— Je n'ai jamais cessé de t'aimer, murmura Daniel. Et ça ne changera jamais.

— Pourtant, nous sommes séparés.

Il se tourna vers elle :

— Ce n'est pas moi qui ai décidé de rompre.

— Tu ne m'as pas laissé le choix. Tu as une foi absolue en tout ceci, répliqua Maura en désignant les vitraux et l'autel. Pas moi.

— La science n'a pas réponse à tout, Maura.

— C'est sûr, dit-elle d'un ton amer.

En particulier, elle était incapable d'expliquer pourquoi certaines personnes s'entêtent à être malheureuses en amour.

— Notre bonheur n'est pas seul en jeu, reprit Daniel. Il y a mes paroissiens, tous les affligés qui ont besoin de mon aide… et ma sœur. Toujours en vie et en bonne santé après toutes ces années. Je sais que tu ne crois pas aux miracles. Moi si.

— C'est la médecine qui l'a guérie de sa leucémie, pas un miracle.

— Imagine que tu aies tort. Que je renonce à la prêtrise et que ma sœur retombe malade…

Il ne se le pardonnerait jamais, pensa Maura. Pire : il ne me le pardonnerait pas.

— Je ne suis pas venue pour parler de nous, soupira-t-elle.

— Non, bien sûr. Tu es venue pour parler de meurtres.

Maura reporta son attention sur la fenêtre. Elle n'eut pas besoin de Daniel pour identifier la femme dans l'angle inférieur droit – encore une martyre.

— Sainte Lucie, dit-elle.

— Portant ses yeux sur un plateau, oui.

Soudain, un rayon de soleil perça les nuages, faisant resplendir les couleurs du vitrail. Maura considéra les quatre silhouettes d'un air songeur :

— Sébastien et Lucie… Ils figurent dans le même vitrail. Se pourrait-il qu'il ait visité cette église ?

— Qui ça, l'assassin ?

— C'est comme si nous regardions son story-board, et voici deux de ses victimes : un homme criblé de flèches et une femme aux yeux arrachés.

— Ces quatre saints apparaissent dans de nombreuses œuvres, Maura. Tu les verrais probablement représentés dans des églises partout à travers le monde. Viens, ajouta Daniel en l'attirant vers la fenêtre suivante. Il y en a d'autres : saint Antoine de Padoue avec un lis, Luc l'évangéliste et son taureau, saint François entouré d'oiseaux, sainte Agnès – encore une martyre – et son agneau…

— Comment est-elle morte ?

— Comme sainte Lucie, Agnès était une belle jeune fille qui avait refusé d'épouser un prétendant pour se consacrer au Christ. De dépit, l'homme qu'elle avait repoussé, le fils d'un gouverneur romain, l'a fait égorger. On la dépeint souvent avec une branche de palmier à la main.

— Pourquoi ?

— Certains végétaux revêtent une signification particulière pour l'Église. Le cèdre, par exemple, symbolise Jésus, le trèfle La Trinité, le lierre l'immortalité, tandis que la palme est l'attribut du martyre.

Maura s'approcha du troisième vitrail, où elle repéra les silhouettes de deux saintes tenant chacune une palme.

— Ces deux femmes, en haut à droite, sont donc aussi des martyres ?

— Oui. Comme elles sont mortes ensemble, on les représente généralement côte à côte. Comme tu peux le voir, sainte Fusca a une épée, l'instrument de son supplice, à la main. Toutes deux ont été décapitées pour s'être converties au christianisme.

— L'autre était sa sœur ?

— Non, sa nourrice… (Daniel s'interrompit :) Sainte Maure, ou Maura, acheva-t-il avec une réticence manifeste.

18

Comme toujours, le bureau de Maura était si bien rangé que c'en était effrayant. Celui de Jane, entièrement couvert de dossiers et de notes griffonnées sur des Post-it, correspondait à l'idée qu'elle se faisait d'un endroit dédié au travail. À l'inverse, celui de Maura lui paraissait d'une perfection irréelle. Aucun trombone égaré, aucun grain de poussière ne déparait son plateau en bois de rose. La liasse qu'elle venait d'y poser à la va-vite semblait supplier qu'on la redresse.

— Avec Frost, on a bossé à fond sur ta théorie, déclara-t-elle. On a potassé un paquet de biographies de martyrs. Bon sang ! C'était carrément hardcore. J'aurais dû mieux écouter les leçons de catéchisme.

Maura s'empara de la feuille sur le dessus de la pile.

— « Sainte Apolline, lut-elle. Patronne des dentistes. »

— On lui a brisé toutes les dents. Tu parles d'une mort atroce ! Les tableaux la montrent généralement avec une paire de tenailles, précisa Jane avant de désigner le reste de la liasse : Tu trouves des gens décapités, poignardés, lapidés, crucifiés, noyés, brûlés vifs, frappés à mort… Oh ! Et mon préféré : le type auquel on a arraché les intestins en les enroulant autour d'un cabestan. Tu penses à une manière particulièrement horrible de tuer quelqu'un ? Eh bien, dis-toi qu'on l'a probablement testée sur l'un ou l'une de ces malheureux. Et c'est là le problème…

— En quoi est-ce un problème ?

— Notre assassin a peut-être fait d'autres victimes, mais nous n'avons aucune idée du genre de mutilations qu'il leur a infligé. En plus, il s'attaque aussi bien aux hommes qu'aux femmes. On risque de perdre notre temps à passer en revue toutes les affaires non élucidées impliquant de multiples blessures à l'arme blanche ou des décapitations.

— Mais nous savons qu'il utilise la kétamine pour neutraliser ses proies avant de les étouffer.

— Exact. C'est la première chose que nous avons recherchée dans le ViCAP : des victimes ayant ingéré de la kétamine et subi des mutilations post mortem.

— Et… ?

— Rien.

Maura se carra dans son fauteuil en cuir et tapota la table avec son stylo en argent. Le masque africain accroché au mur derrière elle semblait refléter son mécontentement. Un jour où Jane lui demandait pourquoi elle exposait de telles horreurs dans son bureau, elle avait eu droit à un cours magistral sur la beauté des objets rituels du Mali. Mais quand elle levait les yeux vers le visage de bois sculpté, elle ne voyait qu'un monstre prêt à bondir sur elle.

— Peut-être n'avait-il jamais tué auparavant, suggéra Maura. Ou bien les détails que nous recherchons sont passés inaperçus lors des autopsies. Les analyses toxicologiques ne sont pas systématiques, et il n'est pas toujours simple de reconnaître un décès par suffocation. Même moi, je ne l'avais pas repéré, dans le cas de Cassandra Coyle. Je pourrais me donner des gifles !

— Ravie de l'apprendre !

— Ah bon ?

— C'est rassurant de savoir que tu n'es pas parfaite.

— Je n'ai jamais prétendu l'être ! (Maura se pencha en avant, le regard fixé sur le dossier que Jane avait apporté – des dizaines de pages relatant quelques-uns des épisodes les plus sanglants de l'histoire de l'Église.) Existait-il un lien de nature religieuse entre les deux victimes ? demanda-t-elle.

— On a également exploré cette piste. Cassandra et Timothy ont grandi dans des familles catholiques, mais ni l'un ni l'autre n'étaient pratiquants. La sœur de Timothy ne se rappelle pas quand son frère a assisté à la messe pour la dernière fois. D'après ses collègues, Cassandra détestait les cultes institués – ça collait avec son côté gothique. Ça m'étonnerait que l'un des deux ait rencontré son assassin à l'église.

— Pourtant, leur mort est reliée aux saints et aux martyrs.

— À moins que tu ne voies des motifs sacrés là où il n'y a qu'un barjo qui mutile sans raison les corps de ses victimes.

— Non, je suis certaine de ce que j'avance. Et je ne suis pas la seule.

Maura avait rougi, et une lueur fébrile brillait dans ses yeux.

— Tu as parlé à Daniel, supposa Jane.

— Il était d'accord avec moi. Il s'y connaît en symbolisme religieux. Il peut nous aider à pénétrer dans le cerveau du tueur.

— C'est pour ça que tu es allée le trouver ? Ou bien avais-tu une autre raison de vouloir l'impliquer ?

— Tu crois que je cherchais un prétexte pour le revoir ?

— Tu aurais pu consulter un professeur d'histoire de l'art à Harvard, n'importe quelle bonne sœur ou même regarder sur Wikipédia. Mais non, tu as appelé Daniel Brophy.

— Ça fait des années qu'il travaille avec la police de Boston. Il est discret et digne de confiance.

— En ce qui concerne cette enquête, certainement. Mais par rapport à toi ?

— Nous n'en sommes plus là, lui et moi. Nous avons des relations purement professionnelles à présent.

— Si tu le dis… Ça t'a fait quoi de le revoir ?

Maura détourna le regard sans répondre. Ça lui ressemblait bien de se défiler devant les questions embarrassantes. Les deux femmes étaient collègues et amies depuis des années, elles avaient affronté la mort ensemble, et pourtant Maura ne s'était jamais vraiment dévoilée. Elle cachait toujours ses faiblesses derrière une façade d'invulnérabilité.

— C'était douloureux, avoua-t-elle enfin. Pendant des mois, j'ai lutté contre la tentation de l'appeler. Et aujourd'hui, ajouta-t-elle avec un rire amer, j'ai appris qu'il n'était même pas à Boston durant tout ce temps. Il faisait une retraite au Canada.

— Ouais. J'aurais dû te prévenir.

Maura fixa Jane, interloquée :

— Quoi ? Tu savais qu'il avait quitté la ville ?

— Il m'avait demandé de ne pas t'en parler. De toute manière, tu n'aurais pas pu le joindre. Je trouvais qu'il avait pris une bonne décision et, pour être honnête, j'espérais que tu tournerais la page. Que tu rencontrerais quelqu'un qui te rendrait heureuse… Mais vous deux, ce n'est pas terminé. Pas vrai ?

Maura baissa les yeux vers le paquet de feuilles et répondit :

— Tu te trompes. C'est fini, fini !

Elle le répéta plusieurs fois, comme pour s'en convaincre.

Faux ! pensa Jane en observant son amie, dont le combat intérieur se reflétait sur le visage. Ça ne l'est ni pour lui ni pour toi.

Au même moment, son téléphone joua les premières notes d'une chanson de Noël, *Frosty le bonhomme de neige.* Elle décrocha :

— Frost ? Je suis toujours chez Maura. Qu'est-ce qui se passe ?

— J'ai eu un sacré coup de bol.

— Je la connais ? plaisanta Jane.

— Je n'en sais rien. Mais il se peut que notre tueur soit une tueuse.

— Au départ, je cherchais plutôt un homme, expliqua Frost. C'est pour ça que je l'ai manquée la première fois que j'ai visionné les images de surveillance. À l'époque, nous n'imaginions même pas que les deux affaires puissent être liées. Mais quand Maura nous a exposé sa théorie, j'ai eu l'idée de vérifier si quelqu'un avait assisté aux enterrements des deux victimes. Et regarde ce que j'ai trouvé !

Il tourna son ordinateur portable vers Jane, qui s'approcha de l'écran : une douzaine de personnes aux mines sombres, toutes vêtues de noir, avançaient en procession vers l'autel.

— Cette séquence a été prise lors du service funéraire de Cassandra Coyle, reprit Frost. La caméra placée à l'entrée de l'église a filmé tous les gens qui en ont franchi le seuil. Tu te souviens de ces deux femmes, là ?

— Comment aurais-je pu les oublier ? Le fan-club d'Elaine. Elles étaient assises juste derrière moi et n'ont pas arrêté de balancer des vacheries sur Priscilla Coyle.

— Et ces trois ?

Frost désignait à présent un trio à l'allure familière qui marchait derrière les deux commères : les collègues de Cassandra.

— On ne risque pas de les confondre. Ils sont les seuls à avoir les cheveux violets.

— Maintenant, regarde la jeune femme à leur gauche. Tu te rappelles l'avoir vue pendant la messe ?

Jane scruta l'écran. L'inconnue, une brune séduisante à la frange épointée, paraissait du même âge que Cassandra.

— Ouais, vaguement. Mais il y avait à peu près deux cents personnes dans l'église. Pourquoi tu t'intéresses à elle ?

— Au premier visionnage, je ne l'ai pas remarquée. Mais il se trouve que j'ai fait « pause » à cet endroit précis. C'est le seul moment où on distingue nettement son visage, derrière l'épaule de Travis Chang. Elle baisse la tête juste après. Garde-la en mémoire.

Frost réduisit la taille de la vignette et en afficha une autre, montrant une douzaine de personnes également affligées et vêtues de noir.

— Ce n'est pas la même église, dit Jane.

— En effet. Cette fois, il s'agit du service funèbre de Timothy McDougal, souligna Frost, qui fit défiler la vidéo image par image et l'arrêta brusquement : Regarde qui est là !

Jane vit une femme à la chevelure sombre, au visage en forme de cœur.

— Tu es sûr que c'est la même ?

— J'en mettrais ma tête à couper. Même visage, même coiffure… Et son écharpe ? Les couleurs, le motif sont identiques. C'est elle, ça ne fait aucun doute. Mais cette fois elle est accompagnée.

Frost indiqua un homme blond qui tenait l'inconnue par la main.

— Ce type apparaît quelque part dans la vidéo de Cassandra Coyle ? demanda Jane.

— Non, seulement dans celle de Timothy.

— On a enfin un lien entre les deux victimes, murmura Jane. Et c'est une femme !

19

Everett va rapidement devenir un problème.

Je me doutais que ça arriverait : c'est le genre de type qui aspire à nouer des relations profondes et aime se réveiller au lit avec la femme qu'il a baisée la veille. D'après mon expérience, quatre-vingt-dix pour cent des hommes préfèrent s'envoyer en l'air avec une fille rencontrée sur Tinder, puis chacun repart de son côté. Pas de dîner, pas de rencard, pas besoin de se torturer le cerveau pour soutenir une conversation. De nos jours, nous sommes tous semblables à des boules de billard qui rebondissent l'une contre l'autre avant de s'éloigner dans des directions opposées. En général, ça me convient très bien : ni complications ni entraves. Vas-y, chéri ! Envoie-moi au septième ciel et tire-toi !

Mais Everett veut plus que ça. Debout sur le palier, une bouteille de vin rouge à la main, il m'adresse un sourire hésitant :

— Je t'ai laissé plusieurs messages ces derniers jours, dit-il. Tu ne m'as pas rappelé. Comme je passais dans le coin, je me suis dit qu'on pourrait peut-être… je ne sais pas… aller dîner quelque part, ou juste prendre un verre.

— Désolée, mais je mène une vie de dingue en ce moment. Je m'apprêtais à sortir, ajouté-je en boutonnant mon manteau.

— Je vois, soupire-t-il. Tu as déjà des projets pour la soirée.

— En fait, je vais travailler.

— À cette heure ?

— Pas de ça, Everett ! Je n'ai pas à me justifier.

— Pardon ! C'est juste que… Il me semblait qu'il y avait un truc entre nous. Et voilà que tu recommences à m'éviter. J'ai dit ou fait quelque chose de mal ?

Je lui retire la bouteille des mains et la pose sur la desserte.

— J'ai besoin d'espace, c'est tout.

— Je sais. Tu es très indépendante. Moi aussi, j'aime être seul, parfois.

Mais bien sûr ! C'est pour ça que tu es venu gratter à ma porte avec des airs de cocker malheureux. Dans le fond, ça ne me déplaît pas. N'importe quelle fille peut avoir besoin d'un bon chien fidèle, un adorateur zélé qui ferme les yeux sur ses défauts et lui donne du plaisir au lit. Un type qui lui file du fric quand elle est fauchée, lui apporte un bol de soupe lorsqu'elle est malade et fait tout ce qu'elle lui demande, même quand il ne devrait pas.

— Bon Dieu, ce qu'il est tard ! m'écrié-je. Il faut vraiment que j'y aille. On m'attend à la Coop d'Harvard dans une demi-heure.

— Il se passe quoi, là-bas ?

— Une de mes clientes va signer son livre. Tu peux m'accompagner, mais personne ne doit savoir que tu es mon petit ami. Tu devras te faire passer pour un fan de base.

— C'est dans mes cordes. C'est qui, ta cliente ?

— Victoria Avalon.

Pas de réaction. Il monte en flèche dans mon estime. Par définition, seuls les crétins connaissent Victoria Avalon.

— Une vedette de téléréalité, précisé-je. Brièvement mariée à Luke Jelco, l'ailier des New England Patriots.

— Oh ! Un footballeur. Et elle a écrit un livre ?

— En tout cas, son nom figure sur la couverture.

— Tu sais quoi ? J'adorerais t'accompagner. Ça fait un moment que je n'ai pas assisté à une séance de signatures à la Coop. La dernière fois, j'y suis allé pour l'auteur d'une biographie de l'architecte Charles Bulfinch. Le plus triste, c'est qu'il n'y avait que trois personnes dans la salle.

Pour ce genre de bouquin, c'est une vraie foule !

— J'espère qu'il y en aura davantage ce soir, dis-je. Sinon, je peux m'inscrire au chômage.

Même les snobinards d'Harvard ne résistent pas à la tentation de mater les seins d'une célébrité. Il ne reste pas une chaise libre dans la petite salle de conférences de la Coop. Les spectateurs s'entassent entre les rayonnages de livres de sciences et de technologie. Il y en a même assis sur les marches de l'escalier tournant ! Des centaines d'intellos, les futurs leaders mondiaux, sont venus se prosterner aux pieds de Victoria Avalon, la femme qui – je jure que c'est vrai – m'a demandé un jour comment on épelait QI. Ladite Victoria est radieuse. La semaine dernière encore, elle me couvrait d'injures au téléphone parce que les médias ne parlaient pas suffisamment de son bouquin. Ce soir, elle sourit à la ronde, tortille du cul et presse le bras de chaque fan qui sollicite un autographe. Filles, garçons, tous sont sous le charme. Les unes rêvent de lui ressembler, et les autres… On sait tous de quoi les hommes ont envie.

Debout près de Victoria, j'ouvre les exemplaires de son livre à la page de titre et je les fais glisser vers elle. Elle les signe à l'encre violette, d'un *VA* plein de fioritures. Les types reluquent ses nibards, qui débordent de son décolleté plongeant, et les femmes s'attardent pour bavarder. Mon boulot consiste à écourter les conversations, sinon on y passerait la nuit. Victoria n'y verrait pas d'inconvénient – elle se nourrit de l'admiration de ses fans comme un vampire se nourrit de sang –, mais j'ai hâte que la soirée s'achève. Même si je ne l'aperçois pas parmi la foule, je sais qu'Everett attend patiemment que je sois enfin libre. À cette idée, je ressens une chaleur familière entre les cuisses. Finalement, c'est peut-être une chance qu'il se soit pointé chez moi. J'aurai besoin d'une bonne baise pour me relaxer après avoir satisfait les exigences de cette fichue garce.

Deux heures et demie plus tard, Victoria a dédicacé cent quatre-vingt-trois exemplaires, soit plus d'un par minute, mais il en reste soixante qui n'ont pas trouvé preneur. Ça la contrarie, bien sûr : sinon, elle ne serait pas Victoria Avalon. Elle se répand en plaintes sur le choix du lieu (« Les gens seraient plus nombreux si on n'était pas aussi loin du centre ! »), la météo (« Il fait trop froid pour sortir ! ») et la date (« Ce soir, tout le monde regarde la finale de “Danse avec les stars” ! »). Je laisse glisser et lui passe les exemplaires à signer. Du coin de l'œil, je vois Everett me sourire d'un air compatissant. Ouais, c'est comme ça que je gagne ma vie. Maintenant, tu comprends pourquoi j'ai hâte de descendre la bouteille que tu m'as apportée ?

Alors que Victoria dédicace les derniers ouvrages de la pile, un des employés s'approche de nous, serrant un bouquet dans ses bras.

— Mademoiselle Avalon, c'est une chance que vous soyez encore là ! On vient de livrer ces fleurs pour vous.

Victoria échange sa moue boudeuse contre un sourire à cent mille watts. C'est ce qui explique sa popularité, cette capacité à s'illuminer littéralement dès qu'on lui fournit sa dose d'adoration. Pour l'heure, celle-ci revêt la forme d'une gerbe de roses.

— Elles sont superbes ! roucoule Victoria. Ça vient de qui ?

— Le livreur ne l'a pas précisé. Mais il y a une carte.

Victoria ouvre l'enveloppe et plisse le front en déchiffrant le message qu'elle contient.

— Ça dit quoi ? l'interrogé-je.

— *Tu te souviens de moi ?* C'est tout. Pas de signature.

Elle me tend le bristol, mais j'y jette à peine un coup d'œil. Je viens de remarquer un rameau vert glissé parmi les roses. Pas une fronde de fougère ni les feuilles d'aspidistra que les fleuristes fourrent dans toutes leurs compositions, mais une palme. Si elle ne signifie rien pour Victoria, qui ne doit même pas connaître la différence entre un iris et un ibis, elle veut dire beaucoup pour moi.

Le symbole du martyre…

Je lâche la carte, qui tombe lentement au sol.

— Sans doute un vieil admirateur, suppose Victoria. C'est bizarre qu'il n'ait pas mis son nom… Et puis zut ! Un peu de mystère, ça ne fait pas de mal ! Quand même, il aurait pu venir dire bonjour. Tu crois qu'il est quelque part dans la salle ?

Je lance des regards paniqués autour de moi. Quelques femmes passent en revue les livres sur les rayonnages ; trois jeunes garçons à l'air studieux sont penchés sur des manuels. En voyant mon trouble, Everett accourt :

— Holly ? Ça ne va pas ?

Je saisis mon manteau d'une main tremblante.

— Il faut que je rentre, dis-je. Je te rappelle.

20

Des cris de terreur émanaient du studio de Crazy Ruby Films.

— Ces gosses veulent de l'horreur, de la vraie ? ricana Jane. Ils n'ont qu'à passer une nuit avec nous !

La porte s'ouvrit et Travis Chang apparut sur le seuil, clignant des yeux comme un hibou. Il arborait le même tee-shirt que lors de leur première visite, et deux touffes de cheveux graisseux se dressaient sur sa tête telles des cornes.

— Oh ! C'est encore vous.

— Eh oui ! On a quelque chose à vous montrer.

— On est en plein montage.

— Ce ne sera pas long.

Travis jeta un coup d'œil par-dessus son épaule.

— Je vous avertis, dit-il d'un ton gêné, c'est le bordel, là-dedans. On est dans le jus, vous comprenez.

En voyant l'état du studio, Jane pria pour ne jamais se retrouver « dans le jus ». Les poubelles débordaient de cartons de pizza et de canettes de Red Bull vides. La moindre surface était recouverte de serviettes en papier usagées, de stylos, de carnets de notes et de matériel électronique. Une odeur de pop-corn brûlé et de chaussettes sales planait dans l'air.

Ben et Amber étaient vautrés sur le canapé. À en juger par leurs mines de déterrés, ils n'avaient pas mis le nez dehors depuis plusieurs jours. Ils n'accordèrent même pas un regard aux visiteurs, les yeux fixés sur l'écran extra-large où une blonde au décolleté plongeant tentait désespérément d'échapper à son poursuivant. La porte derrière laquelle elle se cachait tremblait sous les coups, puis une hache faisait voler le bois en éclats, déclenchant une nouvelle salve de hurlements.

Travis pressa la touche « pause », et la blonde se figea au milieu d'un cri.

— Qu'est-ce que tu fous ? protesta Ben. Putain, on est à la bourre !

Travis expliqua aux policiers :

— Si on veut que *Monsieur Kong* ait une chance d'être projeté dans un festival, la deadline est dans trois semaines.

— Quand pourrons-nous le voir ? s'enquit Jane.

— On n'a pas terminé le montage ni la bande-son. On doit aussi peaufiner quelques effets spéciaux.

— Je pensais que vous aviez épuisé votre budget ?

Les trois jeunes gens se regardèrent.

— C'est vrai, soupira Amber. On n'a plus une thune. On a contracté des crédits, et Ben a revendu sa voiture.

— Vous allez risquer tout ce que vous possédez pour ce film ?

— Si nous ne croyons pas à notre propre création, qui le fera ?

Ils allaient probablement y laisser jusqu'à leurs tee-shirts crasseux. Toutefois, Jane admira leur détermination.

— J'ai visionné *Je te vois*, annonça Frost. Ce n'est pas mal. Je ne comprends pas qu'il n'ait pas eu plus de succès.

Le visage de Travis s'éclaira :

— Vous êtes sincère ?

— Oui. Je l'ai trouvé meilleur que la plupart des films d'horreur.

— On est capables de faire aussi bien qu'un gros studio ! C'est pour ça qu'on doit s'accrocher et continuer à raconter de bonnes histoires. Même si on doit miser tout ce qu'on a.

Jane désigna l'actrice sur l'écran :

— J'ai l'impression de l'avoir déjà vue. Elle a joué dans quoi d'autre ?

— Pour ce que j'en sais, c'était son premier rôle, répondit Ben. Elle a un physique assez banal.

— La blonde sexy modèle standard, avec des dents parfaites, ironisa Jane.

— Elles font les meilleures victimes… Pardon ! se reprit Ben. C'était de mauvais goût.

Travis vint à son secours :

— Vous vouliez nous montrer quelque chose ?

— Oui, une photo.

Comme Jane regardait autour d'elle, cherchant un endroit dégagé, Travis balaya des débris de pizza sur la table basse et lui indiqua l'endroit :

— Par ici !

Évitant une flaque de fromage coagulé, Jane posa son ordinateur portable et ouvrit le fichier photos.

— Ces images ont été prises durant la messe d'enterrement de Cassandra. On avait installé une caméra au-dessus de la porte de l'église.

— C'est flippant de filmer les gens à leur insu, lâcha Amber. Ça fait penser à Big Brother…

— Ça fait surtout penser à une enquête policière, répliqua Jane, qui orienta l'écran vers les trois amis. Vous reconnaissez cette femme ?

Quand ils s'approchèrent de l'ordinateur, elle respira leur haleine rance et leurs vêtements imprégnés de transpiration. Cette odeur écœurante la ramena à l'époque où ses frères invitaient leurs copains à la maison après une nuit de bringue, et où chaque centimètre carré de la moquette était occupé par un ado glissé dans un sac de couchage.

Amber plissa les yeux derrière les verres de ses lunettes à monture noire.

— Non, dit-elle. Mais il y avait beaucoup de monde. En plus, j'angoissais de me retrouver dans une église…

— Pour quelle raison ? voulut savoir Frost.

— J'ai toujours eu peur que Dieu me frappe avec un éclair pour me punir d'avoir péché.

— Moi, je me souviens d'elle, déclara Ben, qui se pencha en avant et caressa distraitement son menton broussailleux. Elle était assise de l'autre côté de l'allée. Je l'ai tout de suite remarquée.

— Tu m'étonnes ! plaisanta Amber en le poussant du coude.

— Ce n'est pas ce que tu crois. Mais elle a un physique intéressant. Mate-la : des pommettes hautes, un visage bien structuré, facile à éclairer… et une tête volumineuse.

— C'est bien ou pas ?

— Oh ! Très bien. Une tête volumineuse remplit l'écran et attire l'attention. Je me demande si elle est capable de jouer ?

— On ne sait même pas qui elle est, dit Jane. Nous espérions que l'un de vous la connaîtrait.

— Je ne l'avais jamais vue auparavant, reprit Ben.

— Vous en êtes sûr ? Elle n'est jamais venue ici ?

Ben jeta un coup d'œil à ses collègues, qui répondirent par la négative.

— Pourquoi toutes ces questions sur elle ? s'enquit Travis.

— Nous nous efforçons de déterminer quelles relations elle entretenait avec Cassandra. Sa belle-mère ignore qui elle est, ses voisins aussi.

— Où est le problème ? objecta Amber. Ce n'est pas un crime de se pointer à l'enterrement d'une inconnue.

— En effet. Mais c'est bizarre.

— L'église était pleine ce jour-là. Pourquoi vous intéressez-vous particulièrement à elle ?

— Parce que nous l'avons vue ailleurs.

Jane pressa une touche du clavier, et la femme mystérieuse apparut de nouveau à l'écran dans la lumière glaciale d'un matin d'hiver.

— C'est encore elle, constata Amber.

— Le décor, l'éclairage sont différents, dit Ben. Cette image n'a pas été prise le même jour.

— Exact ! Elle a été filmée pendant un autre service funèbre. Comme vous le voyez, un homme lui tient la main. Vous le connaissez ?

Les trois jeunes gens firent non de la tête.

— C'est quoi, son délire ? s'interrogea Ben. D'assister à des enterrements au hasard ?

— Pas au hasard. Là encore, le mort était une victime d'homicide.

— Oh ! C'est une dingue de meurtres, alors, fit Ben, avant de se tourner vers ses collègues et d'ajouter : Comme dans *Tue les filles et tais-toi.*

— Quoi donc ? s'exclama Frost.

— Un film sur lequel on a bossé, il y a quelques années. Le réalisateur était un pote de fac. L'héroïne est une gothique qui s'incruste à des enterrements, jusqu'au jour où elle tape dans l'œil d'un tueur.

— Cassandra a participé au tournage ?

— On était tous dans l'équipe. Mais l'argument n'a rien d'exceptionnel. Il y a vraiment des gens qui s'invitent à des funérailles pour se nourrir du chagrin des proches, ou pour avoir la sensation d'appartenir à une communauté. À moins qu'ils ne soient obsédés par la mort. Cette fille n'est peut-être qu'une excentrique.

Jane regarda la jolie brune anonyme de la vidéo et murmura :

— J'aimerais bien savoir ce qu'elle fichait là.

— C'est pour ça qu'on fait des films d'horreur, inspectrice, lui dit Travis. Ça ouvre des possibilités infinies.

21

Lié à un poteau, saint Polycarpe levait un regard serein vers le ciel tandis que les flammes l'enveloppaient, grillant sa peau et consumant sa chair. Loin de se répandre en cris et en supplications, le martyr semblait accueillir avec gratitude les souffrances qui le précipiteraient dans les bras de son Sauveur. Jane se rappelait s'être un jour brûlée avec des projections de graisse en cuisinant. Elle tenta d'imaginer une douleur mille fois plus intense que celle qu'elle avait ressentie alors. Si ses vêtements, ses cheveux s'étaient embrasés, au lieu de contempler le ciel avec une expression extatique, elle aurait hurlé à s'en faire péter les cordes vocales.

Elle tourna la page et tomba sur saint Érasme de Formia, entouré de tortionnaires qui lui ouvraient le ventre et enroulaient ses entrailles autour d'un cabestan.

Des éclats de rire lui parvinrent de la chambre de Regina, que Gabriel venait de coucher. Cette gaieté débridée n'en rendait que plus atroces les illustrations du *Livre des martyrs.*

On sonna à la porte.

Heureuse de cette diversion, Jane alla ouvrir.

Daniel Brophy avait maigri depuis la dernière fois qu'elle l'avait vu, sept mois plus tôt, et la fatigue se lisait sur ses traits. Son visage exprimait la même résignation que ceux des suppliciés du livre qu'elle venait de feuilleter.

— Merci d'être venu, Daniel.

— Je ne suis pas sûr de pouvoir vous aider, mais je ferai de mon mieux.

Tandis que Daniel accrochait son manteau à la patère, une nouvelle cascade de rires jaillit de la chambre de Regina.

— Gabriel est en train de coucher notre fille, dit Jane. On sera plus tranquilles à la cuisine.

— Maura va nous rejoindre ?

— Non. Il n'y a que vous et moi.

Une lueur de déception – ou de soulagement ? – traversa le regard du prêtre. En entrant dans la pièce, il passa en revue les livres et les documents étalés sur la table.

— Je me renseigne sur la vie des saints, expliqua Jane. Je devrais savoir tout ça, mais, comment dire ? Je n'étais pas très assidue au catéchisme.

— Je croyais que vous n'étiez pas convaincue par la théorie de Maura ?

— Elle n'a pas levé tous mes doutes, mais l'expérience m'a appris à ne jamais négliger son avis. Parce que la plupart du temps elle a raison, reconnut Jane, avant d'indiquer les dossiers de Cassandra Coyle et Timothy McDougal, ouverts sur la table. Le problème, c'est que je n'ai encore trouvé aucun lien entre ces deux victimes, hormis la mystérieuse inconnue aperçue aux deux enterrements. Ils n'avaient pas d'amis communs, ne vivaient pas dans le même quartier, travaillaient dans des domaines différents et n'avaient pas fréquenté la même université. Mais les deux ont été drogués à l'alcool et à la kétamine avant de subir des mutilations post mortem. En se fondant sur celles-ci, Maura a émis l'hypothèse que le tueur s'inspirait de l'imagerie catholique. C'est là que vous intervenez.

— En tant qu'expert en saints et martyrs ?

— D'après Maura, vous vous y connaissez en symbolisme religieux.

— J'ai passé une grande partie de ma vie entouré d'œuvres d'art sacré. Cette iconographie m'est donc familière.

Jane fit glisser son ordinateur portable vers lui.

— Vous voulez bien jeter un coup d'œil à ces photos de scènes de crime ?

— Maura me les a déjà montrées. Il vaudrait mieux avoir cette conversation en sa présence, non ?

— J'aimerais vous entendre séparément… Ce sera moins compliqué pour vous deux, vous ne pensez pas ?

Le visage de Daniel se crispa, comme si elle lui avait planté un poignard dans le cœur. Il s'adossa à sa chaise et acquiesça :

— Quand elle m'a appelé, j'ai cru que j'avais tourné la page et qu'on pourrait être amis, tous les deux.

— Votre retraite au Canada ne vous a pas aidé ?

— Non. Pendant ces six mois, j'étais comme anesthésié. Je ne ressentais plus rien. Mais quand je l'ai vue, j'ai eu l'impression d'émerger d'un long coma. Et la douleur est revenue, aussi vive qu'avant.

— Je suis désolée de l'apprendre, Daniel. Pour vous deux.

La voix de Regina jaillit alors de sa chambre :

— Bonne nuit, papa !

Daniel tressaillit. Regrettait-il parfois de ne pas s'être marié ? De ne pas avoir fondé de famille ? Avait-il la nostalgie de la vie qu'il aurait pu mener s'il n'était pas devenu prêtre ?

— Rien ne m'importe plus que le bonheur de Maura, murmura-t-il.

— Rien, hormis les vœux que vous avez prononcés.

Daniel considéra Jane d'un air hagard :

— À quatorze ans, j'ai fait une promesse à Dieu. Je me suis engagé…

— Je sais. Maura m'a parlé de votre sœur. Elle était atteinte d'une leucémie, c'est ça ?

Il acquiesça :

— Elle n'avait que six ans, et les médecins l'avaient condamnée. Je ne pouvais rien pour elle, à part prier. Dieu m'a entendu. Aujourd'hui, Sophie est en excellente santé et élève deux magnifiques enfants adoptés.

— Vous pensez vraiment qu'elle a survécu parce que vous avez passé un accord avec Dieu ?

— Vous ne pouvez pas comprendre. Vous n'êtes pas croyante.

— Tout ce que je crois, moi, c'est qu'on est responsable de ses choix. Vous avez pris une décision qui vous semblait justifiée à quatorze ans. Mais à présent ? Dieu ne peut pas être aussi cruel !

Jane avait dû toucher un point sensible, car Daniel resta silencieux. Les mains croisées sur *Le Livre des martyrs*, il paraissait accepter son sort avec la même détermination que saint Polycarpe sur son bûcher.

Gabriel entra dans la pièce. Devant la mine défaite du visiteur, il adressa un regard interrogatif à sa femme.

— Tout va bien ? s'enquit-il.

Daniel releva vivement la tête.

— Je crains de ne pas être d'un grand secours, dit-il.

— Plutôt bizarre, comme théorie, non ? Un tueur obsédé par l'iconographie catholique…

— Le FBI participe à l'enquête ?

— Si je m'y intéresse, c'est à titre purement conjugal iconographie catholique. Ma femme ne m'a épargné aucun détail.

Jane s'esclaffa :

— Si on ne peut pas régaler son mari avec un meurtre bien sordide, à quoi bon vivre en couple ?

— Vous en pensez quoi ? demanda Gabriel en désignant l'ordinateur.

— Le symbolisme paraît évident, répondit Daniel en faisant défiler les photos avec une répugnance manifeste. Les mutilations subies par la jeune femme font certainement référence à sainte Lucie. (Il s'attarda sur un cliché de la cuisine de Cassandra Coyle avec le vase de fleurs posé sur le comptoir.) Si vous cherchez des symboles religieux, reprit-il, vous en trouverez plein dans ce bouquet. Les lis blancs représentent la pureté et les roses rouges, le martyre, indiqua-t-il, avant de marquer une pause et d'ajouter : Ces fleurs, d'où viennent-elles ? Se pourrait-il que l'assassin…

— Non. C'était un cadeau de son père pour son anniversaire. Les symboles que vous y avez vus sont fortuits.

— On l'a tuée le jour de son anniversaire ?

— Trois jours plus tard, le 16 décembre.

Daniel contempla un moment le bouquet offert à une femme qui n'avait plus que trois jours à vivre.

— Et le jeune homme ? demanda-t-il enfin. Quand est-il mort ?

— Le 24 décembre. Pourquoi cette question ?

— Et quelle était la date de son anniversaire ?

Le visage du prêtre s'était animé. Gagné par son excitation, Gabriel s'assit également à la table.

— Ça doit figurer dans le rapport d'autopsie, dit Jane en fouillant dans ses dossiers. Ah ! J'ai trouvé : « Timothy McDougal, né le… »

— Le 20 janvier ?

Elle leva le regard vers Daniel, surprise.

— En effet !

— Comment l'avez-vous deviné ? s'étonna Gabriel.

— Grâce au calendrier liturgique. Le 20 janvier, on fête saint Sébastien, qui a été percé de flèches.

— Et sainte Lucie ? Quel jour lui est dédié ?

— Le 13 décembre.

Jane se tourna vers Gabriel :

— Bon sang, c'est ça ! L'assassin mutile ses victimes en fonction du jour de leur anniversaire ! Mais comment connaît-il leur date de naissance ?

— Grâce à leurs permis de conduire, supposa Gabriel. Les jeunes qui paraissent moins que leur âge doivent souvent fournir une pièce d'identité pour se faire servir dans les bars. Et l'estomac des deux victimes contenait de l'alcool. Le coupable est peut-être barman.

— Et il garderait une réserve de flèches à portée de main, pour le cas où il croiserait une proie potentielle née un 20 janvier ? Il faudrait qu'il soit drôlement bien équipé ! Certains martyrs ont été tués avec des pierres, des épées, des couperets, des tenailles… Il y a même un type battu à mort avec des sabots de bois !

— Saint Vigile de Trente, fêté le 26 juin, précisa Daniel.

— Eh bien, ça m'étonnerait que le meurtrier ait en permanence une paire de sabots dans le coffre de sa voiture. Non, il choisit ses victimes et réunit ensuite les instruments dont il a besoin.

Gabriel secoua la tête :

— Il vous faudrait un grand filet pour l'attraper. C'est très facile de se procurer la date de naissance de quelqu'un. Il suffit d'accéder aux fichiers de son employeur, à son dossier médical ou même à son profil Facebook.

— Mais maintenant on connaît son mode opératoire. S'il a commis d'autres meurtres, on devrait en trouver trace dans le ViCAP. (Jane ouvrit une nouvelle fenêtre et tourna l'ordinateur vers Daniel :) J'ai une mission pour vous.

— C'est quoi, ce document ?

— La liste des homicides non élucidés en Nouvelle-Angleterre au cours de l'année écoulée. Frost et moi avons répertorié toutes les victimes avec des lésions post mortem. En éliminant les morts par armes à feu, on a réduit leur nombre à trente-deux.

— Vous avez leurs dates de naissance ?

— Vous les trouverez dans les rapports d'autopsie joints. Dites-moi si les blessures de l'une ou l'autre correspondent à celles du saint qu'on célébrait le jour de leur anniversaire.

Tandis que Daniel épluchait scrupuleusement la liste, Jane se leva et prépara du café. La soirée allait être longue mais, même sans caféine, ses nerfs vibraient d'impatience. On l'a trouvée, pensait-elle, la clé pour identifier les précédentes victimes de ce salaud ! Chaque nouveau nom, chaque nouvel élément augmentait leurs chances de découvrir un lien essentiel entre l'assassin et ses proies. Après avoir rempli trois tasses, elle se rassit et attendit que Daniel ait fini d'étudier les dossiers.

Une heure plus tard, il secoua la tête et soupira :

— Rien !

— Vous avez tout vérifié ?

— J'ai survolé les trente-deux rapports, oui. Peut-être a-t-on affaire à un tueur débutant.

— Ou alors, on a trop rétréci le champ de nos recherches. Il faudrait remonter plus loin dans le temps, ou étendre la zone géographique…

— Et si Maura avait tort ? intervint Gabriel. Tu risques de perdre un temps précieux.

Jane jeta un regard furieux à la couverture du *Livre des martyrs* qu'elle avait passé la soirée à feuilleter. À la vue de saint Polycarpe entouré de flammes, un déclic se fit dans son esprit.

Devant Gabriel et Daniel médusés, elle se rua sur son téléphone portable et appela son coéquipier.

— Frost, tu as gardé la liste des morts liées au feu ?

— Ouais. Pourquoi ?

— Tu peux me l'envoyer ? Je veux tous les cas impliquant un unique adulte, même ceux qui ont été classés comme accidentels.

— On avait exclu les accidents.

— Eh bien, je les inclus à nouveau.

— OK, je m'en occupe. Surveille ta messagerie.

Jane raccrocha.

— Pourquoi cette requête ? l'interrogea Gabriel.

— Le feu détruit les preuves, et toutes les victimes d'incendie ne sont pas soumises à une analyse toxicologique. Un de ces « accidents » pourrait ne pas en être un.

L'ordinateur tinta : le mail de Frost était arrivé.

Jane ouvrit la pièce jointe et une nouvelle liste s'afficha à l'écran. Elle regroupait une vingtaine de noms.

— À vous de jouer ! dit Jane à Daniel.

— En cas de mort accidentelle par incendie, on trouve des traces de fumée dans les poumons, rappela Gabriel. Ça ne cadre pas avec la méthode de ton tueur : apparemment, il étouffe ses proies avec un sac plastique.

— Si ta victime est inconsciente, pourquoi te fatiguer ? Le feu fera le boulot à ta place.

— Néanmoins, ce n'est pas le même mode opératoire.

— Je ne renoncerai pas aussi facilement à cette théorie, l'avertit Jane. L'asphyxie est peut-être une technique nouvelle pour lui. Peut-être cherche-t-il à améliorer…

— Sarah Basterash, vingt-six ans, annonça Daniel. Décédée dans un incendie à Newport, Rhode Island.

— Newport ? fit Jane, qui jeta un coup d'œil pardessus l'épaule du prêtre : « Le 10 novembre, une maison particulière a été détruite par les flammes, lut-elle. La victime était seule dans sa chambre. Aucun signe de traumatisme. »

— De la kétamine ? s'enquit Gabriel.

Jane poussa un soupir excédé :

— On n'a pas demandé d'analyse toxicologique.

— Mais regardez sa date de naissance, reprit Daniel : le 30 mai. Et elle a péri par le feu.

Jane plissa le front :

— On célèbre qui, le 30 mai ? demanda-t-elle.

— Sainte Jeanne d'Arc.

22

Jane était venue pour la première fois à Newport en été, alors que les rues étroites regorgeaient de touristes. Elle s'était traînée sous un soleil de plomb en short et sandales, en léchant un cornet de glace à la fraise qui fondait sur sa main. Enceinte de six mois, les chevilles enflées comme des saucisses, elle n'aspirait alors qu'à piquer un somme. Néanmoins, les bâtiments anciens et l'ambiance animée du front de mer l'avaient enchantée, et elle n'avait jamais rien mangé d'aussi délicieux que le ragoût de homard que Gabriel et elle avaient dégusté au dîner.

Newport offrait un tout autre visage par cette froide journée de janvier.

Frost était au volant et Jane regardait défiler les boutiques de souvenirs, les restaurants aux volets clos et les rues dont l'hiver avait chassé les passants. À l'extérieur d'un pub, un couple solitaire fumait en grelottant.

— Quand tu es venue, tu as visité les cottages ? demanda Frost.

— Ouais. Le nom m'a fait marrer. Je pourrais vivre avec toute ma famille dans un de leurs placards.

— Alice a poussé une gueulante en sortant des Breakers. Moi, j'ai trouvé que c'était une chouette baraque. Mais ça la mettait hors d'elle que ces gens aient autant de fric.

— Oh ! C'est vrai. J'avais oublié qu'Alice était rouge.

— Elle n'est pas « rouge ». Mais elle a un sens de la justice sociale très développé.

Jane coula un regard soupçonneux vers son coéquipier :

— Tu parles beaucoup d'Alice depuis quelque temps. Vous allez vous remettre ensemble ?

— Peut-être. Et je ne veux pas t'entendre baver sur elle.

— Moi ? Pourquoi dirais-je du mal de ton adorable ex-femme ?

— Tu ne vas pas recommencer ?

— Toi si, apparemment.

— Il y a un super restaurant de fruits de mer, là-bas, dit soudain Frost. S'il est ouvert, on pourrait y déjeuner.

— Laisse-moi deviner : tu y as mangé avec Alice.

— Ouais, et alors ?

— Je ne suis pas d'humeur à t'écouter égrener tes souvenirs du bon vieux temps où tu étais marié. On s'arrêtera quelque part sur la route du retour, dit Jane avant de jeter un coup d'œil à l'écran du GPS et d'ordonner : Tourne à gauche !

Ils remontèrent Bellevue Avenue et dépassèrent les propriétés qui avaient enflammé la rage égalitaire d'Alice. En d'autres temps, celles-ci servaient de villégiatures aux riches familles de Boston, qui y revenaient chaque été avec leurs domestiques, leurs calèches et leurs vêtements de bal. À l'automne, ces familles regagnaient leurs demeures citadines, tout aussi luxueuses, en laissant derrière elles leurs palais vides et silencieux, jusqu'à l'année suivante. Jane n'entretenait aucune illusion sur la position qu'elle aurait occupée dans cette organisation sociale. Elle aurait probablement récuré des casseroles à l'office ou lavé des corsets pendant que les dames de la bonne société tournoyaient au son d'un orchestre dans une salle de réception dorée. Elle connaissait sa place dans l'univers et avait appris à s'en satisfaire.

— On arrive, annonça-t-elle. C'est à droite.

La voiture s'engagea dans une rue bordée de maisons moins imposantes que les manoirs de l'avenue et néanmoins hors de prix pour un flic bostonien. Le mari de Sarah Basterash travaillait pour une grosse entreprise d'export, et la jeune femme avait dû jouir d'une existence confortable. Des Lexus et des Volvo étaient garées dans les allées, et les jardins étaient tous aménagés à la perfection. Le contraste entre ce décor enchanteur et les ruines calcinées qui surgirent brusquement n'en était que plus choquant.

Les deux policiers descendirent de voiture sans un mot. Si on avait évacué les décombres, les troncs roussis des arbres les plus proches témoignaient de la violence de l'incendie. Jane prit une inspiration et crut sentir une odeur âcre de cendres. Les maisons voisines étalaient leurs vérandas intactes et leurs haies taillées au cordeau avec l'arrogance des survivants. Pourtant, les fondations noircies leur rappelaient qu'elles n'étaient pas à l'abri d'une semblable tragédie. Le feu ne fait pas de distinction entre les pauvres et les riches. Les flammes dévorent les uns et les autres avec la même voracité.

— Je me trouvais à Pékin quand ça s'est passé, expliqua Kevin Basterash. Ma société exporte des produits agricoles. J'étais là-bas pour négocier un contrat d'expédition de lait en poudre…

Sa voix se brisa et il baissa les yeux vers la moquette beige qui sentait encore le neuf. Si l'appartement était clair et spacieux, tout y respirait le provisoire, depuis les murs nus jusqu'aux étagères vides. Cela faisait à peine deux mois que Kevin Basterash avait perdu son foyer et sa femme. À présent, il vivait dans une résidence anonyme, à une dizaine de kilomètres de l'endroit où Sarah et lui avaient rêvé de fonder une famille. Dans ce salon sans âme, on n'apercevait pas la moindre photo.

Le feu lui avait pris tous ses souvenirs.

— J'ai appris la nouvelle juste avant le déjeuner, à Pékin. Notre ex-voisin m'a appelé pour me prévenir que ma maison était en flammes et que les pompiers venaient d'arriver. Ils n'avaient pas encore trouvé Sarah. Le voisin espérait qu'elle avait pu s'échapper, mais je savais déjà. Sarah ne m'avait pas téléphoné ce matin-là, comme elle le faisait tous les jours, raconta Kevin, qui se tourna vers les policiers : On m'a dit que c'était un accident.

— D'après les enquêteurs, dit Jane, votre femme avait laissé des bougies allumées sur la table de chevet en se couchant. Ils ont également trouvé une bouteille de scotch près du lit, et ils en ont conclu…

— … qu'elle était ivre et avait commis une imprudence, coupa Kevin, en secouant sèchement la tête.

Ce n'était pas le genre de Sarah ! Elle aimait bien boire un verre avant de s'endormir, mais pas au point de ne pas se réveiller au milieu des flammes. C'est ce que j'ai dit à vos collègues. Le problème, c'est que plus j'insistais, plus ils me regardaient bizarrement. Ils m'ont demandé si j'avais eu des liaisons, si Sarah et moi nous disputions… Le mari est toujours le principal suspect, pas vrai ? J'étais en Chine au moment de l'incendie ? La belle affaire ! J'aurais pu engager quelqu'un pour mettre le feu ! À la fin, je me suis résigné à l'idée d'un accident. Qui aurait pu vouloir du mal à Sarah ? Mais votre coup de fil a tout changé.

— Pas nécessairement, dit Jane. Nous enquêtons sur deux homicides à Boston et nous nous efforçons de déterminer s'ils sont liés à la mort de votre femme. Le nom de Timothy McDougal vous évoque-t-il quelque chose ?

— Non, rien du tout.

— Et celui de Cassandra Coyle ?

Kevin hésita.

— Cassandra, murmura-t-il comme s'il tentait de faire surgir un souvenir, ou un visage, de sa mémoire. Un jour, Sarah m'a parlé d'une amie prénommée ainsi.

— C'était quand ?

— Au début de l'année dernière. Sarah m'a dit qu'une fille qu'elle avait connue enfant l'avait appelée et qu'elles allaient déjeuner ensemble. Je n'ai pas eu l'occasion de la rencontrer… Je devais être en voyage, pour changer, ajouta Kevin d'un air dépité.

— Où votre femme a-t-elle grandi, monsieur Basterash ? voulut savoir Frost.

— Dans le Massachusetts. Elle est venue à Newport pour travailler à l'école Montessori.

— Elle allait souvent à Boston ? Elle y avait de la famille, des connaissances ?

— Non. Ses parents sont morts. Elle n'avait aucune raison de retourner à Brookline.

Jane détacha les yeux de son carnet de notes :

— Sarah était originaire de Brookline ?

— Oui. Elle y a vécu jusqu'au bac.

Jane et Frost échangèrent un regard. Cassandra Coyle et Timothy McDougal venaient également de Brookline.

— Votre femme était catholique ? s'enquit Jane.

Kevin plissa le front, visiblement dérouté :

— Ses parents l'étaient, mais elle s'était éloignée de l'Église. Elle m'a dit un jour que son éducation religieuse l'avait traumatisée, précisa-t-il avec un rire triste.

— Qu'est-ce qu'elle voulait dire par là ?

— C'était une boutade. Elle disait aussi que la Bible était un livre trop violent pour être mis entre toutes les mains.

Jane se pencha en avant, le cœur battant.

— Sarah connaissait bien la vie des saints ?

— Mieux que moi, en tout cas. Sarah, elle, pouvait regarder un tableau et dire : « Là, c'est saint Étienne. Il a été lapidé. » Je suppose que c'est le genre de truc qu'on apprend au catéchisme…

— Savez-vous quelle église elle fréquentait, enfant ?

— Je n'en ai aucune idée.

— Et le nom de son lycée ?

— Désolé, j'ai oublié…

— Vous connaissez certains des amis qu'elle avait à Brookline ?

Kevin réfléchit, puis il dirigea son regard vers la fenêtre. Celle-ci n'avait pas de rideaux. Peut-être n'en aurait-elle jamais. Peut-être cet appartement ne serait-il jamais qu'un logement provisoire pour Kevin Basterash, un endroit pour panser ses plaies avant un nouveau départ.

— Non, dit-il enfin. Et je m'en veux.

— Pourquoi, monsieur ? souffla Frost.

— Parce que je n'étais jamais là pour elle. J'étais absent la moitié du temps, toujours entre deux avions. Au lieu de négocier des contrats en Asie, j'aurais mieux fait de rester à ses côtés.

Quand il se retourna, Jane lut des regrets dans ses yeux brillants de larmes.

— Le résultat, reprit-il, c'est que vous m'interrogez sur l'enfance de Sarah et que je ne suis pas foutu de vous répondre.

Toi, non, pensa Jane. Mais quelqu'un d'autre le pourra peut-être.

Jane composa le numéro d'Elaine Coyle, redoutant la question que la mère de Cassandra ne manquerait pas de lui poser : « Vous avez attrapé l'assassin de ma fille ? » C'est la seule nouvelle que les proches de victimes souhaitent entendre. Ils ne veulent ni excuses ni paroles de réconfort. Tout ce qu'ils demandent, c'est qu'on mette un terme à l'incertitude qui les ronge.

— Nous n'avons encore aucun suspect, avoua Jane à Elaine. Désolée.

— Dans ce cas, pourquoi m'appelez-vous ?

— Le nom de Sarah Basterash vous évoque-t-il quelque chose ?

Elaine réfléchit.

— Non, ça ne me dit rien. Qui est-ce ?

— Une femme récemment décédée dans un incendie, à Newport dans le Rhode Island. Elle a grandi à Brookline. Elle avait à peu près l'âge de votre fille. Elles auraient pu fréquenter la même école ou la même église.

— Je ne crois pas la connaître.

— Son nom de naissance était Sarah Byrne. Sa famille vivait…

— Sarah Byrne ? Sarah est morte ?

— Donc, vous la connaissiez ?

— Oui. Les Byrne habitaient à environ un kilomètre de chez nous. Frank, le père de Sarah, a succombé à un infarctus il y a quelques années. Puis sa femme…

Jane l'interrompit :

— Et Timothy McDougal ?

— L'homme tué le soir de Noël ? L'inspecteur Frost m'a interrogée à son sujet la semaine dernière.

— Mais moi, je vous demande si vous avez connu un petit garçon appelé Tim McDougal, qui avait à peu près l'âge de Cassandra.

— Votre collègue ne m'a pas précisé qu'il était originaire de Brookline.

— À ce moment-là, nous ne savions pas encore que c'était important.

— Je me souviens d'un garçon prénommé Tim, mais j'ai oublié son nom de famille. Tout ça est si lointain… C'était il y a vingt ans, vous comprenez.

— Il s'est passé *quoi*, il y a vingt ans ?

Il y eut un long silence, puis Elaine répondit d'une voix à peine audible :

— Le procès de l'Apple Tree.

23

— J'étais encore au lycée quand cette affaire a été jugée, annonça Dana Strout. Je n'en sais donc pas plus que vous. Mais vous devriez trouver ce que vous recherchez dans ces dossiers. (La substitut du procureur de district avait à peine dépassé la trentaine. Pourtant ses cheveux laissaient apparaître des racines grises, conséquences d'un travail stressant et trop prenant pour lui offrir le temps d'aller chez le coiffeur.) Voilà pour commencer, dit-elle en posant un nouveau carton rempli de classeurs sur la table.

Frost considéra d'un air dépité la demi-douzaine de cartons semblables déjà alignés devant lui.

— Parce que ce n'est qu'un début ? demanda-t-il.

— Ce procès a été un des plus longs de l'histoire du comté. Les documents dans ces cartons ne concernent que l'enquête préliminaire, qui a duré plus d'un an. Vous n'êtes pas sortis de l'auberge. Bonne chance !

Frost insista, avec une note de désespoir dans la voix :

— Personne dans votre service ne pourrait nous faire la version courte ? Qui était le procureur en chef dans cette affaire ?

— Erica Shay. Mais elle est absente cette semaine.

— À part elle, qui pourrait nous en parler ?

— Cette histoire remonte à vingt ans. Les autres avocats et magistrats exercent tous ailleurs maintenant. Vous connaissez la fonction publique : trop de boulot pour un salaire dérisoire. Au bout d'un moment, les gens se lassent. Moi-même, je songe à démissionner, ajouta-t-elle à mi-voix.

— On recherche tous les enfants ayant témoigné au cours du procès, expliqua Jane. Leurs noms ne figurent nulle part, ni dans les journaux ni sur Google.

— La cour a sans doute préféré taire leur identité afin de les protéger. Mais comme vous avez un mandat, je vous ai autorisé à accéder à l'ensemble des dossiers, répondit Dana, qui fit glisser un des cartons vers Jane. Tenez ! Cette boîte contient les auditions des enfants durant la phase d'instruction. Mais rappelez-vous : interdiction de divulguer leurs noms !

— Pigé.

— Aucun de ces documents ne doit quitter cette pièce. Vous pouvez prendre des notes et vous adresser à une secrétaire si vous avez besoin de photocopies. Mais les originaux restent ici, précisa Dana, qui se retourna sur le seuil. Autant que vous le sachiez : personne ne souhaite voir exhumer un passé douloureux pour tous les protagonistes.

— Nous n'avons pas le choix.

— Êtes-vous certains que ces recherches soient utiles à votre enquête ? Beaucoup d'eau a coulé sous les ponts depuis. Si l'affaire de l'Apple Tree fait de nouveau les gros titres, Erica Shay ne va pas être contente.

— A-t-elle une raison particulière de ne pas vouloir partager ces informations avec nous ?

— Pourquoi cette question ? Les documents sont là.

— Mais nous avons dû appeler le bureau du gouverneur pour y accéder. C'est une première.

Dana regarda un moment les boîtes alignées sur la table.

— Je ne ferai aucun commentaire, dit-elle enfin.

— Parce qu'on vous l'a interdit ?

— Tout ce que je peux vous dire, c'est que ce procès a suscité une vive émotion. Il a fait la une des journaux pendant plusieurs semaines. Pas étonnant : une petite fille de neuf ans disparue, une garderie dirigée par une famille de pédophiles… Erica a obtenu qu'ils soient condamnés pour les agressions sexuelles, mais elle n'a pas réussi à convaincre le jury pour les charges de meurtre. Vous comprenez maintenant pourquoi elle n'a pas envie qu'on réveille le passé.

— Nous allons devoir l'interroger. Quand sera-t-elle disponible ?

— Comme je vous l'ai dit, elle est absente cette semaine. J'ignore quand elle pourra vous recevoir. Je vous conseille de vous mettre au travail sans tarder, ajouta Dana avant de franchir la porte. Nos bureaux ferment dans deux heures.

Jane jeta un coup d'œil aux cartons.

— Il nous faudra plus de deux heures, soupira-t-elle.

— Au moins un mois, oui ! marmonna Frost, les bras chargés de classeurs.

Jane prit une pile de dossiers et s'assit en face de lui. En déchiffrant les étiquettes, elle vit qu'ils contenaient des interrogatoires, des rapports médicaux et des évaluations psychologiques.

Le premier qu'elle ouvrit était intitulé : *Devine, H.*

Frost et elle avaient découvert les grandes lignes du procès dans la série d'articles que le *Boston Globe* lui avait consacrée. L'Apple Tree Center de Brookline, géré par un couple, Irena et Konrad Stanek, et leur fils de vingt-deux ans, Martin, proposait des activités périscolaires aux enfants de cinq à onze ans. Il assurait aussi leur transport de l'école élémentaire à leur domicile, un service très apprécié des parents soumis à de longues journées de travail. Ses créateurs l'avaient conçu comme un endroit où l'on prenait soin « des esprits comme des âmes ». Les Stanek jouissaient d'une excellente réputation au sein de la paroisse locale, où ils enseignaient le catéchisme. Martin conduisait le car scolaire et amusait les enfants avec des tours de magie et des sculptures d'animaux en ballons de baudruche. L'Apple Tree avait fonctionné pendant cinq ans à la satisfaction générale.

Jusqu'à la disparition de la petite Lizzie.

Un samedi après-midi d'octobre, Lizzie DiPalma, neuf ans, avait quitté son domicile à vélo, coiffée d'un bonnet de laine décoré de perles bâtonnets en argent. On ne l'avait jamais revue. Deux jours plus tard, une autre fillette, Holly Devine, avait retrouvé son bonnet à bord du car de Martin Stanek. Les soupçons s'étaient aussitôt portés sur le jeune homme.

Jane ouvrit le dossier de la petite Holly et parcourut son interrogatoire par un psychologue.

Le sujet, âgé de dix ans, vit à Brookline, Massachusetts, avec ses parents, Elizabeth et Earl Devine, dont elle est l'unique enfant. Elle a fréquenté l'Apple Tree Center pendant deux ans. Le 29 octobre, elle a dit à sa mère qu'il s'était passé « des trucs graves au centre » et qu'elle ne voulait plus y retourner. Pressée de questions, elle a précisé : « Martin et ses parents m'ont touchée là où ils n'avaient pas le droit. »

Avec une horreur grandissante, Jane découvrit les mauvais traitements que les Stanek avaient infligés à Holly Devine : gifles, attouchements, pénétration… Elle referma le dossier et respira à fond pour se calmer. Mais elle ne put chasser de son esprit l'image des trois prédateurs s'acharnant sur leur petite victime. Si de tels monstres avaient abusé de Regina, elle aurait réagi comme une mère ourse. Sa vengeance aurait été terrible, quand bien même elle aurait dû enfreindre la loi pour l'assouvir.

Frost leva les yeux du document qu'il était en train de lire :

— Timothy McDougal n'avait que cinq à l'époque, dit-il d'un air écœuré. Ses parents ont appris par la police que leur fils faisait partie des victimes.

— Ils ignoraient qu'on l'avait agressé ?

— Idem pour Sarah Byrne. Les psys l'ont interrogée une demi-douzaine de fois avant qu'elle se confie à eux.

Jane reprit sa lecture à contrecœur :

« … a enfoncé ses doigts en moi et ça faisait mal. Puis Irena a fait pareil, et le vieux monsieur aussi. Avec Billy, on a crié, mais personne ne nous entendait dans la pièce secrète. Sarah, Timmy et Cassie étaient là. On était tous enfermés, et ils n'ont pas arrêté... »

Jane repoussa le classeur, alluma son ordinateur portable et lança une recherche. Deux Holly Devine possédaient un compte Facebook. L'une avait quarante-huit ans et habitait Denver ; l'autre, âgée de trente-six ans, résidait à Seattle. Celle qui avait été victime des Stanek s'était peut-être mariée. Ou alors, elle n'avait pas d'existence numérique.

À tout le moins, son nom n'apparaissait dans aucune notice nécrologique.

Le rapport du psychologue comportait le numéro de téléphone de la famille Devine. Les parents d'Holly avaient pu déménager depuis vingt ans. Jane tenta néanmoins sa chance.

Quelqu'un répondit après trois sonneries.

— Allô ? fit une voix bourrue.

— Inspectrice Jane Rizzoli, de la police de Boston. Je cherche Holly Devine. Par hasard, sauriez-vous où...

— Elle n'habite pas ici.

— Où puis-je la joindre ?

— Je n'en sais rien.

— Vous êtes son père ? Allô ?

L'homme avait déjà raccroché.

— Nom de Dieu ! s'exclama Frost, les yeux fixés sur l'écran de son ordinateur.

— Qu'est-ce qu'il y a ?

— Je suis en train de consulter le dossier de Bill Sullivan, un des gosses abusés par les Stanek.

Bill… *Billy !* Jane survola le témoignage d'Holly Devine :

« Avec Billy, on a crié, mais personne ne nous entendait dans la pièce secrète. »

— J'ai lancé une recherche sur son nom, reprit Frost. On a signalé la disparition d'un certain Bill Sullivan, résidant à Brookline.

— Quoi ? Quand ça ?

— Il y a deux jours. Il a l'âge d'être « notre » Bill.

Frost tourna l'ordinateur vers sa coéquipière.

L'écran affichait un article du *Boston Globe* :

La police enquête sur la disparition d'un habitant de Brookline

Un véhicule a été abandonné à proximité du parcours de golf de Putterham Meadow, mardi. Son propriétaire, Bill Sullivan, 31 ans, n'a pas donné signe de vie depuis lundi soir. Sa mère, Susan, a alerté les autorités le lendemain matin. Une caméra de surveillance a filmé M. Sullivan comme il quittait le siège de Cornwell Investments, où il travaille comme gestionnaire de fortunes. On a découvert des traces de sang à l'intérieur de sa voiture, un modèle récent de BMW. La police qualifie sa disparition d'« inquiétante ».

M. Sullivan mesure 1,82 m, pèse 82 kg, avec des cheveux blonds et des yeux bleus.

— La mère du jeune Billy se prénommait Susan, dit Frost. C'est forcément le même.

— Quel jour est-il né ?

Frost jeta un coup d'œil au dossier et répondit :

— Le 28 avril.

Jane fit apparaître le calendrier liturgique sur son écran.

— Ce jour-là, on fête saint Vital de Ravenne.

— Un martyr ?

— Oui. Enterré vivant… C'est pour ça qu'on n'a pas retrouvé Bill Sullivan !

Jane se leva d'un bond, aussitôt imitée par Frost, sortit de la pièce et se rua vers le bureau de Dana Strout, au bout du couloir. La substitut du procureur de district était au téléphone. Elle fit volte-face vers les deux policiers qui osaient envahir son espace privé.

— Les Stanek ! lança Jane. Ils sont toujours emprisonnés ?

— Vous permettez que je termine ma conversation ?

— Répondez !

— Ils sont devant moi au moment où je vous parle, reprit Dana à l'adresse de son interlocuteur. Je vous rappelle. (Ayant raccroché, elle se tourna vers Jane :) Je peux savoir ce qui se passe ?

— Où sont les Stanek ?

— Vraiment, je ne vois pas…

— Les Stanek ont été condamnés pour des agressions sexuelles sur des enfants. Trois de leurs victimes ont été assassinées récemment, et une quatrième a disparu. Aussi, je vous repose la question : où sont-ils ?

Dana tapota la table avec son crayon :

— Konrad Stanek est mort en prison peu après le procès, dit-elle enfin. Sa femme, Irena, est décédée il y a quatre ans, également en détention.

— Et leur fils, Martin ?

— Je viens de parler à Erica Shay, la procureure en chef. Elle m'a appris que Martin Stanek avait été libéré après avoir purgé sa peine.

— Quand ça ?

— Il y a trois mois, en octobre.

24

Papa a une voix tendue au téléphone :

— Une femme a appelé. Elle m'a posé des questions sur toi.

— Toujours la même ?

— Non, une autre. Elle prétend travailler pour la police de Boston. Elle a dit qu'elle voulait te joindre parce qu'elle s'inquiétait pour ta sécurité.

— Tu l'as crue ?

— Je me suis renseigné. Il y a bien une inspectrice Rizzoli à la brigade criminelle de Boston. Mais on n'est jamais trop prudent, chérie. Je n'ai rien lâché.

— Merci, papa. Si elle rappelle, raccroche.

Je l'entends tousser. Il a une toux grasse, venant de la poitrine, qui dure depuis des mois. Combien de fois lui ai-je dit que ses foutues cigarettes finiraient par le tuer ? Comme il en avait marre que je le harcèle, il a arrêté de fumer, mais la toux est restée. Ça fait trop longtemps que je ne suis pas allée le voir. On était d'accord pour que je garde mes distances, au cas où quelqu'un surveillerait sa maison, mais cette toux m'inquiète. Il est la seule personne en qui j'ai confiance. Sans lui, je ne sais pas ce que je deviendrais.

— Papa ?

— Je vais bien, chaton. Tout ce que je veux, c'est qu'il n'arrive rien à ma grande fille. On doit faire quelque chose pour ce salaud.

— Je ne peux rien faire.

— Moi si, réplique-t-il, très calme.

J'écoute sa respiration caverneuse en réfléchissant à sa proposition. Mon père n'a jamais fait de promesses en l'air.

— Je ferais n'importe quoi pour toi, Holly. N'importe quoi.

— Je sais, papa. Si on reste prudents, tout ira bien.

C'est faux, bien sûr. L'inspectrice Rizzoli me cherche. Je n'en reviens pas qu'elle m'ait aussi rapidement reliée aux autres. Mais elle ignore la vérité, et elle ne la découvrira jamais.

Parce que je n'avouerai pas.

Et mon père non plus.

25

L'immeuble de deux étages sans ascenseur était le plus minable de la rue. Sa façade était écaillée, et les planches pourries qui condamnaient une partie des fenêtres semblaient annoncer une démolition prochaine. Quand Jane posa le pied sur l'escalier extérieur, la rampe métallique trembla dans sa main, et elle craignit qu'il ne se détache du bâtiment pour s'écrouler comme un jeu de construction.

Frost frappa et ils attendirent sur le palier, transis. Le locataire était à l'intérieur – on entendait le son d'une télé à travers le mur. Jane perçut un mouvement dans l'entrebâillement des rideaux effilochés, puis la porte s'ouvrit et Martin Stanek apparut sur le seuil, l'air furieux.

Les photos prises à l'époque de son arrestation montraient un jeune homme de vingt-deux ans avec des lunettes, des cheveux blond clair, un visage rond de chérubin. Si Jane l'avait alors croisé dans la rue, elle l'aurait jugé inoffensif – sans doute était-il même trop timide pour regarder une femme en face. Elle s'attendait à une version plus âgée, peut-être un peu plus flasque et dégarnie, de cet homme. Mais vingt ans de prison avaient transformé Martin Stanek en une masse de muscles au crâne rasé, à la carrure de gladiateur, et effacé toute trace de douceur chez lui. Il avait à présent le nez écrasé d'un boxeur, une joue déformée, comme si l'os de la pommette s'était mal consolidé après une fracture, et une cicatrice dessinait un chemin de fer hideux au-dessus de son sourcil gauche.

— Martin Stanek ?

— Qui le demande ? répliqua-t-il.

— Inspectrice Rizzoli, de la police de Boston. Et voici mon coéquipier, l'inspecteur Frost. Nous aimerions vous poser quelques questions.

— Vous arrivez vingt ans trop tard.

— On peut entrer ?

— J'ai purgé ma peine. Je n'ai plus rien à vous dire.

Il allait leur claquer la porte au nez quand Jane l'arrêta de la main :

— Je vous le déconseille, monsieur.

— J'ai le droit pour moi.

— Soit nous parlons ici et maintenant, soit je vous fais convoquer au poste. C'est comme vous voulez !

Comprenant qu'il n'avait pas vraiment le choix, Stanek tourna le dos aux policiers, qui le suivirent à l'intérieur.

Jane remarqua immédiatement un tableau représentant la Vierge et l'Enfant dans un cadre doré, accroché en bonne place. Une douzaine de photos étaient exposées sur une table juste au-dessous : un homme et une femme souriants, posant avec un petit garçon ; le même couple, plus âgé, se tenant par la taille ; le trio rassemblé autour d'un feu de camp : autant de souvenirs de la famille Stanek avant que la prison ne la fasse voler en éclats.

Martin éteignit la télé. Le silence qui la remplaça fit ressortir le brouhaha de la circulation à l'extérieur et la rumeur du réfrigérateur. La cuisinière et le plan de travail avaient été briqués, des assiettes propres séchaient sur l'égouttoir. Pourtant, une odeur de renfermé et de graisse rance flottait dans l'appartement – sans doute un héritage des précédents occupants, qui imprégnait les murs.

— C'est le seul logement que j'ai trouvé à louer, se défendit Stanek devant l'expression dégoûtée de Jane. Je ne pouvais pas retourner à Brookline : je n'ai pas le droit de m'approcher des enfants, or la maison de mes parents est voisine d'un terrain de jeux. J'ai dû la mettre en vente pour payer les impôts. Maintenant, c'est ici chez moi, ajouta-t-il en indiquant la moquette tachée et le canapé élimé. Qu'est-ce que vous espérez de moi ?

— Que vous nous disiez où vous étiez à certaines dates.

— Pourquoi je coopérerais, après ce que vous m'avez fait ?

— Ce qu'*on* vous a fait ? rétorqua Jane. À vous entendre, c'est vous la victime !

— Vous savez comment on traite les condamnés pour actes pédophiles en prison ? Vous croyez que les gardiens se soucient de notre sécurité ? Qu'on vive ou qu'on meure, tout le monde s'en fout ! À peine êtes-vous recousu, on vous renvoie dans la fosse aux lions !

La voix de Martin se fêla ; il leur tourna le dos et se laissa tomber sur une chaise de cuisine.

Au bout de quelques secondes, Frost s'assit face à lui et demanda d'un ton posé :

— Que vous est-il arrivé en prison, monsieur Stanek ?

Martin releva la tête et montra son visage balafré :

— Voilà ce qui m'est arrivé ! La première nuit, on m'a fait sauter trois dents. La semaine suivante, on m'a éclaté la pommette. Après, ça a été les doigts de la main droite, mon testicule gauche…

— Je suis désolé de l'apprendre, dit Frost.

Il respirait la sincérité. Quand on distribuait les rôles au sein de la brigade, c'était toujours Frost qui héritait de celui du « bon flic », parce qu'il l'endossait naturellement. Ses collègues l'avaient surnommé le Boy-Scout – le meilleur ami des chiens, des chats, des enfants et des vieilles dames. Le sachant incorruptible, personne n'avait jamais tenté de le soudoyer.

Même Stanek parut comprendre qu'il ne feignait pas la compassion. Il détourna le regard et demanda :

— Qu'est-ce que vous attendez de moi ?

Jane, en tant que « méchant flic », porta le premier coup :

— Où étiez-vous le 10 novembre ?

Elle non plus ne jouait pas la comédie : la naissance de sa fille l'avait rendue encore plus sensible aux crimes contre les enfants.

— Comment voulez-vous que je le sache ? répliqua Martin Stanek. Vous vous rappelez ce que vous faisiez il y a deux mois, vous ?

— Et le 16 décembre ?

— Pareil. J'étais sans doute ici, assis sur le canapé.

— Et le 24 décembre ?

— J'ai réveillonné à l'église Sainte-Clare. Chaque année, ils organisent un repas de Noël pour les gens comme moi, sans famille ni amis. On a mangé de la dinde rôtie avec des épis de maïs et de la purée de pommes de terre. Et au dessert, on nous a servi une tarte à la citrouille. Ils se souviennent certainement de moi. Une gueule comme la mienne, on ne l'oublie pas.

Jane et Frost échangèrent un regard. Si l'enquête confirmait cet alibi, Stanek ne pouvait pas avoir tué Tim McDougal.

— Pourquoi toutes ces questions ? s'enquit-il.

— Vous vous rappelez les enfants que vous avez agressés il y a vingt ans ?

— Je n'ai jamais agressé personne.

— Vous avez été jugé et condamné, monsieur Stanek.

— Par un jury qui a cru un tissu de mensonges. Par une procureure en chef qui s'est livrée à une véritable chasse aux sorcières.

— Par des victimes qui ont osé prendre la parole.

— Ces gosses étaient trop jeunes pour savoir ce qu'ils faisaient. Ils ont répété ce qu'on leur a soufflé. Relisez les transcriptions de leurs témoignages : « Martin a tué un chat et nous a obligés à boire son sang. » « Il nous a emmenés dans les bois pour nous faire rencontrer le diable. » « Il volait sur le dos d'un tigre. » Vous croyez à ces conneries ?

— Les jurés y ont cru, eux.

— L'accusation leur a bourré le mou. On nous a présentés comme des adorateurs de Satan – même ma mère, qui assistait à la messe trois fois par semaine. On a raconté que j'avais tué cette petite fille…

— Lizzie DiPalma.

— Tout ça parce qu'on a retrouvé son bonnet dans mon car. C'est là que l'autre folle, Mme Devine, est allée trouver la police. Du jour au lendemain, aux yeux de tous, je suis devenu un monstre qui dévorait des gosses au petit déjeuner.

— Mme Devine ? La mère de Holly ?

— Cette femme voyait le mal partout. Elle m'a immédiatement détesté. Pas étonnant que sa gamine ait eu autant d'imagination. Elle a raconté que je les attachais à des arbres, elle et ses copains, pour leur sucer le sang et les frapper avec un bâton. Sous l'influence de la procureure, les autres ont répété ses mensonges, et voilà le résultat : vingt ans enfermé, un nez cassé, la mâchoire fracturée, la moitié des dents en moins… Si j'ai survécu, c'est parce que j'ai appris à rendre coup pour coup. Pas mon père. On a dit qu'il était mort d'une hémorragie cérébrale, mais en vrai c'est la prison qui l'a tué. Elle ne m'a pas détruit, moi, parce que je ne l'ai pas laissée faire. J'ai l'intention de vivre assez longtemps pour obtenir réparation.

— Réparation… ou vengeance ? glissa Jane.

— Parfois, c'est la même chose.

— Vingt ans de détention, ça laisse le temps de bâtir des plans contre ceux qui vous ont conduit là.

— Ça, vous pouvez être sûre que je leur ferai payer ce qu'ils m'ont fait !

— Même s'ils n'étaient que des enfants ?

— Quoi ?

— Vos victimes, monsieur Stanek.

— Je ne parle pas des gosses, mais de cette salope, Erica Shay. Elle savait que nous étions innocents, mais elle nous a quand même crucifiés. Quand le bouquin de la journaliste qui m'a interviewé sortira, la vérité éclatera.

— « Crucifiés… » Voilà un mot intéressant ! fit Jane, qui désigna le cadre au mur : Vous êtes croyant, à ce que je vois ?

— Plus maintenant.

— Dans ce cas, pourquoi avez-vous un tableau représentant la Vierge et l'Enfant Jésus ?

— Il appartenait à ma mère. C'est tout ce qui me reste d'elle. Ça, et des photos.

— Vous avez grandi dans la foi catholique. Vous devez connaître tous les saints et les martyrs.

— Qu'est-ce que vous racontez ?

Jane crut lire un étonnement sincère dans le regard de Stanek. Était-ce la réaction normale d'un innocent, ou était-il un excellent comédien ?

— Dites-moi comment est morte sainte Lucie, reprit-elle.

— Pourquoi ?

— Vous le savez, oui ou non ?

Il haussa les épaules et répondit :

— On lui a arraché les yeux.

— Et saint Sébastien ?

— Les Romains l'ont transpercé de flèches. Quel rapport avec mon affaire ?

— Cassandra Coyle. Tim McDougal. Sarah Byrne. Ces noms vous évoquent-ils quelque chose ?

Stanek pâlit. Devant son silence, Jane revint à la charge :

— Vous n'avez pas pu oublier les enfants qui montaient chaque jour dans votre car ? Ni ce que vous leur faisiez subir en cachette ?

— Je ne leur ai rien fait.

— Ils sont morts, monsieur Stanek. Tous les trois. Depuis votre libération. C'est curieux, non ? Vous passez vingt ans en prison et juste quand vous en sortez : *bam !* Des gens meurent.

Il recula sur sa chaise comme si Jane l'avait giflé.

— Vous croyez que je les ai tués ?

— Ça vous étonne que nous soyons parvenus à cette conclusion ?

Stanek eut un rire incrédule :

— Bien sûr, il fallait que ça tombe sur moi ! Vous n'avez pas d'autre suspect sous la main ?

— Vous les avez tués ?

— Non ! Mais je vous fais confiance pour trouver des preuves contre moi.

— Je vais vous dire ce qui va se passer, monsieur Stanek. Nous allons fouiller cet appartement et votre véhicule. Soit vous coopérez, soit nous reviendrons avec un mandat.

— Je n'ai pas de voiture, dit Martin d'un ton las.

— Comment faites-vous pour vous déplacer ?

— Heureusement, il reste des gens généreux dans ce monde.

— Nous autorisez-vous à perquisitionner votre domicile, monsieur ? demanda Frost.

Stanek haussa les épaules d'un air fataliste :

— Quoi que je dise, vous ferez ce que vous voulez.

Jane interpréta sa réponse comme un « oui ». Elle se tourna vers Frost, occupé à prévenir l'équipe de techniciens qui attendait à l'extérieur.

— Surveille-le, lui souffla-t-elle. Je vais commencer par la chambre.

Celle-ci, aussi sinistre et oppressante que le salon, possédait une unique fenêtre donnant sur une allée étroite. La moquette était constellée de taches, la pièce sentait le renfermé, mais le lit était fait et on ne voyait même pas une chaussette traîner. Jane se dirigea vers la salle de bains et ouvrit l'armoire à pharmacie, y cherchant une ampoule de kétamine. Elle n'y trouva que de l'aspirine et une boîte de pansements. Le placard sous le lavabo contenait du papier toilette, mais pas de corde ni de ruban adhésif – aucun des accessoires de base du tueur qu'elle recherchait.

Ayant regagné la chambre à coucher, elle jeta un coup d'œil sous le lit, passa la main entre le matelas et le sommier. Puis elle ouvrit le tiroir de la table de chevet : une lampe torche, quelques boutons décousus, une enveloppe pleine de photos. La plupart dataient de plusieurs décennies, quand les Stanek formaient encore une famille. Avant que la prison ne les sépare à tout jamais. Elle s'attarda sur la dernière, qui montrait deux détenues d'une soixantaine d'années, vêtues d'une combinaison orange. La première était la mère de Martin. Le visage ravagé, encadré de mèches grises, Irena n'était plus que l'ombre d'elle-même. Mais c'est la seconde femme qui retint l'attention de Jane.

Surprise, elle retourna le cliché et déchiffra l'inscription au dos : *Ta mère m'a tout raconté.*

Jane rejoignit le salon et brandit la photo devant Stanek.

— Vous connaissez cette femme ? demanda-t-elle.

— Ma mère, quelques mois avant sa mort, à Framingham.

— Pas elle, l'autre.

Martin marqua une hésitation avant de répondre :

— Une amie, qu'elle a rencontrée en prison.

— Que savez-vous de cette « amie » ?

— Rien, sinon qu'elle protégeait ma mère des autres détenues.

— Elle a écrit quelque chose derrière : « Ta mère m'a tout raconté. » Ça veut dire quoi ?

Stanek garda le silence.

— Votre mère lui a confié ce qui s'était passé à l'Apple Tree, c'est ça ? Elle lui a révélé l'emplacement du corps de Lizzie DiPalma ? À moins qu'elle ne lui ait parlé de ce que vous projetiez de faire à ces enfants une fois dehors…

Stanek se leva si brusquement que Jane eut un mouvement de recul.

— Je n'ai rien de plus à vous dire, lâcha-t-il.

— Vous, peut-être pas. Mais quelqu'un se montrera peut-être plus loquace.

Jane sortit son portable afin d'appeler Maura.

26

La femme sur la photo fixait l'objectif d'un air volontaire. Ses cheveux noirs mêlés d'argent pointaient dans tous les sens, mais c'étaient ses yeux qui fascinaient Maura. Quand elle les regardait, elle avait l'impression de se voir dans un miroir reflétant l'avenir.

— C'est bien Amalthea, dit-elle. Elle connaissait Irena Stanek ?

— Ce cliché date d'il y a quatre ans, peu avant la mort d'Irena, indiqua Jane. Une gardienne m'a confirmé que les deux femmes étaient amies. Elles partageaient leurs repas, et on les voyait presque toujours ensemble dans les parties communes. Amalthea est au courant de l'affaire de l'Apple Tree ; elle sait ce que les Stanek ont fait aux enfants. Pas étonnant qu'elle se soit si bien entendue avec Irena. Les monstres se reconnaissent entre eux.

Maura étudia le visage d'Irena Stanek. Certains prétendent pouvoir déceler le mal dans le regard d'une personne, mais la femme qui posait à côté d'Amalthea ne semblait ni mauvaise ni dangereuse. Elle avait juste l'air malade et épuisée.

Jane reprit :

— On dirait deux gentilles vieilles dames, non ? À les voir ainsi, qui se douterait de ce qu'elles ont fait ? Après la mort d'Irena, Amalthea a envoyé cette photo à Martin Stanek. Depuis qu'il est sorti de prison, elle lui a écrit plusieurs lettres. Deux assassins qui communiquent.

Les dernières paroles d'Amalthea revêtaient à présent une signification glaçante dans le souvenir de Maura : « Bientôt, tu en trouveras une autre. »

— Amalthea sait ce que Stanek a fait, murmura-t-elle.

Jane acquiesça :

— On va devoir lui rendre visite.

Quelques semaines plus tôt, Maura avait fait ses adieux à Amalthea Lank. Pourtant, elle attendait dans le parloir du pénitencier de Framingham d'affronter la femme qu'elle avait juré de ne jamais revoir. Mais cette fois, elle ne serait pas seule face à Amalthea : Jane assisterait à leur conversation derrière un miroir sans tain, prête à intervenir en cas de danger.

Jane s'adressa à Maura à travers l'interphone :

— Tu es sûre de vouloir faire ça ?

— Pas le choix. Nous devons découvrir ce qu'elle sait.

— Je déteste te mettre dans cette situation, Maura. S'il y avait un autre moyen…

— Elle n'accepte de se confier qu'à moi. On a une relation privilégiée…

— Arrête de dire ça.

— C'est la vérité.

— Elle sera bientôt là. Tu es prête ?

Maura acquiesça sèchement. La porte s'ouvrit alors, et le cliquetis des menottes annonça l'entrée d'Amalthea Lank. Tandis que la gardienne l'enchaînait au pied de la table, la prisonnière fixa sur Maura son regard aussi perçant qu'un laser. Amalthea avait repris du poids depuis la première série de chimiothérapie et ses cheveux commençaient à repousser – son crâne était hérissé de mèches courtes et clairsemées. Mais la meilleure preuve de son rétablissement, c'était la lueur rusée et dangereuse qui brillait dans ses yeux.

La gardienne se retira, laissant les deux femmes face à face. Maura fut tentée de se tourner vers le miroir sans tain.

— Tu avais dit que tu ne reviendrais pas, lui rappela Amalthea. Qu'est-ce qui t'a fait changer d'avis ?

— Les photos que vous m'avez envoyées.

— Comment sais-tu qu'elles viennent de moi ?

— J'ai reconnu votre famille dessus.

— C'est aussi la tienne. Ton père, ton frère…

— La femme qui m'a apporté le carton… qui est-ce ?

— Personne d'important. Elle me devait une faveur pour l'avoir protégée, dit Amalthea, qui s'adossa à sa chaise avec un sourire entendu. Je veille parfois sur les autres, quand ça m'arrange. Je fais en sorte qu'il ne leur arrive rien, que ce soit ici, entre ces murs, ou à l'extérieur.

C'est le délire mégalomaniaque d'une vieille femme malade, pensa Maura. Elle va mourir en prison et croit pouvoir encore nous manipuler. Pathétique ! Comment ai-je pu m'imaginer qu'elle nous dirait quoi que ce soit ?

— L'inspectrice Rizzoli se trouve derrière cette vitre, pas vrai ? reprit Amalthea. Elle nous observe et nous écoute. Je n'arrête pas de vous voir à la télé, toutes les deux. « Les reines du crime de Boston » : c'est comme ça qu'on vous surnomme, dit-elle, avant de se tourner vers le miroir sans tain et de lancer : Vous voulez que je vous parle d'Irena Stanek, inspectrice ? Alors, venez m'interroger vous-même !

— Comment savez-vous que nous sommes là à cause d'Irena ? demanda Maura.

Amalthea eut un ricanement méprisant :

— Vraiment, Maura ! Tu me sous-estimes. Je sais ce qui se passe dehors. Sur quoi vous enquêtez.

— Vous étiez amie avec Irena Stanek.

— Encore une âme perdue. J'ai veillé sur elle, je l'ai protégée. Hélas ! Elle est morte avant d'avoir pu me rendre la pareille.

— C'est pour ça que vous avez écrit à son fils ? Parce que vous considérez qu'il vous doit une faveur ?

— Je me suis occupée de sa mère. C'est normal qu'il me dédommage de ma peine.

— De quelle manière ?

— En m'achetant des journaux, des magazines. En m'offrant mes barres chocolatées préférées.

— Il s'est également confié à vous. Il vous a dévoilé ses plans.

— Ah oui ?

— Quand je vous ai vue à l'hôpital, vous m'avez dit : « Bientôt, tu en trouveras une autre. » Vous parliez des victimes de Martin Stanek, c'est ça ?

— J'ai vraiment dit ça ? (Amalthea pointa l'index vers sa tempe :) J'ai des trous de mémoire… À cause de la chimio, tu comprends.

— Stanek vous a-t-il confié ce qu'il comptait faire aux enfants qui l'avaient dénoncé, oui ou non ?

— Qu'est-ce qui te fait croire qu'il avait l'intention de se venger ?

Amalthea délivrait les informations au compte-gouttes. Avec elle, tout se marchandait.

— Répondez-moi, insista Maura. Il y a des vies en jeu.

— Qu'est-ce que ça peut me faire ?

— S'il reste une once d'humanité en vous, ça doit vous importer.

— D'abord, de quelles vies parles-tu ?

— Il y a vingt ans, cinq enfants ont envoyé les Stanek en prison en témoignant contre eux. Aujourd'hui, trois sont morts et un quatrième a disparu. Mais vous savez déjà tout ça, n'est-ce pas ?

— Et si ces victimes n'étaient pas aussi innocentes que vous le pensez ? Imagine que vous ayez tout faux, et que les Stanek soient les vraies victimes ?

— Blanc c'est noir, et noir c'est blanc ?

— Tu n'as pas connu Irena. Au premier coup d'œil, j'ai compris qu'elle n'avait rien à faire ici. Vous prétendez combattre le mal, mais pour la plupart vous êtes incapables de l'identifier.

— Vous si ?

Amalthea sourit :

— Je reconnais les miens. Pas toi ?

— Je juge les gens sur leurs actes, et je sais ce que Martin Stanek a fait à ces enfants.

— Alors, tu ne sais rien.

— Qu'est-ce que je suis censée savoir ?

— Que parfois, noir c'est blanc, et blanc c'est noir.

— Vous m'avez avertie que nous allions trouver une autre victime. Comment étiez-vous au courant ?

— À ce moment-là, ça ne semblait pas t'intéresser beaucoup.

— C'est Martin Stanek qui vous l'avait dit ? Il vous avait fait part de son intention de se venger ?

— Tu ne poses pas les bonnes questions, soupira Amalthea, qui se tourna vers le miroir sans tain et sourit à Jane. Demandez-vous où est la victime que vous n'avez pas retrouvée.

— C'est un tas de conneries, oui ! Elle te fait marcher. Elle parle par énigmes pour que tu retournes la voir, dit Jane en frappant le volant de la main. Merde ! explosa-t-elle. J'aurais dû affronter moi-même cette salope. Je regrette de t'avoir infligé ça.

— Nous étions d'accord, répliqua Maura. C'est à moi qu'elle fait confiance.

— Elle essaie surtout de te manipuler, objecta Jane, qui jeta un regard furieux à la file de voitures qui s'étendait devant elles à perte de vue, retardant leur retour à Boston. On n'a rien tiré d'elle.

— Elle a mentionné une victime que nous n'aurions pas trouvée.

— Probablement Bill Sullivan, le jeune homme qui a disparu à Brookline. S'il a été enseveli vivant, comme saint Vital, on risque de ne jamais le retrouver. J'espère au moins que le pauvre gars était inconscient quand Stanek a balancé la première pelletée de terre sur lui.

— Et si elle parlait d'une autre victime ? Et Holly Devine ? Qu'est-ce qui vous dit qu'elle est en vie ?

— J'ai appelé plusieurs fois son père, qui refuse obstinément de répondre à mes questions. C'est peut-être mieux ainsi, dans un sens. Si nous avons échoué jusqu'ici à la localiser, on peut supposer que le tueur n'a pas eu plus de succès.

Maura jeta un coup à d'œil à Jane :

— Si tu es tellement sûre que Stanek est coupable, pourquoi ne l'arrêtes-tu pas ?

Le silence qui suivit était éloquent.

— Je n'ai aucune preuve contre lui, finit par admettre Jane.

— Tu as fouillé son appartement. Tu n'as rien trouvé ?

— Ni kétamine, ni ruban adhésif, ni scalpels, rien ! Il n'a pas de voiture. Dans ce cas, comment aurait-il transporté le corps de Tim McDougal jusqu'à la jetée ? En plus, il a un alibi en béton pour la soirée du 24 décembre. Il était au réveillon solidaire de la paroisse Sainte-Clare. Les religieuses ont confirmé sa présence.

— Ça ne peut pas être lui, l'assassin, alors.

— À moins qu'il n'ait un complice. Stanek a passé vingt années en prison. Il s'est sûrement fait des connaissances là-bas.

— Tu as placé son téléphone sur écoute ?

— Oui. Jusqu'ici, il n'a appelé que son avocat, la pizzeria du quartier, une journaliste qui écrit un bouquin et l'agent immobilier chargé de vendre sa maison.

— Aucun n'a de casier judiciaire ?

— Ils sont tous nickel. Donc, il travaille avec quelqu'un qu'il a rencontré en détention.

Une minute s'écoula.

— Et si Stanek était innocent ? suggéra Maura.

— Il est le seul à avoir un mobile. Si ce n'est pas lui, alors qui ?

— Ce que je veux dire, c'est qu'on lui a peut-être collé l'étiquette du coupable un peu trop vite.

Jane se tourna vers son amie :

— Vas-y, dis-moi ce qui te tracasse.

— C'est juste que… Amalthea m'a dit que j'étais trop sûre de moi et que ça m'empêchait de voir la vérité.

— Elle essayait de t'embrouiller.

— Et si nous avions des œillères, Jane ? Imagine que Martin Stanek n'ait pas fait ce dont on l'accuse…

Avec un grognement agacé, Jane donna un brusque coup de volant et prit la première sortie d'autoroute.

— Qu'est-ce que tu fabriques ? s'étonna Maura.

— On va faire un tour à Brookline. Je veux que tu voies l'ex-Apple Tree Center.

— Il existe toujours ?

— Il occupait une partie de la maison des Stanek. Je l'ai visitée avec Frost. Ça fait des années qu'elle est sur le marché. Bizarrement, personne n'a envie de l'acheter.

— Pourquoi m'y emmènes-tu ?

— Parce que, depuis qu'Amalthea t'a fourré ce qu'elle voulait dans la tête, tu doutes de tout ce que je dis. Je vais te montrer pourquoi je crois dur comme fer à la culpabilité de Martin Stanek.

Quand elles atteignirent Brookline, le soleil était déjà bas sur l'horizon et les arbres projetaient des ombres filiformes sur la neige. S'il y avait toujours un poteau près du portail, la pancarte de l'Apple Tree Center avait disparu depuis longtemps. Hormis une balançoire rouillée, rien ne laissait deviner que des enfants avaient joué autrefois dans ce jardin. Maura s'attarda dans la voiture, répugnant à descendre. La peinture des volets s'écaillait et les débris des bardeaux parsemaient le sol.

— Qu'est-ce que je suis censée voir ? questionna Maura.

— Je vais te montrer, répéta Jane en ouvrant sa portière. Viens !

Lors de leur visite, la veille, Frost et elle avaient tracé une piste vers la terrasse en pataugeant dans la neige. Les deux femmes mirent leurs pas dans leurs empreintes, qui avaient gelé pendant la nuit.

— Fais gaffe, lança Jane à Maura. Les marches se disloquent.

— Toute la maison est dans le même état ?

— Une vraie ruine, oui ! s'exclama Jane, qui récupéra une clé sous une pierre près du seuil et ajouta : Je me demande pourquoi l'agent immobilier se donne la peine de fermer la porte. À sa place, je laisserais les vandales régler le problème en foutant le feu à cette baraque. (Le battant pivota avec un craquement sinistre.) Bienvenue à la garderie de l'enfer !

Le froid semblait encore plus vif dedans, comme s'il suintait des murs. Maura pénétra dans la pénombre du vestibule et promena son regard autour d'elle. Le papier peint imprimé de roses délicates – un motif qui décorait probablement le salon d'innombrables vieilles dames – se décollait. Un miroir craquelé était accroché dans le couloir. Le parquet en pin était jonché de feuilles mortes et de détritus apportés par le vent ou par les visiteurs.

— L'escalier mène aux chambres des Stanek, expliqua Jane. Celles-ci sont vides. Les meubles ont été vendus aux enchères il y a des années, pour payer les frais judiciaires de la famille.

— Martin Stanek possède toujours la maison ?

— Oui mais, étant inscrit au fichier des délinquants sexuels, il n'a pas le droit d'y vivre. Il l'a mise en vente pour ne plus devoir s'acquitter de la taxe foncière. La garderie se trouvait par ici, ajouta Jane en indiquant le couloir. C'est elle que je voulais te montrer.

Elles dépassèrent une salle de bains aux carreaux descellés et des toilettes tachées de rouille avant d'atteindre la salle de jeux. Les baies vitrées donnaient sur un jardin envahi par la végétation – les bois voisins semblaient se refermer peu à peu sur la maison. La moquette avait moisi à cause des infiltrations.

— Jette un coup d'œil au mur, dit Jane.

Maura obtempéra et découvrit une galerie de portraits familiers.

— Tu la reconnais ? l'interrogea Jane en désignant une femme au visage serein tenant deux yeux dans le creux de sa main. Notre vieille copine sainte Lucie. Et là, c'est saint Sébastien, le corps transpercé de flèches. Saint Vital, sainte Jeanne d'Arc sur son bûcher… Irena Stanek enseignait le catéchisme, et elle veillait à ce que ses élèves connaissent leur calendrier sur le bout des doigts. Elle leur avait même fait écrire leur nom sous celui du saint qu'on honorait le jour de leur anniversaire. Regarde au-dessous de sainte Lucie.

Maura plissa les yeux et déchiffra les majuscules tracées par une main enfantine : CASSANDRA COYLE.

— Et voici Tim McDougal sous saint Sébastien, et Billy Sullivan sous saint Vital… C'est comme si ces gosses avaient signé leur arrêt de mort il y a vingt ans.

— Tu trouveras les mêmes images de saints dans n'importe quelle salle de catéchisme. Ça ne prouve rien, Jane.

— Martin Stanek voyait ce mur chaque jour. Il savait quel enfant fêtait son anniversaire le jour de la Sainte-Lucie ou de la Sainte-Jeanne-d'Arc. Et regarde : Irena signalait les martyrs avec des étoiles dorées. « Félicitations, gamin ! Le saint qu'on célébrait le jour de ta naissance a connu une mort atroce. » Lapidation, crucifixion, éviscération : Martin a grandi au milieu de ces horreurs. Peut-être même s'en est-il inspiré.

Maura concentra son attention sur deux femmes, dont l'une tenait une épée. Elle reconnut deux des martyres représentées sur le vitrail de Notre-Dame-de-la-Divine-Lumière : Fusca et Maure, décapitées.

— Et voici le témoin qu'on n'a pas encore réussi à localiser, reprit Jane.

Elle désignait le nom d'Holly Devine, tracé d'une écriture bien nette sous l'image d'un homme à la bouche béante et ensanglantée.

— Saint Liévin, murmura Maura.

— Si nous ne retrouvons pas rapidement Holly, elle va finir comme ce pauvre Liévin, à qui on a coupé la langue.

Avec un frisson, Maura se détourna du mur des horreurs. La pénombre croissante accentuait la sensation de froid. Glacée jusqu'aux os, elle s'approcha d'une fenêtre et contempla le jardin envahi par le crépuscule.

— Je ne peux m'empêcher de penser à Regina, avoua Jane, ni de me mettre à la place de ces malheureux parents. Tu t'efforces de protéger ton gosse des prédateurs, mais tu as besoin de travailler. Alors, tu es obligée de faire confiance à quelqu'un…

— Tu as la chance que ta mère puisse veiller sur Regina.

— Oui, mais si elle n'était pas là ? Je suis persuadée que certains de ces parents n'avaient pas le choix. Mais quand même… Leur instinct aurait dû leur dire qu'il y avait un truc pas clair dans cette maison !

— Tu parles comme ça parce que tu sais ce qui s'est passé ici.

— Tu ne sens pas les mauvaises ondes ?

— Je ne crois pas aux ondes, bonnes ou mauvaises.

— Uniquement parce que tu ne peux pas les mesurer avec tes instruments.

— Je n'en ai pas besoin pour juger qu'il fait froid. Je suis gelée. Si tu n'as rien d'autre à me montrer, je suggère que… (Elle se tut brusquement.) Il y a quelqu'un dehors ! souffla-t-elle.

Jane la rejoignit près de la fenêtre.

— Il était juste à la limite des arbres et il regardait dans notre direction, précisa Maura.

— J'y vais.

— Attends ! Tu ne crois pas que tu devrais appeler des renforts ?

Mais Jane se précipitait déjà vers la porte arrière.

Maura la suivit et la vit pénétrer dans un bosquet de conifères. Les ombres l'engloutirent aussitôt, mais on l'entendait se déplacer dans les fourrés. Des branches craquaient sous ses bottes avec des bruits secs pareils à des détonations.

Puis le silence retomba.

— Jane ?

Le cœur battant, Maura traversa le jardin et s'enfonça dans la pénombre des bois. Comme la neige dissimulait les racines et les obstacles, elle trébuchait tous les dix pas. Elle imaginait Jane inconsciente et le tueur penché au-dessus d'elle, prêt à lui porter un coup fatal…

Elle sortit son téléphone et tapa son code PIN d'un doigt engourdi. Au même moment, un ordre éclata à proximité :

— Plus un geste ! Police !

En se guidant sur le son, Maura déboucha dans une clairière. Jane tenait en respect une silhouette au visage caché dans l'ombre d'une capuche.

— Tu veux que j'appelle de l'aide ? lança Maura.

— Voyons d'abord à qui on a affaire, répondit Jane, qui se retourna vers l'intrus immobile et aboya : Déclinez votre identité !

— Je peux baisser les bras ? demanda une voix de femme.

— D'accord, acquiesça Jane. Faites ça lentement.

L'inconnue s'exécuta et repoussa sa capuche. Malgré le pistolet pointé vers elle, elle semblait étonnamment calme.

— Qu'est-ce qui se passe ? s'enquit-elle. Je n'ai pas le droit d'être ici ? Je n'ai pas vu de panneau DÉFENSE D'ENTRER.

Jane abaissa son arme.

— C'est vous ! s'exclama-t-elle.

— Pardon, on s'est rencontrées ?

— Vous étiez à la messe d'enterrement de Cassandra Coyle et à celle de Timothy McDougal. Qu'est-ce que vous fichez sur ce terrain privé ?

— Je cherchais le chien de mon père. Il s'est échappé.

— Vous habitez dans le coin ?

— Pas moi, lui. (L'intruse indiqua des lumières qui brillaient faiblement au-delà des arbres.) En voyant votre voiture, j'ai cru que quelqu'un essayait d'entrer chez les Stanek, expliqua-t-elle.

— C'est vous, Holly Devine ?

La femme resta d'abord silencieuse. Puis elle murmura :

— Ça faisait des années qu'on ne m'avait pas appelée ainsi.

— Nous vous avons recherchée, Holly. Votre père refusait de dire où vous étiez.

— Il se méfie de tout le monde.

— Eh bien, vous allez devoir nous faire confiance. Votre vie en dépend peut-être.

— De quoi est-ce que vous parlez ?

— Allons au chaud, et je vous raconterai tout.

27

Tandis qu'elles montaient les marches, des aboiements retentirent à l'intérieur de la maison. Maura recula instinctivement quand Holly ouvrit la porte, s'attendant à voir débouler un molosse au poil hérissé, tous crocs dehors. Mais le labrador noir dédaigna les visiteuses pour faire fête à la fille de son maître.

— Vilain garçon, le gronda celle-ci en lui grattant la tête. La prochaine fois que tu te sauveras, ne compte pas sur moi pour te courir après !

— Qui est avec toi, Holly ? demanda une voix bourrue.

Earl Devine les regarda approcher depuis le couloir, dont l'éclairage donnait un aspect blafard à son visage. Ses vêtements pendaient sur son corps décharné, trahissant un amaigrissement récent et rapide. Toutefois, il considérait Maura et Jane d'un air hostile, les poings crispés comme s'il s'apprêtait à les frapper pour défendre sa fille.

— Je cherchais Joe dans le jardin des Stanek quand je suis tombée sur ces dames, expliqua Holly. Il est revenu de lui-même, on dirait ?

— Ouais, répondit Earl sans quitter les deux femmes des yeux. Vous êtes qui ?

— Nous nous sommes parlé au téléphone, monsieur Devine, dit Jane. Inspectrice Rizzoli, de la police de Boston.

Après quelques secondes d'hésitation, Earl finit par serrer la main qu'elle lui tendait.

— Vous avez trouvé ma fille, fit-il.

— Vous nous auriez facilité le travail en nous disant tout de suite où elle était.

— Je vous l'ai dit, intervint Holly : mon père se méfie de tout le monde.

— Même de la police ?

— La police ? ricana Earl Devine. Il suffit de regarder la télé pour savoir ce que vous valez. De nos jours, on a plus de chances de se faire descendre par un flic que de lui devoir la vie. Et vous voudriez qu'on vous fasse confiance ?

— Tout ce qui nous importe, c'est la sécurité de votre fille.

— C'est ce que vous m'avez dit au téléphone. Mais qu'est-ce qui me prouvait que vous étiez bien de la police ? Vous auriez pu mentir.

— Mon père a des raisons d'être prudent, reprit Holly. À une époque, un type me harcelait. J'ai pris le nom de Donovan pour qu'il ne puisse pas me retrouver.

— Il n'arrêtait pas de téléphoner, raconta Earl. Il a même chargé une femme d'appeler pour lui. Elle prétendait être journaliste et vouloir interviewer Holly.

— Cet homme, qui était-ce ? s'enquit Jane.

— Un gars qu'elle fréquentait, plus jeune. Je n'ai jamais pu l'encadrer. Il insistait, mais j'ai fini par lui faire peur. S'il ne veut pas d'ennuis, il a intérêt à fiche la paix à ma gamine.

— Ce n'est pas à cause de lui qu'elles sont là, papa.

— Nous sommes venues voir l'Apple Tree Center, indiqua Jane.

Earl se renfrogna encore plus :

— Pourquoi ? C'est de l'histoire ancienne, tout ça. Les coupables ont été jugés et envoyés en prison.

— Martin Stanek a été remis en liberté. Nous pensons qu'il cherche à se venger de tous ceux qui l'ont fait condamner, et nous craignons qu'il ne s'en prenne à Holly.

— Il l'a menacée ?

— Pas directement. Mais trois des enfants ayant témoigné contre les Stanek ont été assassinés ces dernières semaines, et un quatrième a disparu. Dans ces conditions, vous comprenez que nous nous inquiétions pour votre fille.

Le père d'Holly dévisagea Jane, puis il acquiesça d'un air sinistre :

— Voyons ce que vous comptez faire à propos de ce salopard, dit-il.

Ils prirent place dans un salon exigu dont le canapé élimé et les fauteuils en skaï semblaient appartenir à la maison depuis si longtemps qu'ils devaient être collés au sol. Un des fauteuils affichait l'empreinte du corps d'Earl, lequel s'y enfonça tandis qu'Holly servait du café aux visiteuses. Maura jeta un coup d'œil au bord de sa tasse et la reposa discrètement. Le tapis présentait des auréoles là où le chien s'était « oublié », l'accoudoir du canapé était constellé de brûlures de cigarette, et un voile de moisissure, conséquence d'une fuite d'eau, recouvrait une partie du plafond. On n'apercevait ni livres ni magazines, juste une pile de coupons et de bons de réduction découpés dans des journaux. La pièce baignait dans le halo de l'écran de télé.

— Le tribunal avait interdit qu'on divulgue les noms des gosses, dit Earl Devine, le regard rivé sur Jane. Alors, qu'est-ce qui vous a donné l'idée de chercher Holly ?

— En fait, elle s'est elle-même signalée à notre attention. Holly, vous avez assisté aux obsèques de Cassandra puis à celles de Tim. Vous saviez qu'ils avaient tous les deux été assassinés ?

Earl se tourna vers sa fille, les sourcils froncés :

— Tu ne m'avais pas dit que tu étais allée là-bas !

— Je me demandais si leurs morts étaient liées, se justifia Holly. Personne n'en parlait.

— À l'époque, nous l'ignorions encore, expliqua Jane. Mais vous, Holly, vous le saviez. Pourquoi ne pas avoir prévenu la police ?

— Je n'avais aucune certitude. J'espérais qu'il s'agissait d'une coïncidence.

— Pourquoi n'avez-vous pas appelé, Holly ? insista Jane.

Désarçonnée par son ton coupant, la jeune femme baissa les yeux.

— Pardon, murmura-t-elle. J'aurais dû.

— Si vous l'aviez fait, Bill Sullivan serait peut-être toujours en vie.

— Qu'est-ce qui est arrivé à Billy ? interrogea Earl.

— On le recherche encore, répondit Jane. Mais compte tenu des circonstances de sa disparition et du sang retrouvé dans sa voiture, nous pensons qu'il est mort.

Maura, qui surveillait Holly du coin de l'œil, la vit relever brusquement la tête :

— Billy est mort ?

Elle semblait sincèrement choquée.

— Vous ne le saviez pas ? répliqua Jane.

— Non. Jamais je n'aurais imaginé…

— Vous avez dit que quatre gosses avaient été tués, intervint Earl. Vous n'en avez nommé que trois.

— Sarah Byrne a péri dans l'incendie de sa maison, en novembre. On a d'abord cru à un accident. Vous comprenez maintenant pourquoi nous tenions tant à joindre votre fille. Holly, aviez-vous une raison d'éviter la pol…

— Une seconde ! protesta Earl.

Jane leva la main pour le faire taire :

— C'est votre fille que je souhaite entendre.

Sous le poids des regards, Holly parut puiser au plus profond d'elle-même le courage de parler.

— J'avais peur de voir le passé exhumé, avoua-t-elle. Je ne voulais pas que les gens soient au courant.

— De quoi ?

— De ce que les Stanek m'ont fait. Un truc pareil, ça vous change à tout jamais. Quand les gens savent, chaque fois qu'ils posent les yeux sur vous, ils ne peuvent s'empêcher d'imaginer… (Avec un frisson, elle se mit à fixer le tapis taché.) Quand je pense que c'est ma mère qui m'a envoyée là-bas ! Elle disait que c'était dangereux pour moi de rentrer seule à la maison après l'école. Elle croyait qu'un type se cachait derrière chaque buisson, attendant de pouvoir me sauter dessus.

— Holly !

— C'est la vérité, papa ! Maman voyait des violeurs partout. Aussi, chaque jour, je devais monter à bord du car de Martin Stanek. Nous étions comme des agneaux qu'on mène à l'abattoir. Vous avez lu les minutes du procès, inspectrice. Alors, vous savez.

— Oui, je sais, acquiesça Jane.

— Tout ça parce que ma mère voulait me mettre à l'abri !

Earl reprit :

— Ne sois pas amère, Holly. Ça n'est pas bon pour toi. Ma femme avait eu une enfance difficile, ajouta-t-il à l'intention des visiteuses. Quand elle était petite, il lui était arrivé des choses dont elle avait honte. Un de ses oncles… Bref, elle était terrifiée à l'idée qu'Holly puisse subir la même chose. Elle est morte quelques mois après le procès, sans doute à cause de l'accumulation de stress. Holly et moi, on a dû se débrouiller seuls. Je crois qu'on ne s'en est pas mal sortis. Regardez ma petite fille : elle a fait des études qui lui ont permis d'avoir un bon travail. Elle n'a pas besoin qu'on vienne remuer toute cette boue.

— Encore une fois, monsieur Devine, tout ce qui nous importe, c'est sa sécurité.

— Alors, dépêchez-vous d'arrêter ce fumier.

— On ne peut pas, pas encore. Nous avons besoin de preuves. Holly, je comprends que vous n'ayez pas envie de déterrer de mauvais souvenirs, mais vous pouvez nous aider à renvoyer Martin Stanek en prison, cette fois pour toujours.

Holly se tourna vers son père. Tous deux paraissaient exceptionnellement proches, unis par un lien forgé au fil des années où le veuf et sa fille unique n'avaient pu compter que l'un sur l'autre.

— Vas-y, chérie, l'encouragea Earl. Parle-leur. Après, on sera enfin débarrassés de ce fils de pute.

— C'est juste que… ça me gêne de raconter ce qu'il m'a fait devant toi.

— Monsieur Devine, vous pourriez nous laisser un instant ? demanda Jane.

Earl s'arracha à son fauteuil.

— Je serai à côté, dit-il. Chaton, si tu as besoin de quelque chose, tu n'auras qu'à crier.

Il sortit et, bientôt, elles l'entendirent remuer des casseroles tandis que l'eau coulait dans l'évier.

— Il tient à préparer le dîner quand je viens le voir, murmura Holly. C'est un très mauvais cuisinier, ajouta-t-elle avec un demi-sourire. Mais c'est sa façon de me montrer son amour.

— C'est évident qu'il vous aime ! lança Maura.

Holly parut s'apercevoir enfin de sa présence. Maura avait gardé le silence jusque-là, laissant à Jane le soin de mener l'interrogatoire. Celle-ci avait-elle remarqué les échanges de regards entre le père et sa fille ? On aurait dit que chacun puisait sa force chez l'autre.

— Pendant plusieurs mois, reprit Holly, j'ai cessé de venir, au cas où mon harceleur aurait rôdé dans les parages. Papa en a beaucoup souffert. Il est le meilleur ami que j'aie.

— Mais vous ne pouvez pas parler de Martin Stanek devant lui, dit Jane.

— Et vous ? répliqua Holly, piquée au vif. Vous pourriez raconter à votre père qu'un type vous a enfoncé son pénis dans la gorge ?

Jane accusa le coup :

— Non, en effet, admit-elle.

— Alors, vous comprendrez qu'on n'ait jamais évoqué le sujet ensemble, lui et moi.

— Il va pourtant falloir, Holly. Nous avons besoin que vous coopériez pour vous protéger.

— On croirait entendre la procureure en chef : « Dis-nous ce que tu as vu, et nous veillerons à ce qu'il ne t'arrive rien. » Mais j'avais peur de finir comme Lizzie.

— Vous connaissiez Lizzie DiPalma ?

— Elle et moi, nous montions tous les jours à bord du car de Martin pour nous rendre à l'Apple Tree Center. Lizzie était plus maligne et dégourdie que moi. Elle a dû lui résister, et il l'aura tuée pour l'empêcher d'appeler à l'aide ou de le dénoncer. Personne ne savait ce qui s'était passé… jusqu'à ce que je retrouve son bonnet.

— Dans le car de Martin.

Holly acquiesça :

— À ce moment-là, j'ai compris qu'il l'avait fait disparaître et je me suis décidée à parler. Par chance, ma mère m'a crue. À cause de ce qu'elle avait elle-même vécu, elle n'a jamais douté de ma parole. D'autres parents ont été plus difficiles à convaincre.

— Il faut dire que certains témoignages étaient proprement invraisemblables, argua Jane. Timothy a évoqué un tigre volant à travers la forêt. Sarah a prétendu que le centre de loisirs possédait une cave, où les Stanek jetaient des cadavres de bébés. La police a fouillé le bâtiment de fond en comble sans trouver de cave et encore moins de tigre.

— Timmy et Sarah étaient très jeunes. C'était facile de leur embrouiller l'esprit.

— Mais vous comprenez que ces affirmations étaient un peu dures à avaler.

— Vous ne savez pas ce que nous avons vécu, inspectrice. Chaque jour, nous nous mettions en rang face au mur des martyrs et nous récitions les circonstances de la mort de chacun : saint Pierre de Vérone, le crâne fendu par un hachoir ; saint Laurent, brûlé sur un gril ; saint Clément, précipité dans la mer avec une ancre attachée au cou… Celui dont l'anniversaire tombait un jour où l'on célébrait un martyr avait le privilège de se coiffer d'une couronne et de tenir une palme en plastique pendant que les autres faisaient la ronde autour de lui. Nos parents trouvaient que c'était sain ! Ce n'en était que plus insidieux : le mal déguisé en piété… La disparition de Lizzie m'a donné le courage de parler. C'est pour ça que Martin veut se venger.

— Nous veillerons sur vous, promit Jane. Mais vous devez nous aider.

— Comment ?

— Tant que nous n'aurons pas réuni assez de preuves pour arrêter Martin Stanek, ce serait bien que vous quittiez la ville. Vous ne connaissez personne qui pourrait vous héberger ?

— À part mon père, non.

— Ce n'est pas une bonne idée. C'est ici que Stanek s'attend à vous trouver.

— Je ne peux pas démissionner de mon emploi. J'en ai besoin pour vivre, précisa Holly en regardant tour à tour les deux femmes, avant d'enchaîner : Il ne m'a pas encore localisée. Est-ce que je ne serais pas mieux chez moi, dans mon appartement, avec un flingue ?

— Vous avez un permis de port d'arme ?

— C'est indispensable ?

— Je ne vais quand même pas vous conseiller d'enfreindre la loi !

— S'il me tue, ça me fera une belle jambe d'avoir respecté vos fichues lois !

Maura intervint :

— On ne pourrait pas mettre Holly sous protection policière ?

— Je vais voir ce que je peux faire, répondit Jane. Mais nos moyens sont limités. En attendant, je ne saurais trop vous recommander de vous tenir sur vos gardes. Nous pensons que Stanek a un ou une complice. Ne relâchez jamais votre vigilance. Deux des victimes ont été droguées avec un mélange d'alcool et de kétamine. N'acceptez jamais de boisson d'un ou d'une inconnue. Mieux : évitez les bars.

Holly ouvrit de grands yeux :

— C'est comme ça qu'il a procédé ? En versant quelque chose dans leur verre ?

— Maintenant que vous êtes prévenue, ça ne risque pas de vous arriver. (Le portable de Jane sonna, et elle décrocha.) Rizzoli ! annonça-t-elle d'un ton brusque.

Maura eut la surprise de la voir se lever d'un bond et sortir dans le jardin pour poursuivre la conversation en privé. À travers la porte de la maison, elle l'entendit demander :

— Comment est-ce possible, bordel ? Qui était chargé de le surveiller ?

— Que se passe-t-il ? voulut savoir Holly.

— Je l'ignore, mais je vais le découvrir.

Maura sortit à son tour et referma derrière elle. Puis, frissonnant à cause du froid, elle attendit la fin de l'appel.

— Nom de Dieu ! gronda Jane après avoir raccroché. Martin Stanek a mis les voiles.

— Quoi ? Quand ça ?

— Une de nos équipes surveillait sa résidence depuis la rue. Il est sorti par-derrière et on ne l'a pas revu depuis. On n'a aucune idée de l'endroit où il peut être.

Maura jeta un coup d'œil à la fenêtre. Holly les observait, le visage pressé contre la vitre.

— Il faut le retrouver, souffla-t-elle.

— Ouais, approuva Jane. Avant que lui ne la retrouve.

28

Depuis la fenêtre du salon, je regarde la voiture de l'inspectrice Rizzoli et de la Dr Isles s'éloigner. Puis je me retourne vers mon père.

— J'ai peur, papa.

— Il ne faut pas, ma chérie.

— Elles ne savent pas où est Stanek.

Papa s'approche de moi et m'enveloppe dans ses bras. Autrefois, quand je me serrais contre lui, j'avais l'impression d'étreindre un arbre robuste. Ces derniers temps, il a tellement maigri qu'on dirait un sac d'os, et je perçois les battements de son cœur dans la cage fragile de sa poitrine.

Il relève mon visage et plonge ses yeux dans les miens.

— Si cette ordure s'en prend à ma petite fille, c'est un homme mort, déclare-t-il. Ne t'inquiète pas. Papa veillera sur toi.

— Promis ?

— Promis. Viens, ajoute-t-il. J'ai quelque chose à te montrer à la cuisine.

29

— Comment garantir la sécurité de Holly Devine tant qu'on n'aura pas retrouvé Martin Stanek ? s'interrogea Tam.

La même question était dans les esprits de toutes les personnes assises autour de la table. Les inspecteurs Tam et Crowe avaient rejoint l'enquête, de même que le Dr Zucker. Tous étaient persuadés qu'Holly serait la prochaine cible de Stanek, mais aucun n'aurait su dire où ni quand il allait frapper.

— Pour quelqu'un dont la vie est menacée, elle n'a pas l'air particulièrement inquiète, lança Crowe. Hier matin, quand Tam et moi sommes allés vérifier si son immeuble était sûr, elle n'a même pas pris la peine de nous recevoir. Elle a dit qu'elle allait être en retard au boulot et nous a plantés là.

— La bonne nouvelle, enchaîna Tam, c'est que son père a un permis de port d'arme. M. Devine a servi dans la Navy. Holly accepterait peut-être qu'il vienne habiter chez elle. Rien de tel qu'un papa avec un flingue.

— Tu parles ! ricana Jane. Si mon père s'installait chez moi, c'est moi qui le buterais ! Holly n'est pas du genre à se laisser dicter sa conduite. Elle n'en fait qu'à sa tête, et elle est… différente. Je n'ai pas encore réussi à comprendre comment elle fonctionne.

— Différente de quelle manière ? s'enquit Zucker.

C'était bien une question de psy ! Jane réfléchit. Le seul fait de devoir expliquer ce qui la troublait chez la jeune femme la plongeait dans l'embarras.

— Elle paraît étrangement sereine en dépit de la situation. Elle ne tient aucun compte de nos recommandations. Elle a refusé de quitter la ville ou même de prendre des vacances. Elle ne manque aucune occasion de nous rappeler que c'est elle qui commande.

— Quand vous parlez d'elle, on entend de l'admiration dans votre voix.

Jane croisa le regard reptilien de Zucker, qui semblait la sonder pour mettre au jour ses secrets les mieux enfouis.

— C'est vrai, lui concéda-t-elle. Je l'admire pour ça. Je crois que chacun devrait veiller à garder le contrôle de son existence.

— En tout cas, son attitude ne nous facilite pas le travail, soupira Tam.

— Je l'ai avertie que les précédentes victimes avaient été droguées avec de la kétamine. Elle sait donc à quoi s'attendre. (Jane marqua une pause.) Elle pourrait nous simplifier la tâche.

— Tu suggères de l'utiliser comme appât ? demanda Crowe.

— Pas à proprement parler. Mais on pourrait tirer parti de son fichu caractère. Elle ne se laisse pas perturber par la menace que représente Stanek et insiste pour coller à sa routine. À sa place, je ferais exactement pareil. À vrai dire, c'est ce que j'ai fait quand je me suis trouvée dans une situation comparable.

— De quoi parles-tu ? s'étonna Tam.

N'ayant intégré la brigade des homicides que depuis peu, il n'avait pas vécu la traque du tueur surnommé le Chirurgien, quatre ans plus tôt : à un stade de l'enquête, celui-ci avait jeté son dévolu sur Jane pour en faire sa proie.

— Elle fait allusion à Warren Hoyt, indiqua Frost d'un ton posé.

— Quand un assassin vous oblige à changer votre mode de vie, reprit Jane, c'est qu'il a déjà gagné. Holly refuse de capituler. Son entêtement pourrait se révéler un atout. Voici comment je vois les choses : on met son téléphone sur écoute, on installe des caméras de surveillance dans son immeuble, sur son lieu de travail, et on attend que Stanek passe à l'action.

— Elle accepterait peut-être de porter un bracelet connecté, suggéra Tam. Ainsi, on saurait en permanence où la trouver.

— Tu peux toujours le lui proposer. Bonne chance !

— Pourquoi cette jeune femme est-elle tellement rétive ? s'interrogea Zucker. À votre avis, inspectrice Rizzoli ?

— Je crois que c'est sa nature. Elle est habituée à se battre. Elle a été la première à accuser les Stanek. Ça demandait une sacrée dose de courage, pour une gamine de dix ans. Sans elle, le procès n'aurait pas eu lieu et les agressions se seraient poursuivies.

— J'ai lu son témoignage, reprit Zucker. De tous les enfants, Holly était assurément la plus précise et la plus crédible. À l'évidence, les affirmations des autres étaient biaisées.

— Comment ça, « biaisées » ? s'exclama Tam.

— Les plus jeunes tenaient des propos invraisemblables. Le petit garçon de cinq ans a parlé de tigres volants ; une des filles a prétendu que les Stanek sacrifiaient des chats et des bébés avant de les jeter dans une cave.

Jane haussa les épaules :

— Les gosses ont tendance à exagérer les choses.

— À moins que l'accusation ne leur ait soufflé leurs réponses. Rappelez-vous : cette affaire a éclaté dans un contexte judiciaire particulier. À l'époque, une grande partie de l'opinion croyait dur comme fer à l'existence de cultes démoniaques. Au début des années 1990, pendant un congrès de psychologie médico-légale, j'ai entendu une soi-disant experte évoquer un vaste réseau sataniste qui se livrait à des abus sexuels sur les enfants et même à des sacrifices humains. Selon elle, un quart de ses patients avaient subi ce genre de violences. Des procès avaient lieu dans tout le pays. Malheureusement, la plupart étaient fondés non sur des faits, mais sur la crainte et la superstition.

— Pourquoi des gosses raconteraient-ils ce genre d'histoires si elles n'étaient pas vraies au moins en partie ?

— Rappelez-vous le cas McMartin, en Californie : tout est parti d'une schizophrène qui prétendait qu'un enseignant de maternelle avait sodomisé son fils. La police a informé tous les parents que leurs enfants avaient peut-être été victimes d'abus similaires. Les accusations ont commencé à pleuvoir en prenant une tournure de plus en plus délirante. On a parlé d'orgies débridées, de cadavres évacués dans les toilettes, de souterrains et d'agresseurs qui volaient dans les airs comme par magie. Résultat : un innocent a passé cinq ans en prison pour rien.

— Vous n'êtes pas en train d'insinuer que Martin Stanek est innocent, lui aussi ? protesta Jane.

— Je m'interroge simplement sur la façon dont on a recueilli la parole de ces enfants. Quelle part d'invention contiennent leurs témoignages ? Dans quelle mesure les a-t-on influencés ?

— Le médecin qui a examiné Holly Devine a relevé des contusions à la tête ainsi que de multiples griffures sur les bras et le visage.

— Aucun de ses camarades ne présentait de marques d'agression.

— La psychologue appelée à la barre par l'accusation a dit qu'ils montraient tous les symptômes d'un traumatisme lié à des abus sexuels : peur du noir, énurésie, terreurs nocturnes… Dans ses conclusions, le juge souligne que ces enfants ont subi des dommages « d'une gravité extrême ».

— Je n'en doute pas : tout le pays avait succombé au même mouvement de panique morale.

— Ce n'est pas la « panique morale » qui a fait disparaître la petite Lizzie DiPalma.

— Martin Stanek n'a pas été condamné pour son meurtre.

— Uniquement parce que le jury n'a pas réussi à s'entendre sur sa culpabilité. Mais tout le monde savait que c'était lui qui l'avait tuée.

Zucker haussa les sourcils :

— Depuis quand accordez-vous autant de crédit à l'opinion de la foule ? Mon rôle consiste à attirer votre attention sur des détails qui pourraient vous échapper. Le comportement humain n'est pas tout blanc ou tout noir. Les gens obéissent à des mobiles complexes et les décisions de justice sont rendues par des êtres imparfaits. Ne me dites pas que rien ne vous a choquée dans ces témoignages ?

— La procureure en chef les a crus.

— Votre fille a trois ans, c'est ça ? Imaginez qu'on lui donne le pouvoir d'envoyer toute une famille en prison.

— Les enfants de l'Apple Tree étaient plus âgés.

— Mais pas forcément plus dignes de foi.

— Vous parlez comme la Dr Isles, soupira Jane.

— L'éternelle sceptique ?

— Vous pouvez dire ce que vous voulez, le fait est que Lizzie DiPalma a disparu il y a vingt ans. La découverte de son bonnet a orienté les soupçons vers Martin Stanek. À présent, les adultes qui, enfants, l'avaient accusé meurent les uns après les autres. Stanek a tout l'air d'être notre tueur.

— À vous de m'en convaincre. Apportez-moi une preuve, n'importe laquelle, qui le relie à ces meurtres.

— Je trouverai, affirma Jane. Tous les assassins finissent par commettre une erreur.

La mère de Billy Sullivan habitait une ravissante maison de style Tudor, à moins de deux kilomètres du quartier modeste où son fils avait grandi. Ce matin-là, une dentelle de givre festonnait les massifs, et l'allée de briques qui menait au perron paraissait aussi glissante qu'une patinoire. Frost et Jane s'attardèrent dans leur voiture, rassemblant leur courage avant d'affronter le froid glacial et la conversation éprouvante qui s'annonçait.

— Elle doit bien se douter que son fils est mort, hasarda Frost.

— Mais elle ne sait pas le pire. Ne compte pas sur moi pour lui révéler comment il a probablement été tué !

Enseveli vivant, comme saint Vital… À moins que l'assassin n'ait fait preuve de miséricorde en s'arrangeant pour que sa victime ne respire plus avant de jeter la première pelletée de terre. Jane se refusait à se représenter un Billy toujours conscient dans un cercueil sur lequel s'écrasaient des mottes gelées, ou ligoté dans une tombe béante, étouffant sous une pluie de gravats… Si elle n'y prenait garde, ce travail finirait par peupler ses nuits de cauchemars.

— Allez, viens, lui dit Frost. Il faudra bien la rencontrer tôt ou tard.

Il actionna la sonnette et ils attendirent en frissonnant sous le grésil qui martelait les dalles et les buissons. Jane imaginait que, à l'intérieur, la mère de Billy Sullivan vivait dans l'appréhension d'une nouvelle funeste tout en se raccrochant à l'espoir de revoir son fils. Cet espoir brillait dans le regard de tous les proches de victimes qu'elle avait côtoyés, et trop souvent elle avait dû souffler cette minuscule flamme.

La femme qui leur ouvrit ne les invita pas instantanément à entrer. Debout dans l'embrasure de la porte, elle semblait leur barrer le passage, comme si elle répugnait à laisser le malheur pénétrer dans sa maison.

Les yeux secs, le visage aussi pâle et inexpressif qu'un masque de cire, Susan Sullivan s'efforçait de donner le change. Avec ses cheveux blonds laqués et tirés en arrière, son pantalon en laine crème et son twin-set rose, elle n'aurait pas déparé à un déjeuner du country-club. Ce jour risquait d'être le pire de toute son existence. Pourtant, elle arborait un collier de perles.

— Madame Sullivan ? Inspectrice Rizzoli, de la police de Boston. Et voici mon coéquipier, l'inspecteur Frost. Nous pouvons entrer ?

La femme hocha la tête et finit par s'écarter. Les deux visiteurs pénétrèrent dans le vestibule. Un silence pénible s'installa. Susan Sullivan les débarrassa de leurs manteaux trempés, qu'elle rangea dans la penderie avec des gestes nerveux et efficaces, et les introduisit dans le salon. L'attention de Jane se porta immédiatement sur un tableau montrant un beau jeune homme blond, le visage tourné vers la lumière, les lèvres retroussées dans un sourire amusé.

Des photos de Billy étaient posées çà et là dans toute la pièce : sur la cheminée, en étudiant fraîchement diplômé, un bonnet carré posé crânement sur ses cheveux dorés, sur le piano à queue, d'abord bébé, puis petit garçon, puis adolescent à la peau brûlée par le soleil, à bord d'un voilier. On ne voyait son père nulle part. À l'évidence, Billy était l'unique objet de l'adoration de sa mère.

— Je sais que cet étalage le gêne, soupira Susan. Mais je suis tellement fière de lui ! Je ne pouvais pas rêver d'un meilleur fils.

Elle s'était exprimée au présent : la flamme de l'espoir était toujours vivace.

— Il y a un M. Sullivan ? s'enquit Frost.

— Oui, répondit Susan, laconique. Ainsi qu'une seconde Mme Sullivan. Billy avait à peine douze ans quand son père nous a abandonnés. Il ne donne presque jamais de nouvelles, et c'est très bien comme ça. Nous nous sommes débrouillés sans lui.

— Où votre ex-mari vit-il désormais ?

— Quelque part en Allemagne, avec sa nouvelle famille. Mais pourquoi parler de lui ? (Elle marqua une pause et, pendant une fraction de seconde, son masque se fissura.) Vous avez trouvé… Vous avez appris quelque chose ? murmura-t-elle.

— Les services de police de Brookline dirigent toujours l'enquête, expliqua Jane.

— Mais vous, vous êtes de Boston.

— Oui, madame.

— Au téléphone, vous m'avez dit que vous travailliez pour la brigade criminelle. Vous croyez donc…

La voix de Susan se brisa.

— Nous n'avons encore tiré aucune conclusion, tenta de la rassurer Frost. Simplement, nous explorons toutes les pistes. Nous n'ignorons pas que nos collègues de Brookline vous ont longuement interrogée. Pardon de vous infliger de nouveau cette épreuve, mais peut-être vous rappellerez-vous quelque chose, un détail qui nous aiderait dans nos recherches. Vous avez vu Billy pour la dernière fois lundi soir, c'est ça ?

Susan acquiesça. Ses mains ne pouvaient pas demeurer en place sur ses cuisses.

— Nous avons dîné ici. J'avais fait rôtir un poulet, précisa-t-elle avec un faible sourire. Il est retourné ensuite à son bureau pour terminer une tâche urgente. Il est parti vers 20 heures.

— Il travaille dans la finance, je crois ?

— Il est gestionnaire de fortunes chez Cornwell Investments. Il a des clients très riches, qui réclament beaucoup d'attention. Mais je serais incapable de vous dire ce qu'il fait au juste. Moi, je ne comprends rien aux histoires d'argent. C'est Billy qui s'occupe de mes affaires, et il est doué pour ça. C'est grâce à lui que nous avons pu acheter cette maison. Sans lui, je n'en aurais jamais eu les moyens.

— Votre fils vit ici avec vous ?

— Oui. Ce serait trop grand pour moi. Rendez-vous compte : cinq chambres, quatre cheminées…, dit Susan en levant les yeux vers le plafond haut de quatre mètres. Je me sentirais horriblement seule sans lui. Billy et moi avons toujours formé une équipe. Nous veillons l'un sur l'autre. Cet arrangement nous convient parfaitement.

Pas étonnant que son fils soit resté célibataire, songea Jane. Quelle femme pourrait rivaliser avec sa mère ?

Frost relança la conversation avec tact :

— Parlez-nous de la soirée de lundi, madame Sullivan. Qu'avez-vous fait après le départ de Billy ?

— Il m'avait dit de ne pas l'attendre, aussi, je suis montée me coucher vers 22 heures. Le lendemain, à mon réveil, j'ai constaté qu'il n'était pas rentré. Comme il ne répondait pas au téléphone, j'ai vite compris qu'il était arrivé quelque chose. J'ai alors prévenu la police, et quelques heures plus tard… (Susan s'éclaircit la voix et enchaîna :) On a retrouvé sa voiture près du parcours de golf, avec la clé sur le contact. Son attaché-case était sur le siège passager. Et il y avait du sang à l'intérieur…

Seule l'agitation de ses mains trahissait son émotion. Jane se fit la réflexion que, le jour où elle laisserait son chagrin éclater, le spectacle serait insoutenable.

— Les policiers m'ont dit qu'une caméra de surveillance avait filmé Billy alors qu'il quittait son bureau, vers 22 h 30, poursuivit Susan. Apparemment, nul ne l'a revu ni n'a eu de ses nouvelles depuis. Ni ses collègues ni sa secrétaire. Personne. (Elle leva un regard angoissé vers Frost.) Si vous savez quelque chose, par pitié, dites-le-moi. Rien n'est plus insupportable que l'ignorance.

— Tant qu'on n'a pas retrouvé Billy, il reste un espoir.

— Oui, l'espoir… (Susan poussa un profond soupir et se redressa, de nouveau maîtresse d'elle-même.) Vous avez dit que la police de Brookline était chargée de l'enquête. Dans ce cas, quelle est la raison de votre visite ?

— La disparition de Billy pourrait être liée à d'autres affaires survenues à Boston.

— Quelles affaires ?

— Les noms de Cassandra Coyle et de Timothy McDougal vous évoquent-ils quelque chose ?

Susan ferma les yeux, fouillant dans ses souvenirs. Soudain, ses paupières se soulevèrent et elle s'exclama :

— L'Apple Tree Center !

Jane acquiesça :

— Cassandra et Timothy ont été assassinés récemment, puis votre fils a disparu. Nous pensons que…

— Je vous prie de m'excuser, mais je ne me sens pas très bien.

Susan se leva en vacillant et sortit précipitamment. Quelques secondes plus tard, elle claquait la porte des toilettes.

— Bon sang ! marmonna Frost. Parfois, je déteste ce boulot.

Une pendule égrenait les secondes sur la cheminée, à côté d'une photo représentant Billy et Susan sur le pont d'un yacht. Le nom du bateau – *El Tesoro* – et son port d'attache – Acapulco – étaient peints sur la poupe. La mère et le fils souriaient.

— Ils étaient si proches…, souffla Jane. Au fond d'elle-même, elle doit savoir qu'il n'est plus de ce monde.

Elle posa son regard sur la table basse, où des numéros d'*Architectural Digest* étaient déployés en éventail – on aurait dit l'œuvre d'un décorateur. Un salon parfait, digne de l'existence parfaite que Susan Sullivan avait vécue jusque-là. À présent, elle vomissait tripes et boyaux dans la cuvette des toilettes tandis que son fils se décomposait certainement dans sa tombe.

Ils entendirent un bruit de chasse d'eau suivi de pas dans le vestibule, et Susan réapparut, les traits tirés.

— Je veux savoir comment ils sont morts, lança-t-elle d'un ton résolu. Qu'est-il arrivé à Cassandra ? Et à Timothy ?

— Désolée, madame Sullivan, mais nous ne pouvons pas divulguer les détails de l'enquête.

— J'ai le droit de savoir !

Après un instant d'hésitation, Jane lui fit signe de s'asseoir. Susan se laissa tomber dans un fauteuil. Si son visage était encore pâle, ses yeux avaient l'éclat de l'acier.

— Quand ces meurtres ont-ils eu lieu ? demanda-t-elle.

À cette question-là, du moins, Jane pouvait apporter une réponse.

— Cassandra Coyle a été tuée le 16 décembre et Timothy McDougal, le 24.

— La veille de Noël… (Susan se tourna vers une chaise vide à l'autre bout de la pièce, comme si elle était occupée par le fantôme de son fils.) Ce soir-là, reprit-elle, Billy et moi avons fait cuire une dinde. Nous avions passé l'après-midi dans la cuisine, à plaisanter et boire du vin. Après dîner, nous avons ouvert nos cadeaux et regardé des vieux films jusqu'à 1 heure du matin, rien que nous deux…, raconta-t-elle, avant de pivoter brusquement vers Jane : Cet homme est toujours en prison ?

Elle n'avait pas besoin de le nommer. Les deux policiers savaient parfaitement de qui elle parlait.

— Martin Stanek a été libéré en octobre, dit Jane.

— Où était-il la nuit où mon fils a disparu ?

— Nous ne sommes pas encore parvenus à l'établir.

— Qu'attendez-vous pour l'arrêter et lui arracher des aveux ?

— Nous nous efforçons de le localiser. Mais nous ne pouvons pas l'inculper sans preuves.

— Ce n'étaient pas ses premiers meurtres. Il y avait eu cette petite fille, Lizzie. Il l'a enlevée et assassinée. Tout le monde le savait, à part ces imbéciles de jurés ! S'ils avaient écouté la procureure en chef, ce monstre serait encore en prison, et Billy… (Susan détourna le regard.) Je n'ai rien de plus à vous dire. Laissez-moi, maintenant.

— Madame Sullivan…

— S'il vous plaît.

Jane et Frost se levèrent à contrecœur. Cette visite ne leur avait rien appris. Et pendant qu'ils anéantissaient les espoirs de cette malheureuse mère, Martin Stanek courait toujours.

Les policiers regagnèrent leur voiture et jetèrent un dernier coup d'œil à la maison qui abritait à présent une femme brisée. À travers la fenêtre du salon, Jane aperçut Susan, qui marchait de long en large. Elle se réjouit d'avoir fui et de respirer un air qui n'était pas imprégné de chagrin.

— Comment a-t-il fait ? s'interrogea-t-elle. Comment Martin Stanek a-t-il pu maîtriser Billy Sullivan, un garçon de presque deux mètres, en excellente condition physique ?

— Kétamine et alcool. Comme avec les autres.

— Mais Billy s'est défendu. Le labo a confirmé que c'est bien son sang qu'on a retrouvé dans son véhicule. Faisons un saut au parcours de golf, proposa Jane en démarrant. Je voudrais voir l'endroit où on a découvert la BMW.

La police de Brookline avait déjà ratissé le secteur, sans succès. Jane se gara en bordure du terrain et balaya du regard le gazon festonné de givre. Des flocons s'écrasaient mollement sur le pare-brise et fondaient en traçant des ruisselets. Pas de caméras de surveillance dans les environs : si la scène de violence dont cette portion de route avait été le théâtre s'était déroulée sans témoins, les éclaboussures de sang sur le tableau de bord de la BMW étaient assez éloquentes.

— C'est ici que le tueur a abandonné la voiture, réfléchit Jane à voix haute. Avant cela, où avait-il rencontré sa victime ?

— S'il a suivi le même mode opératoire que pour les deux précédentes, dans un bar ou un restaurant. L'enlèvement a eu lieu en fin de soirée.

Jane remit le contact :

— Allons voir l'employeur de Billy.

Il était presque 18 heures quand ils s'engagèrent sur le parking de Cornwell Investments. Si les immeubles de bureaux autour étaient tous plongés dans l'obscurité, on voyait de la lumière aux fenêtres du bâtiment où travaillait Bill Sullivan.

— Il y a encore quatre voitures, fit Jane. Sans doute des accros au boulot.

— Là-bas, ce doit être la caméra qui a filmé Billy, dit Frost.

Grâce aux images de surveillance, ils savaient que Bill Sullivan avait pénétré dans les locaux de son employeur à 20 h 15, le lundi soir. À 22 h 30, il en était ressorti pour monter à bord de sa BMW. Que s'était-il passé ensuite ? Comment le véhicule avait-il fini en bordure d'un golf, à quelques kilomètres de là, avec du sang dans l'habitacle ?

— Voyons ce que ses collègues peuvent nous apprendre, suggéra Jane en descendant.

La porte principale était fermée et des stores masquaient l'intérieur du bureau qui occupait le rez-de-chaussée de l'immeuble. Jane frappa. Comme personne ne venait, elle recommença.

— Il y a pourtant quelqu'un dedans, grogna Frost. J'ai aperçu un type à la fenêtre au premier.

Jane tira son téléphone de sa poche :

— Je vais les appeler. En espérant qu'ils répondront…

Mais avant qu'elle ait pu composer le numéro, la porte s'ouvrit brusquement et un homme apparut sur le seuil. Sans un mot, il examina les visiteurs d'un regard critique, tentant de décider s'ils méritaient son attention. S'il avait la tenue classique du businessman – chemise oxford, pantalon en laine, cravate bleue –, sa coupe de cheveux et sa carrure imposante trahissaient sa véritable profession.

— Les bureaux sont fermés, annonça-t-il.

Jane jeta un coup d'œil derrière lui. Un homme était assis face à un écran d'ordinateur, les manches relevées, donnant l'impression d'être là depuis des heures. Une femme en tailleur traversa rapidement son champ de vision, portant un carton rempli de dossiers.

— Inspectrice Rizzoli, police de Boston. Vous appartenez à quelle agence gouvernementale ? Il se passe quoi ?

— Ce n'est pas votre juridiction, madame. Bonsoir…

— Une seconde ! Nous enquêtons sur un enlèvement avec soupçon d'homicide.

— Qui a été enlevé ?

— Bill Sullivan.

— Il ne travaille plus ici.

La porte se referma et on poussa le verrou de l'intérieur. Les deux policiers restèrent un moment à fixer la plaque en laiton gravée au nom de CORNWELL INVESTMENTS.

— De plus en plus bizarre, murmura Jane.

30

Je me sens constamment surveillée. Phil et Audrey font des messes basses et me jettent des regards furtifs, comme on le fait avec un malade en phase terminale. La semaine dernière, Victoria Avalon a dénoncé le contrat qui la liait à Booksmart Media pour signer avec une agence new-yorkaise spécialisée dans les people. Toute la boîte pense que c'est ma faute, même si Mark, mon patron, ne m'a adressé aucun reproche. Même si je me suis donné un mal de chien pour promouvoir son fichu bouquin – enfin, celui de Beth. J'ai peur de perdre mon emploi, et la police ne me lâche pas d'une semelle.

Pendant ce temps, Martin Stanek court toujours, attendant le moment propice pour passer à l'action.

Voyant Mark se diriger vers mon bureau, je feins de rédiger l'argumentaire du nouveau roman « à couper le souffle » de Saul Gresham. Jusque-là, je n'ai fait qu'aligner des superlatifs éculés. Les doigts au-dessus du clavier, je cherche ce que je pourrais écrire d'original sur un bouquin parfaitement inepte, alors que j'ai juste envie de taper : *Je déteste ce boulot je déteste ce boulot je...*

— Tout va bien, Holly ?

Je lève les yeux vers Mark. La compassion de cette garce d'Audrey n'est qu'une comédie, Phil me témoigne de la sympathie uniquement parce qu'il rêve de me sauter, mais Mark a l'air sincèrement inquiet pour moi. Tant mieux. Peut-être n'a-t-il pas l'intention de me virer, après tout.

— Une femme flic a appelé pendant ta pause déjeuner, me confie-t-il. Une certaine Rizzoli. Elle voulait te parler.

— Oui, je sais, dis-je en continuant de taper, enchaînant automatiquement les formules bateau, tout droit sorties du manuel du parfait publicitaire – « un thriller haletant » ; « bourré d'action » ; « impossible à lâcher »... Elle est venue me trouver chez mon père, la semaine dernière.

— Pour quelle raison ?

— Elle enquête sur des meurtres. Je connaissais les victimes.

— *Des* meurtres ? Il y en a eu combien ?

Je le dévisage.

— Je n'ai pas le droit d'en parler.

— Bien sûr ! Bon Dieu, je suis désolé. Ça doit être affreux pour toi. La police sait qui a fait ça ?

— Oui, mais ils ignorent où il est passé et ils craignent qu'il ne s'en prenne à moi. C'est pour ça que j'ai un peu de mal à me concentrer en ce moment...

— Ça explique tout ! Avec ce qui t'arrive, pas étonnant que ça ait foiré avec Victoria.

— Pardon, Mark. J'ai fait de mon mieux pour la satisfaire, mais c'est un tel merdier dans ma vie... J'ai peur, ajouté-je avec un tremblement charmant dans la voix.

— Si je peux faire quoi que ce soit… Tu veux prendre un congé sans solde ?

— Je ne peux pas me le permettre. J'ai absolument besoin de ce boulot.

— Je comprends. (Il se redresse et proclame, assez fort pour que toutes les personnes présentes l'entendent :) Tu resteras avec nous aussi longtemps que tu le souhaiteras, Holly. Tu as ma parole.

Tandis qu'il tape du poing sur mon bureau pour appuyer sa promesse, Audrey me lance un regard noir. Eh non, ma chérie ! Ce n'est pas encore cette fois que je serai virée, malgré toutes les saloperies que tu as pu balancer sur moi dans mon dos ! Mais mon attention dévie aussitôt vers Phil, qui s'approche de moi avec un bouquet enveloppé de cellophane.

— C'est quoi, ça ? marmonné-je, interloquée.

Mark gratifie Phil d'une tape complice sur l'épaule.

— Bonne idée, mon vieux ! Voilà qui devrait rebooster notre Holly !

— Ce bouquet ne vient pas de moi, avoue Phil, visiblement ennuyé de ne pas y avoir pensé. Un livreur l'a déposé il y a une minute.

Tous m'observent pendant que je déballe les fleurs, une douzaine de roses jaunes à longues tiges entourées de gypsophile. Avec des gestes nerveux, j'écarte le feuillage exubérant, craignant de découvrir une palme, mais non.

— Il y a une carte, indique Audrey.

Elle ne peut pas s'empêcher de fouiner, toujours à l'affût du moindre élément qu'elle pourrait utiliser contre moi.

Ils se pressent tous les trois autour de mon bureau, m'obligeant à ouvrir l'enveloppe devant eux. Le message qu'elle contient est bref et beaucoup trop facile à déchiffrer : *Tu me manques. Everett.*

Phil plisse les yeux :

— C'est qui, Everett ?

— Un type que je connais. On est sortis quelques fois ensemble.

Mark sourit :

— Ah ah ! On dirait qu'il y a de la romance dans l'air. Allez, au travail, tout le monde. Laissons Holly profiter de ses fleurs.

Tandis que les autres regagnent leurs postes, ma tension retombe. Pas de quoi s'alarmer. Ce n'est qu'un bouquet innocent, un cadeau d'Everett. Je ne lui ai pas reparlé depuis la séance de dédicace dont je me suis enfuie, bouleversée. La bouteille de vin qu'il m'a offerte attend sa prochaine visite sur le comptoir de ma cuisine. Il m'a envoyé un SMS chaque jour de la semaine écoulée, pour me dire qu'il avait envie de me voir. Il n'est pas du genre à renoncer facilement.

Soudain, mon portable tinte, me prévenant de l'arrivée d'un nouveau message. Il provient d'Everett, bien sûr.

Tu as reçu les fleurs ?

Je réponds : *Oui. Elles sont magnifiques. Merci.*

OK pour prendre un verre après le travail ?

Je ne sais pas trop. Ma vie est compliquée en ce moment.

Je peux arranger ça.

Je repense à notre première nuit, où Everett s'était révélé un amant infatigable, prêt à satisfaire tous mes désirs. C'est peut-être ce qu'il me faudrait pour me détendre ce soir : une dose de sexe bien torride.

Entre-temps, Everett m'a envoyé un autre message : *Au Rose and Thistle à 17 h 30 ?*

Je réponds après quelques secondes de réflexion : *OK. À tout à l'heure.*

Je repose le téléphone et tente de me concentrer sur mon argumentaire. Dégoûtée, je tape *Je déteste ce boulot !!!* Puis je presse la touche « effacer » et place mon brouillon dans la corbeille. Je n'arriverai à rien aujourd'hui, et, de toute façon, il est déjà 17 heures.

J'éteins l'ordinateur et je rassemble mes notes sur le bouquin merdique de Saul Gresham. Je travaillerai mieux chez moi, sans les remarques vachardes d'Audrey et les regards languissants de Phil. J'ouvre mon sac et y plonge la main juste pour vérifier que le pistolet est toujours là. « Une arme de femme », a commenté mon père en me la tendant, l'autre soir, dans sa cuisine. Assez petite pour ne pas vous encombrer, mais suffisamment puissante pour atteindre sa cible sans trop de recul. Un vrai porte-bonheur. Froid au toucher, et pourtant rassurant.

Puis je passe la lanière à mon épaule et sors, prête à affronter quiconque se dressera sur mon chemin.

Everett n'est pas là quand j'entre au Rose and Thistle. Je m'installe à une table d'angle et regarde autour de moi tout en sirotant un verre de cabernet sauvignon. Boiseries sombres, décorations en laiton, l'endroit est à la fois cosy et intime. Je ne suis jamais allée en Irlande, mais c'est ainsi que j'imagine les vieux pubs campagnards, avec une harpe dorée, l'emblème de Guinness, au-dessus de la cheminée où une bûche se consume en craquant. Celui-ci accueille une clientèle plus jeune et branchée, où prédominent les cadres à chemise oxford et cravate de soie. Même les femmes portent des tailleurs-pantalons à rayures. Tous viennent s'y détendre après avoir passé la journée à négocier des contrats. Bien qu'il soit encore tôt, la salle se remplit rapidement et l'atmosphère devient de plus en plus bruyante.

Je jette un coup d'œil à ma montre : 18 heures, et Everett n'est toujours pas arrivé.

Soudain, j'éprouve des picotements, comme si un courant d'air effleurait mon visage. D'après ce que j'ai lu, la science a démontré que les gens savaient quand on les regardait avec insistance. Je me retourne, cherchant l'origine de cette sensation, et repère aussitôt une femme qui me dévore des yeux au comptoir. La quarantaine finissante, une chevelure auburn élégamment striée d'argent, on dirait un peu moi en rousse, avec vingt ans et la dose de culot que procure l'expérience en plus. Avec un demi-sourire, elle se penche vers le barman et lui glisse quelques mots à l'oreille.

Si Everett me pose un lapin, je n'aurai pas perdu ma soirée pour autant.

Je sors mon portable de mon sac : pas de nouveau message. Je suis en train de taper un SMS pour Everett quand un verre plein apparaît comme par magie sur la table.

— C'est le même vin que vous aviez commandé, précise la serveuse. De la part de la dame, au comptoir.

Je jette un coup d'œil vers le bar. La rousse me sourit. J'ai l'impression de l'avoir déjà vue quelque part, mais je me trompe peut-être. Elle a un de ces visages qui vous semblent immédiatement familiers. Dans la pénombre du pub, le cabernet paraît aussi noir que de l'encre. Je pense à toutes les mains entre lesquelles il est passé avant d'atterrir devant moi. Celles qui ont récolté le raisin, l'ont transformé en vin et mis en bouteille, puis celles du barman qui l'a versé, de la serveuse qui me l'a apporté… Quand on y réfléchit, un verre de vin, c'est un peu le produit du travail des elfes. Comment savoir si l'un de ces elfes vous veut du mal ?

Mon portable tinte alors : un message d'Everett.

Désolé ! Un rendez-vous imprévu avec un client. Je ne vais pas pouvoir me libérer. Je t'appelle demain, d'accord ?

Au lieu de lui répondre, je lève mon verre et fais tournoyer le vin. Pour l'avoir goûté, je sais qu'il ne mérite pas qu'on y revienne. Toutefois, ce n'est pas lui qui m'intéresse, mais la décision que je m'apprête à prendre. Dois-je inviter l'inconnue rousse à ma table et me lancer dans le jeu de la séduction ?

31

— Putain, qu'est-ce qu'elle fabrique ? gronda Jane.

Dans son oreillette, la voix de Tam lui parvint noyée dans le brouhaha du pub :

— Elle ne boit pas. Elle se contente de faire tourner son verre.

— On l'a pourtant prévenue ! On lui a dit que les victimes avaient été droguées. (Jane pivota vers Frost, assis près d'elle dans la voiture, comme pour le prendre à témoin.) Elle cherche à se faire tuer ou quoi ?

— Une minute ! souffla Tam. Une femme se dirige vers elle.

Jane regarda le Rose and Thistle, sur le trottoir d'en face, à travers la vitre du conducteur. Une demi-heure plus tôt, Tam leur avait signalé qu'Holly Devine était entrée dans un pub, seule, et ils avaient aussitôt accouru. Non seulement elle refusait de modifier ses habitudes, mais elle semblait vouloir se jeter dans la gueule du loup. Elle n'avait pas donné à Jane l'impression d'être une tête brûlée, et cependant elle venait d'accepter un verre d'une inconnue.

— La femme s'est assise à la table d'Holly, indiqua Tam. Une rousse d'environ quarante-cinq ans.

— Holly a bu ?

— Non, pas encore. Pour le moment, elles ne font que parler.

— Tam devrait intervenir et la sortir de là, chuchota Frost.

— Attendons de voir ce qui va se passer.

— Et si elle boit ?

— On est là pour veiller sur elle. Ça explique peut-être son comportement, ajouta Jane, le regard rivé sur la vitrine du pub. Elle espère peut-être nous offrir le tueur sur un plateau. Bref, soit elle est complètement idiote, soit c'est un génie. Je penche pour la seconde hypothèse.

— Oh oh, fit Tam dans l'oreillette. On a un problème.

— Quoi ?

— Elle a bu une gorgée.

— Et l'autre femme, elle fait quoi ?

— Rien de spécial. Elles sont toujours assises, en train de bavarder.

Jane vérifia l'heure sur son portable. Au bout de combien de temps la kétamine agissait-elle ? Comment sauraient-ils si Holly était affectée ? Cinq minutes s'écoulèrent, puis dix.

— Merde ! pesta Tam. Elles se lèvent toutes les deux.

— On est garés juste en face. On les interceptera à la seconde où elles sortiront.

— Elles se dirigent vers la porte de derrière. Je les suis !

— Ça suffit, maintenant, déclara Frost. On y va !

Les deux policiers jaillirent de leur voiture et traversèrent la chaussée en courant. Jane entra la première et se fraya un chemin vers le fond de la salle. Un verre se brisa en heurtant le sol, quelqu'un hurla dans son dos : « Ça va pas, non ? », mais Frost et elle poursuivirent sur leur lancée, dépassèrent trois clientes qui faisaient la queue devant les toilettes et se ruèrent vers l'arrière.

Une ruelle sombre… Où était Holly ?

Un cri éclata à quelques mètres d'eux.

Ils se précipitèrent, évitant les piles de caisses et les détritus, et débouchèrent dans la rue. Tam plaquait une femme contre un mur. À quelques pas d'eux, Holly observait la scène.

— Qu'est-ce qui vous prend, bordel ? protesta l'inconnue comme Tam lui passait les menottes.

— Police de Boston. Cessez de résister !

— Vous ne pouvez pas m'arrêter comme ça ! Je n'ai rien fait !

Tam regarda Jane et Frost par-dessus son épaule :

— Elle a tenté de fuir, leur signala-t-il.

— Évidemment ! Quand je vous ai vu surgir de l'obscurité, j'ai pris peur. Je ne pouvais pas savoir que vous étiez flic !

Pendant que Tam maintenait la femme contre le mur, Jane la palpa pour vérifier qu'elle n'était pas armée.

— Vous n'avez pas le droit de faire ça ! cria quelqu'un derrière eux. C'est de la violence policière !

— Souriez, les poulets ! C'est pour « La Caméra invisible » !

Jane se retourna. Un attroupement s'était formé à l'entrée de la ruelle. Plusieurs personnes filmaient l'interpellation avec leurs portables. Reste zen, pensa-t-elle. Ne te laisse pas déstabiliser et fais ton boulot.

— Déclinez votre identité, ordonna-t-elle à l'inconnue.

— Vous êtes qui ?

— Inspectrice Rizzoli, police de Boston.

Frost ramassa le sac à main de la femme et en tira un portefeuille.

— Son permis de conduire est au nom de Bonnie B. Sandridge, 49 ans, résidant au 223, Bogandale Road. C'est à West Roxbury.

— « Sandridge » ? répéta Jane. La journaliste ?

— Tu la connais ? s'étonna Tam.

— On s'est parlé au téléphone il y a quelques jours. Je l'avais trouvée dans le répertoire d'adresses de Martin Stanek. Elle prétend être reporter et enquêter sur le procès de l'Apple Tree.

Tam retourna Bonnie Sandridge face à eux. Son menton éraflé saignait et son mascara avait coulé.

— Je suis vraiment journaliste, affirma-t-elle. Et vous pouvez compter sur moi pour raconter les circonstances de cette arrestation !

— Quelles sont vos relations avec Martin Stanek ?

— Quoi, tout ça pour ça ? Vous auriez pu me le demander poliment au lieu de me coller au mur !

— Répondez !

— Je vous l'ai déjà dit : je l'ai interviewé pour mon livre.

— Votre prétendu livre…

— Appelez mon agent. Elle vous le confirmera. Je suis bien journaliste et je ne fais que mon métier.

— Et moi le mien, rétorqua Jane. Tam, conduis-la au poste. Je veux une trace enregistrée du moindre mot qu'elle prononcera.

— Pourquoi est-ce que vous l'emmenez ? demanda un des témoins. Qu'est-ce que vous lui reprochez ?

— Je suis écrivain ! cria Bonnie en direction de l'attroupement. Je n'ai rien fait !

— Madame ! Je vais poster cette vidéo sur YouTube, au cas où vous auriez besoin de preuves !

Pendant que Tam évacuait la prisonnière récalcitrante, Jane aperçut Holly au milieu du groupe de citoyens-apprentis reporters zélés. Elle aussi avait sorti son portable pour filmer l'altercation.

Jane l'empoigna par le bras et l'attira à l'écart.

— Je peux savoir à quoi vous jouez ? gronda-t-elle.

— Pourquoi, j'ai fait quelque chose de mal ?

— Vous avez foncé tête baissée dans un pub malgré nos mises en garde.

— J'avais rendez-vous avec quelqu'un.

— Cette femme ?

— Non. Le type avec qui je sors. Il a annulé à la dernière minute.

— Alors, vous avez accepté le verre que vous offrait une inconnue ?

— Elle n'avait pas l'air dangereuse.

— C'est ce qu'on disait aussi de Ted Bundy.

— Qu'est-ce qu'elle aurait pu me faire ?

— Je vous l'ai dit : Martin Stanek a un complice. C'est peut-être cette femme.

— Dans ce cas, vous devriez me remercier de vous avoir aidés à la capturer.

— Maintenant, vous allez me faire le plaisir de regagner votre appartement.

— Qu'est-ce que vous fabriquez ? s'enquit Holly en voyant Jane coller son portable à son oreille.

— J'appelle un collègue pour qu'il vienne vous chercher.

— Pas question que je monte dans une voiture de police ! C'est trop gênant.

— Il vaut mieux qu'on vous reconduise. Cette femme pourrait avoir versé quelque chose dans votre verre.

— Pas la peine. Je me sens parfaitement bien. On est à deux pas d'une station de métro. Vous tenez votre suspecte. Moi, je rentre chez moi.

Sur ces paroles, elle tourna le dos à Jane et s'éloigna.

— Hé ! Une minute !

Holly continua à marcher. Sans jeter un coup d'œil derrière elle, elle s'engouffra dans la bouche de métro et disparut.

Bonnie Barton Sandridge avait l'air encore plus mal en point sous l'éclairage cru de la salle d'interrogatoire. Une croûte s'était formée sur son menton et une traînée de mascara s'étalait sur sa joue comme une ecchymose. Jane et Frost lui faisaient face. Les objets personnels de la suspecte étaient disposés sur la table entre eux : un portefeuille avec soixante-sept dollars en liquide, trois cartes de crédit et un permis de conduire ; un smartphone Android ; un trousseau de trois clés ; des kleenex roulés en boule et, surtout, un carnet à spirale aux pages noircies de notes. Jane le feuilleta lentement jusqu'à la dernière page, puis elle leva les yeux vers Bonnie :

— Pour quelle raison surveilliez-vous Holly Devine ?

— Je ne la surveillais pas.

Jane lui tendit le carnet ouvert :

— Et ça ? Ce n'est pas l'adresse de son employeur ?

— Tout le monde peut la trouver sur Internet.

— Ce n'est pas un hasard si vous êtes entrée dans ce pub quelques minutes après elle. Vous l'avez suivie depuis son bureau, pas vrai ?

— C'est possible, oui. Ça faisait des semaines que j'essayais de l'interviewer, mais elle n'est pas facile à coincer. Ce soir, c'était la première fois que j'avais pu l'approcher.

— Alors vous lui avez offert à boire, puis vous avez tenté de vous esquiver avec elle.

— C'est elle qui a insisté pour sortir par-derrière. Elle m'a dit que des gens la suivaient et qu'elle voulait les semer. Le verre, c'était histoire de briser la glace. De la mettre en confiance pour qu'elle accepte de me parler.

— De quoi ?

— Mon livre traite des procès pour agressions sexuelles sur fond de rituels sataniques. J'ai l'intention de consacrer un chapitre entier à l'Apple Tree Center.

— Ça s'est passé il y a vingt ans. C'est une affaire classée, non ?

— Pas pour certaines personnes.

— Martin Stanek, par exemple ?

— Ça n'a rien de surprenant. Ce procès a détruit sa vie et sa famille.

— C'est drôle que vous ne mentionniez pas ses victimes…

— Vous partez du principe qu'il était coupable.

— C'était aussi l'avis du jury.

— J'ai passé des heures à interviewer Martin. J'ai épluché les transcriptions des audiences et les accusations contre lui. C'est un tissu d'absurdités. D'ailleurs, une des gosses qui l'avaient dénoncé il y a vingt ans voulait se rétracter. Elle était prête à déclarer sous serment qu'elle avait menti.

— Une seconde ! Vous avez parlé à un des témoins ?

— Oui, à Cassandra Coyle.

— Comment l'avez-vous trouvée ? Vous l'avez traquée, elle aussi ?

— Non, c'est elle qui m'a trouvée. Le tribunal avait interdit qu'on divulgue les noms des enfants, de sorte que j'ignorais leur identité. En septembre, Cassandra m'a contactée après avoir lu mes articles sur des affaires similaires, dont le procès McMartin, et elle m'a incitée à enquêter sur l'Apple Tree.

— Pourquoi ?

— Parce qu'elle avait des réminiscences. Elle s'était rappelé des détails qui l'avaient convaincue de l'innocence de Martin Stanek. En me plongeant dans les dossiers, je me suis aperçue que ce procès était une farce, comme le pensait Cassandra. Je ne crois pas que les Stanek aient commis les crimes dont on les a accusés.

— Dans ce cas, qui a kidnappé Lizzie DiPalma ?

— Une question cruciale, pas vrai ? Cet enlèvement a préparé le terrain à tout ce qui a suivi : l'hystérie collective, les soupçons d'abus sexuels, jusqu'au simulacre de justice. La disparition de Lizzie a déclenché une vague de terreur au sein de la communauté. Dès lors, celle-ci était prête à croire n'importe quoi, même à l'existence de tigres volants. C'est le sujet de mon livre, inspectrice : comment des gens parfaitement sensés peuvent se transformer en une foule haineuse et dangereuse.

Bonnie Sandridge s'était échauffée en parlant. Le visage rouge, elle souffla bruyamment et se laissa aller contre sa chaise.

— Vous semblez prendre cette affaire très à cœur, intervint Frost.

— C'est le cas. Tout le monde devrait être révolté à l'idée qu'un innocent a passé la moitié de sa vie en prison.

— Au point de l'aider à se venger ? demanda Jane.

Bonnie se figea :

— Quoi ?

— Il y a vingt ans, plusieurs enfants ont accusé les Stanek d'avoir abusé d'eux. Au cours des dernières semaines, trois sont morts et un a disparu. Est-ce vous qui avez aidé Stanek à les piéger ?

— Je ne sais même pas comment ils s'appellent !

— Vous connaissiez le nom d'Holly Devine.

— Uniquement parce que Cassandra me l'a dit. Elle m'a appris qu'Holly avait été la première à incriminer les Stanek. Elle est à l'origine de toute l'affaire. Je voulais découvrir pourquoi.

— Vous êtes consciente que le contenu du verre que vous lui avez offert va être analysé ? Quand le labo aura révélé la présence de kétamine dans le vin, vous serez dans de sales draps.

— Vous vous trompez sur mon compte ! J'essaie juste de faire la lumière sur le système judiciaire de ce pays, à une époque où l'hystérie ambiante a fait condamner des gens pour des crimes imaginaires.

— L'enlèvement de Lizzie DiPalma n'a rien d'imaginaire.

— Mais Martin n'y était pour rien. Le véritable coupable court toujours, et c'est *ça* qui devrait vous inquiéter, répliqua Bonnie, qui leva les yeux vers la pendule. À moins de m'inculper, vous ne pouvez pas me retenir plus longtemps. Je souhaite rentrer chez moi.

— Pas avant d'avoir répondu à cette question : où est Martin Stanek ? (Jane se pencha en avant et planta son regard dans celui de Bonnie, qui resta silencieuse.) Vous cherchez encore à le protéger, malgré ce qu'il a fait ?

— Il n'a rien fait.

— Ah oui ?

Jane ouvrit le dossier qu'elle avait apporté, en sortit un cliché du corps de Cassandra Coyle et l'abattit sur la table.

Bonnie frissonna en découvrant le visage mutilé de la morte.

— Je savais qu'on l'avait assassinée, mais j'ignorais… Martin n'aurait jamais fait ça.

— C'est lui qui vous l'a dit ?

— Pourquoi aurait-il tué une femme qui s'employait à le faire innocenter ? Elle allait déclarer sous serment qu'il ne l'avait pas abusée, que la procureure en chef avait influencé son témoignage. Il avait besoin d'elle vivante.

— Ça, c'est ce qu'il vous a raconté. Peut-être vous a-t-il prise pour une poire et s'est-il servi de vous pour traquer ses proies.

— C'est ridicule, protesta Bonnie.

Jane décela une note de doute dans sa voix. À l'évidence, elle n'avait pas envisagé cette possibilité – que

Martin Stanek, qu'elle considérait comme la victime d'une tragique erreur judiciaire, ait pu faire d'elle sa complice involontaire.

— Martin n'en a jamais voulu aux enfants, affirma-t-elle. Il savait qu'ils n'étaient que des pions dans un jeu qui les dépassait.

— Dans ce cas, à qui en voulait-il ?

L'expression de Bonnie se durcit.

— Aux adultes, bien sûr ! C'est eux qui ont monté cette affaire de toutes pièces. La procureure en chef, Erica Shay, en a fait un tremplin pour sa carrière. Allez lui parler, et vous comprendrez qu'elle se fichait bien de découvrir la vérité. Tout ce qui lui importait, c'était de marquer des points.

— J'aimerais m'entretenir avec Martin Stanek. Aussi, je vous repose la question : où est-il ?

— Il ne fait pas confiance à la police. Il pense que vous voulez tous sa peau.

— OÙ EST-IL ?

— Il était terrifié ! Il n'avait personne d'autre vers qui se tourner.

— Il est chez vous, c'est ça ?

La panique se peignit sur les traits de Bonnie.

— Je vous en prie ! Promettez-moi que vous ne lui ferez pas de mal !

— On décolle ! lança Jane à Frost.

— Bonnie était la pièce manquante du puzzle, déclara Jane dans la voiture. Elle pistait les victimes, droguait leurs boissons et Stanek s'occupait du reste. Tu te rappelles la serveuse qui a reconnu Cassandra Coyle sur une photo ?

— On pensait qu'elle s'était trompée, parce qu'elle avait vu Cassandra en compagnie d'une femme.

— Eh bien, elle avait raison, dit Jane, qui frappa le volant de la paume. On le tient ! exulta-t-elle. On les tient tous les deux, lui et sa complice.

— Sauf si le vin ne contenait pas de kétamine.

— Il en contient forcément.

Jane jeta un coup d'œil dans le rétroviseur. Crowe et Tam louvoyaient à travers la circulation pour rester dans leur sillage.

— Tout ça grâce à cette folle d'Holly Devine, reprit Frost.

— C'est vrai, elle est complètement givrée. Elle savait qu'on la surveillait. Elle a décidé de jouer les appâts, et qui est tombé dans le piège ? Une femme !

Le mal pouvait revêtir mille visages, et les monstres les plus dangereux étaient ceux dont on se méfiait le moins. Les Bonnie Sandridge échappaient trop souvent aux écrans radars. Alors que les jolies filles et les jeunes types baraqués aimantaient les regards, personne ne prêtait attention aux femmes plus âgées. Pourtant, elles étaient partout. Jane s'interrogea : dans vingt ans, ferait-elle également partie de cette cohorte d'invisibles aux cheveux gris ? Qui prendrait la peine de voir la personne qu'elle était vraiment : une adversaire redoutable, parfaitement capable de presser la détente d'une arme à feu ?

Ils se garèrent devant le domicile de Bonnie Sandridge. En descendant de voiture, Jane ouvrit son holster. Se sentant acculé, Stanek allait certainement résister. Ils devaient se préparer au pire. De l'autre côté de la rue, un chien aboya, alarmé par cette invasion.

La maison était éclairée de l'intérieur. Une silhouette se découpa devant la fenêtre du rez-de-chaussée et disparut aussitôt.

— Il y a quelqu'un chez Sandridge, fit Crowe.

— Vous deux, passez par-derrière, ordonna Jane. Frost et moi, on entre par-devant.

— Vous comptez procéder comment ?

— On va tenter une approche polie. Je vais sonner et voir si Stanek…

Des détonations éclatèrent.

— Ça venait de l'intérieur ! s'écria Tam.

Ils se ruèrent tous vers la maison. Tam entra le premier, suivi de près par Jane. Il y avait du sang partout dans le salon : une explosion écarlate sur le mur, des éclaboussures sur le sofa, et au sol une flaque s'étalait autour du crâne fracassé de Martin Stanek, telle une auréole.

— Lâchez votre arme ! hurla Tam.

L'homme debout près du corps tourna un regard indifférent vers les quatre policiers qui pointaient leurs pistolets vers lui, prêts à faire feu.

Jane s'adressa à lui :

— Monsieur Devine, s'il vous plaît, posez cette arme.

— Je n'avais pas le choix, marmonna le père d'Holly. Inspectrice, vous êtes mère, n'est-ce pas ? Alors, vous me comprenez. C'était le seul moyen d'empêcher cette ordure de faire du mal à ma fille. (Il considéra le cadavre de Martin Stanek avec dégoût.) Maintenant, le problème est réglé, dit-il. Ma Holly n'a plus rien à craindre.

Jane insista :

— On peut en parler entre gens raisonnables. Mais d'abord, veuillez poser votre arme.

— Il n'y a rien à dire.

— Au contraire !

— Moi, je n'ai rien à ajouter.

Earl Devine redressa imperceptiblement le canon de son pistolet. Le doigt de Jane se crispa sur la détente, mais elle ne tira pas. Elle continua à le viser, le cœur battant si fort que ses pulsations se propageaient dans sa main.

— Pensez à Holly, supplia-t-elle.

— Justement, je ne pense qu'à elle, affirma Earl Devine avec un sourire triste. C'était le dernier cadeau que je pouvais lui faire. Elle sera tranquille, maintenant.

Sans cesser de sourire, il leva le bras et braqua son arme sur Jane. Il souriait toujours quand Crowe lui tira trois balles dans la poitrine.

32

Voilà, c'est fini, pensa Maura pendant que les employés de la morgue évacuaient les brancards. Un souffle d'air glacé s'engouffra par la porte béante, pas assez fort pour dissiper les miasmes. Le meurtre a une signature olfactive. La peur, l'agressivité avaient laissé des traces chimiques dans la pièce où Martin Stanek et Earl Devine étaient morts. Maura les flairait en silence, déchiffrant l'atmosphère. Elle avait conscience des échanges sur la fréquence radio de la police, des conversations des techniciens qui se déplaçaient à travers la maison, mais la seule voix qu'elle percevait était celle du sang. Elle étudia tour à tour les éclaboussures sur le mur et les flaques sur le parquet, là où les deux hommes étaient tombés. La plus grande provenait de Martin Stanek, dont le cœur avait brièvement continué à pomper le sang malgré une blessure fatale au crâne. Earl Devine n'avait pas survécu aussi longtemps. Les trois balles de l'inspecteur Crowe étaient parfaitement groupées. Mais chaque fois qu'un policier abat un civil au cours d'une intervention, des questions surgissent. L'autopsie devrait lever tous les doutes.

— Tu peux me croire, le tir était justifié. On est tous prêts à en jurer.

Maura se tourna vers Jane :

— Rien ne justifie jamais la mort d'un homme, répliqua-t-elle.

— Tu m'as comprise. Tu sais aussi que j'ai souvent rêvé de pousser Darren Crowe sous les roues d'un autobus, mais, pour une fois, il a bien agi. Earl Devine a tué Stanek. Il l'a avoué devant nous. Puis il a pointé son arme vers moi.

— Mais tu n'as pas tiré.

— Ouais, et Crowe m'a peut-être sauvée.

— À moins que ton instinct ne t'ait avertie qu'Earl Devine n'avait pas vraiment l'intention de t'abattre.

— Et si j'avais eu tort ? Je serais morte à l'heure qu'il est. Bon Dieu ! ajouta Jane en grimaçant. Quand je pense que je dois la vie à ce connard de Crowe… Ça me fait presque regretter que Devine ne m'ait pas descendue !

Maura regarda à nouveau le sang en train de sécher :

— Pourquoi Earl Devine a-t-il fait ça ?

— Pour Holly. Il a dit que c'était le dernier cadeau qu'il lui offrait.

— Mais pourquoi t'a-t-il visée avec son arme ? Il devait se douter de ce qui arriverait. C'était du suicide !

— Réfléchis, Maura : s'il avait été jugé, on aurait exhumé l'affaire de l'Apple Tree, et le monde entier aurait appris qu'Holly avait été agressée sexuellement dans son enfance. En se sacrifiant, Earl a protégé l'intimité de sa fille.

— Qui a pris l'arme de Crowe ? demanda Maura en se dépouillant de ses gants d'examen.

— Il l'a rendue.

— S'il te plaît, veille à ce qu'il ne s'approche pas de la morgue demain. Je ne veux pas que l'autopsie d'Earl Devine soit entachée d'irrégularités. Je crains la réaction de l'opinion quand le *Boston Globe* révélera qu'un flic a abattu un vétéran de soixante-sept ans.

— Un vétéran qui pointait un pistolet sur moi…

— Ce détail n'apparaîtra que dans le deuxième paragraphe. La moitié des lecteurs n'iront pas au-delà du premier. On se voit demain pour l'autopsie ?

— Je suis obligée de venir ? Je sais comment ces deux hommes sont morts. Je ne pense pas que j'apprendrai grand-chose.

Sur le point de quitter la pièce, Maura se retourna et considéra les murs éclaboussés de sang.

— On n'est jamais à l'abri d'une surprise, dit-elle. Cet épilogue cousu de fil blanc laisse beaucoup de questions en suspens.

— Bonnie Sandridge détient une partie des réponses. Il suffit de la convaincre de passer aux aveux.

— Tu n'as aucune preuve qu'elle a aidé Stanek à tuer qui que ce soit.

— La preuve est forcément ici, ou dans sa voiture. Fibres, cheveux provenant des victimes, réserve de kétamine : on finira par trouver quelque chose.

Maura était loin de partager l'assurance de son amie. Assise derrière le volant de sa Lexus, elle jeta un dernier regard à la maison. Les silhouettes des techniciens passaient et repassaient devant les fenêtres vivement éclairées, cherchant de quoi conforter les enquêteurs dans leur certitude que Bonnie Sandridge était la complice de l'assassin. Nombre de scientifiques, et probablement de policiers, étaient tombés dans le piège du biais de confirmation. On ne découvre jamais que ce que l'on veut trouver, au risque de négliger l'essentiel.

Un tintement l'avertit qu'elle avait reçu un SMS. Elle jeta un coup d'œil au numéro de l'expéditeur, et son cœur fit un bond dans sa poitrine. Pas maintenant, pensa-t-elle en glissant l'appareil dans son sac. Ce n'est pas le moment.

Toutefois, elle ne parvint pas à chasser le message de son esprit tandis qu'elle roulait vers son domicile. Elle n'aurait pas été plus nerveuse si elle avait transporté une bombe à retardement. Elle se força à garder les mains sur le volant et se concentra sur la route. Elle avait eu tort d'entrouvrir la porte qui la séparait de Daniel. Depuis qu'ils s'étaient revus, elle n'avait qu'une envie : l'accueillir de nouveau dans son lit. Mauvaise idée, se houspilla-t-elle. Je te croyais plus forte que ça.

Sitôt rentrée, elle se versa un verre de vin et donna à manger au chat. La Bête dévora son assiette sans même lui accorder un regard et quitta la pièce à peine la dernière bouchée avalée. Vous parlez d'une compagnie ! Elle trouvait plus de réconfort dans l'alcool.

Elle sirota son zinfandel, s'efforçant d'ignorer son portable. Posé sur la table de la cuisine, il la tentait comme l'opium le junkie, cherchant à l'attirer dans une spirale infernale de désillusions. Le message de Daniel était bref : *Si tu as besoin de moi, appelle.* Que voulait-il dire, au juste ? Faisait-il allusion à l'enquête en cours et à son rôle d'expert ?

Ou bien parle-t-il de nous deux ?

S'étant resservi du vin, elle sortit les notes qu'elle avait prises ce soir-là sur la scène de crime et alluma son ordinateur. Elle devait mettre de l'ordre dans ses idées tant que ses souvenirs étaient encore frais.

Au même moment, son téléphone sonna.

Daniel !

Mais le numéro qui s'affichait sur l'écran lui était inconnu. Quand elle décrocha, une voix de femme lui annonça la nouvelle qu'elle espérait et redoutait à la fois. Laissant l'ordinateur allumé sur la table de la cuisine, elle courut chercher son manteau.

— On a trouvé Mme Lank inconsciente dans sa cellule, expliqua le Dr Wang. L'infirmière de la prison a immédiatement procédé à un massage cardiaque. Mais comme vous pouvez le voir sur l'écran, elle connaît des épisodes de tachycardie ventriculaire.

Maura considéra Amalthea, à présent plongée dans un coma profond, à travers la vitre de l'unité de soins intensifs.

— Pourquoi ? murmura-t-elle.

— L'arythmie peut être une complication de la chimiothérapie. Certaines substances sont cardiotoxiques.

— Non, je voulais dire : pourquoi l'avoir réanimée dans son état ?

— Mme Lank n'a pas laissé de directives. En revanche, elle vous a désignée comme personne de confiance la semaine dernière.

— Je l'ignorais !

— Vous êtes sa seule famille. La décision finale vous revient.

Maura regarda de nouveau Amalthea, dont la poitrine se soulevait et s'abaissait à chaque sifflement de l'appareil de ventilation, et demanda :

— Elle réagit aux stimuli ?

Wang secoua négativement la tête :

— On ne sait pas combien de temps elle est restée inconsciente, mais elle a probablement subi des lésions cérébrales anoxiques, sans parler des éventuels dommages neurologiques. Seule une IRM du cerveau permettrait d'établir un diagnostic plus précis. À moins que vous…

Il dévisageait Maura, attendant ses instructions.

— La prochaine fois, je vous demande de ne pas la réanimer, dit-elle d'un ton posé.

— C'est une sage décision, approuva Wang.

Il hésita avant de lui presser le bras. Apparemment, toucher quelqu'un était aussi peu naturel pour lui que ça l'était pour Maura.

Celle-ci pénétra dans le box et s'approcha d'Amalthea, entourée d'appareils qui bipaient sans discontinuer. Elle nota d'un œil clinique la faible quantité d'urine dans le sac collecteur, le tracé anarchique du rythme cardiaque, l'absence de respiration spontanée – tous les signes d'un organisme en train de lâcher, d'un cerveau qui ne fonctionnait déjà plus. Les pensées, les émotions, les souvenirs constitutifs de la personnalité d'Amalthea Lank étaient à présent effacés. Seul subsistait leur réceptacle de chair et d'os.

Le moniteur émit un signal sonore. Maura leva les yeux vers l'écran et aperçut une succession de pics aigus. La pression artérielle était en chute libre. À travers la vitre, elle vit deux infirmières accourir, mais Wang les arrêta sur le seuil.

— Ordre de ne pas réanimer, leur dit-il.

Maura fit taire l'alarme. Puis elle regarda la tachycardie évoluer en fibrillation ventriculaire, les ultimes impulsions électriques du cœur d'Amalthea. La tension artérielle tomba à zéro. Tu m'as donné la vie, pensa Maura. Je transporte ton ADN dans chaque cellule de mon corps, mais, hormis ça, nous sommes de parfaites étrangères. Ses véritables parents étaient les Isles, le couple qui l'avait adoptée et chérie : le lien familial n'est pas une question de gènes mais d'amour. Pour cette raison, Maura assista aux derniers instants d'Amalthea sans ressentir le moindre chagrin.

Enfin, le cœur cessa de battre et une ligne totalement plate se déroula sur l'écran.

Une infirmière s'avança et éteignit l'appareil de ventilation.

— Toutes mes condoléances, murmura-t-elle.

Maura prit une profonde inspiration.

— Merci, dit-elle.

Elle quitta le box et marcha sans se retourner jusqu'à la sortie. Quand elle atteignit sa voiture, elle ne sentait plus ses mains ni son visage. Cet engourdissement physique s'accompagnait d'une sorte de torpeur mentale. Amalthea est morte, se répétait-elle. Mes parents sont morts, et je n'aurai sans doute pas d'enfants. Elle était seule au monde depuis si longtemps qu'elle s'y était résignée. Mais, sur ce parking battu par un vent glacial, elle comprit que cet état n'était pas une fatalité. Si elle était seule, c'était par choix.

Il n'est pas trop tard pour changer.

Elle se glissa à l'intérieur de sa Lexus, tira son portable de son sac et relut le SMS de Daniel : *Si tu as besoin de moi, appelle.*

Ce qu'elle fit.

En arrivant chez elle, elle aperçut Daniel dans sa voiture, garée en évidence dans l'allée. Un an plus tôt, ils veillaient l'un et l'autre à ce que personne ne le voie durant ses visites, mais, ce soir-là, il avait abandonné toute prudence. Avant même qu'elle ait éteint le moteur, il se précipita pour ouvrir sa portière.

Elle se jeta dans ses bras. Inutile de parler ou d'expliquer la raison de son appel. Quand leurs lèvres se touchèrent, ses dernières résistances tombèrent. Tout en s'embrassant, ils entrèrent dans la maison et remontèrent le couloir qui menait à la chambre.

À cet instant, elle cessa de réfléchir et de se soucier des conséquences. Tout ce qui lui importait, c'était de se sentir à nouveau vivante et entière, à présent qu'elle avait retrouvé la part manquante de son âme. Son amour pour Daniel était peut-être voué à l'échec, mais elle ne pouvait pas y renoncer. Pendant des mois, elle s'était efforcée de vivre sans lui et le seul bénéfice qu'elle en avait retiré était une succession de nuits solitaires noyées dans de trop nombreux verres d'alcool. Elle croyait avoir agi sagement en s'éloignant de lui au prétexte qu'elle ne pourrait jamais l'avoir tout à elle – pas avec un rival aussi puissant que Dieu –, mais ce n'était pas la sagesse qui allait réchauffer son lit, la rendre heureuse ou étouffer le désir qu'elle éprouvait toujours pour lui.

Ils n'allumèrent pas – ce n'était pas nécessaire, tant le corps de chacun était pour l'autre un territoire familier. Maura connaissait chaque centimètre de la peau de son amant. Rien qu'au toucher, elle devina qu'il avait perdu plusieurs kilos, comme elle-même, à croire que leur séparation s'était accompagnée d'une longue période de jeûne. Une nuit ne suffirait pas à les rassasier. Ignorant s'il y en aurait d'autres, Maura prit tout le plaisir qu'elle pouvait – ce plaisir que l'Église leur avait interdit. *Tu vois ce que tu as manqué, Daniel ? Ton Dieu est bien cruel de vouloir nous priver de cette joie.*

Mais plus tard, comme ils se reposaient côte à côte, la sueur séchant sur leur peau, elle sentit la tristesse l'envahir. L'heure du châtiment a sonné, pensa-t-elle, amère. Celui-ci ne revêtait pas la forme des flammes de l'enfer, mais celle de la douleur des adieux – des adieux inéluctables.

— Pourquoi ? chuchota Daniel.

Il n'eut pas besoin d'en dire davantage : elle avait compris le sens de sa question. Pourquoi l'avait-elle accueilli dans son lit, plusieurs mois après une rupture annoncée comme définitive ?

— Amalthea Lank… Elle est morte.

— C'est arrivé quand ?

— Ce soir. Je me trouvais à l'hôpital à ce moment-là. J'ai vu les derniers battements de son cœur sur le moniteur. Elle était atteinte d'un cancer en phase terminale. J'étais au courant. Pourtant…

— J'aurais dû être à tes côtés, murmura-t-il.

Maura savoura la chaleur de son souffle dans ses cheveux.

— Tout ce que tu as à faire, c'est m'appeler, et je viendrai, ajouta-t-il. Tu le sais.

— C'est étrange, non ? Il y a quelques années, j'ignorais jusqu'à l'existence d'Amalthea. Mais je n'avais pas d'autre famille qu'elle. Elle morte, je reste seule.

— Uniquement si tu choisis de l'être.

Comme si la solitude était affaire de volonté ! Elle n'avait pas choisi cette route où la tristesse succédait à la joie, pas plus qu'elle n'avait choisi d'aimer un homme qui serait toujours écartelé entre ses sentiments pour elle et une promesse à son Dieu. La décision avait été prise par l'assassin qui, quatre ans plus tôt, avait jeté son dévolu sur Maura. Daniel avait alors risqué sa vie pour la sauver, lui offrant la plus grande preuve d'amour possible.

— Tu n'es pas seule, Maura, dit-il. Je suis là.

Elle tourna son visage vers lui et, dans la pénombre de la chambre, elle vit briller ses yeux.

— Je serai toujours là, insista-t-il.

Ce soir-là, elle choisit de le croire.

Quand elle se réveilla, Daniel était déjà parti.

Elle se vêtit, déjeuna, parcourut le journal, seule. Enfin, pas tout à fait : assis au pied de la table, le chat se léchait après s'être régalé d'une boîte de thon.

— Pas de commentaires, je te prie, lui dit-elle.

La Bête ne daigna pas la regarder.

Plus tard, en faisant la vaisselle et en rangeant son ordinateur portable dans sa housse de transport, elle pensa à Daniel, qui, au même moment, devait entamer une nouvelle journée au service de ses paroissiens. Leurs nuits passionnées s'achevaient toutes par un retour aux tâches ingrates du quotidien, accomplies séparément. À cet égard, leur situation ne différait guère de celle d'un couple marié. Ils faisaient l'amour, dormaient ensemble et, au matin, chacun partait travailler de son côté.

Un jour comme celui-ci, cela suffisait à son bonheur.

Ce matin-là, c'était le cadavre d'Earl Devine qui l'attendait sur la table d'autopsie. Tout en nouant les cordons de sa blouse, Maura étudia la radiographie du thorax sur l'écran de l'ordinateur. L'examen du corps lui avait déjà révélé que deux balles avaient traversé la poitrine et que la colonne vertébrale avait arrêté la troisième.

Jane entra alors et la rejoignit.

— Laisse-moi deviner, dit-elle. La mort est due à plusieurs blessures par balle. C'est bon, j'ai mon diplôme de médecin légiste ?

— L'une d'elles s'est logée dans la sixième vertèbre thoracique, indiqua Maura.

— Et on a récupéré les deux autres sur la scène de crime. Crowe a tiré à trois reprises.

— Une réponse appropriée à une menace imminente. Il ne devrait pas être inquiété.

— N'empêche qu'il est pas mal secoué. On l'a emmené boire un verre hier soir, histoire de le remonter.

Maura lança un regard amusé à Jane :

— Qu'est-ce que j'entends ? De la compassion pour ton ennemi juré ?

— Je sais, c'est le monde à l'envers, dit Jane, qui se tut et dévisagea son amie. Tu as pris quoi ? demanda-t-elle.

— Pardon ?

— Tu es radieuse, ce matin. Tu es allée au spa ?

— Je ne vois pas de quoi tu parles.

Maura mentait, bien sûr. Elle rayonnait littéralement, et Jane était trop observatrice pour ne pas le remarquer. Si je lui raconte la nuit dernière, pensa-t-elle,

elle me désapprouvera sûrement, mais ça m'est égal. Aujourd'hui, je me fiche de l'opinion des autres. J'ai décidé d'être heureuse.

D'un clic déterminé, elle fit apparaître une radio latérale du thorax et fronça les sourcils : on apercevait une hyperclarté de la taille d'une pièce de monnaie juste au-dessus de la balle logée dans la sixième vertèbre. Il n'aurait pas dû exister de lésion à cet endroit.

— Tu as changé de crème de jour ? Fait une cure de vitamines ?

— Hein ?

— Tu es différente.

Ignorant Jane, Maura afficha de nouveau le cliché frontal de la poitrine et l'agrandit. Malheureusement, le poumon déchiqueté avait expulsé de l'air et du sang, provoquant un déplacement d'organes. Impossible de retrouver ce qu'elle cherchait dans un tel chaos.

— Tu as repéré quelque chose ? s'enquit Jane.

Maura cliqua pour faire apparaître la radio latérale.

— Je ne vois pas bien ce que c'est, expliqua-t-elle en désignant la mystérieuse lésion.

— Je ne suis pas médecin, mais ça ne ressemble pas à une balle.

— En effet. J'ai une idée de ce que c'est, mais je vais devoir ouvrir pour en avoir le cœur net.

Maura fixa son masque et se retourna vers Earl Devine.

— Tu n'as aucun doute sur les circonstances de sa mort, j'espère ? s'inquiéta Jane alors qu'elle pratiquait l'incision en Y.

— Aucun.

— Tu cherches quoi, alors ?

— Une explication. Cet homme s'est fait abattre volontairement. Je voudrais savoir pourquoi.

— C'est plutôt le travail d'un psy, non ?

— Dans ce cas précis, l'autopsie pourrait nous fournir une réponse.

Maura maniait son scalpel avec une impatience qu'elle n'avait pas ressentie avant d'étudier les radios. Les causes de la mort étant évidentes, elle s'était préparée à une intervention de pure routine. Mais le cliché thoracique latéral lui avait ouvert des perspectives inattendues sur les motivations et l'état d'esprit d'Earl Devine. Au-delà de sa dimension physique, un corps donne parfois de précieuses indications sur la personne qui l'habitait. Marques de scarifications à l'intérieur des poignets, traces de piqûres d'aiguille, cicatrices de chirurgie esthétique, il révèle les secrets les plus intimes de son hôte. Ceux d'Earl Devine s'étaleraient bientôt devant Maura. Mais quand elle leva le sternum, la cavité thoracique était pleine de sang. Les trois balles de l'inspecteur Crowe avaient perforé le poumon droit et sectionné l'aorte, entraînant une hémorragie et une fuite d'air brutale qui avaient déformé les points de repère habituels. Elle tâtonna dans ce magma visqueux et trouva rapidement ce qu'elle cherchait.

— Tu vois quelque chose dans ce bazar ? l'interrogea Jane.

— Rien du tout. Mais je peux d'ores et déjà t'annoncer que ce poumon n'est pas normal.

— Parce qu'il a été transpercé, peut-être ?

— La balle n'y est pour rien.

Maura était tentée de prendre un raccourci pour se concentrer sur le poumon, mais elle risquait alors de négliger des détails capitaux. Aussi procéda-t-elle comme à son habitude : elle disséqua d'abord la langue et le cou de manière à dégager le pharynx et l'œsophage des vertèbres cervicales. Ce faisant, elle n'aperçut aucun corps étranger, ni rien qui distinguât les structures de la gorge d'Earl Devine de celles de n'importe quel homme de son âge. Elle s'exhorta à ralentir, consciente que Jane l'observait avec une perplexité croissante. Quand Yoshima déposa des forceps sur le plateau, le choc claqua comme une détonation. Maura resta concentrée sur sa tâche, tranchant les tissus mous et les vaisseaux à l'entrée du thorax avec son scalpel. Les mains plongées dans le sang glacé, elle libéra la plèvre de la paroi, puis elle souleva le cœur et les poumons et les laissa tomber dans la cuvette en inox que lui tendait Yoshima. Des relents de chairs mortes s'élevèrent du bloc visqueux, qu'elle alla rincer sous le robinet, révélant la lésion décelée plus tôt à la palpation.

Elle découpa ensuite un morceau du poumon. Si elle avait examiné au microscope l'échantillon grisâtre et vaguement brillant qu'elle tenait à présent dans sa paume, elle aurait vu un réseau dense de spirales de kératine mêlées à des cellules bizarrement déformées. Elle se rappela alors l'odeur de tabac qui flottait dans la maison d'Earl Devine, imprégnant les rideaux et les fauteuils.

— Il me faudrait la liste des médicaments qu'il prenait, dit-elle à Jane. Tâche de découvrir qui était son médecin traitant.

— Pourquoi ?

— Parce que ceci explique son suicide, répondit Maura en soulevant le morceau de poumon.

33

— Je n'étais pas au courant. (Assise sur son canapé, les mains jointes sur les cuisses, Holly Devine s'adressait à Jane et à Frost par-dessus la table basse.) Papa avait beaucoup maigri, c'est vrai. Quand je lui en ai parlé, il a prétendu qu'il relevait d'une pneumonie. J'ignorais qu'il était aussi malade. Peut-être ne le savait-il pas lui-même.

— Il savait, affirma Jane. On a trouvé dans son armoire à pharmacie des comprimés prescrits par une oncologue, la Dr Christine Cuddy. C'est elle qui lui a diagnostiqué un cancer du poumon, il y a quatre mois. Le mal s'était déjà propagé aux os. En étudiant les radios, la Dr Isles a détecté une lésion métastatique sur sa colonne vertébrale. Il devait beaucoup souffrir, car il prenait également du Vicodin depuis peu.

— Il m'avait dit qu'il s'était froissé un muscle, mais que ça allait mieux.

— Son foie était atteint, Holly. La douleur n'aurait fait qu'empirer. On lui a proposé une chimiothérapie, qu'il a refusée. Il a dit à la Dr Cuddy qu'il souhaitait juste vivre le mieux possible, le plus longtemps possible, sans effets secondaires. Parce que sa fille avait besoin de lui.

Cela faisait à peine deux jours que son père était mort. Pourtant, Holly avait accueilli la nouvelle de sa maladie avec son flegme habituel, sans verser une seule larme. Un camion passa au pied de l'immeuble en faisant vrombir son moteur et les trois tasses à thé s'entrechoquèrent sur la table branlante. Le mobilier, réduit à l'essentiel, donnait l'impression d'avoir été acheté au rabais et livré en pièces détachées avec des instructions de montage. C'était là l'appartement d'une jeune femme encore au bas de l'échelle sociale, mais Jane ne doutait pas une seconde qu'Holly gravirait rapidement celle-ci. Il y avait dans son regard une lueur d'intelligence rusée qu'elle n'avait pas remarquée jusque-là.

— S'il ne m'a jamais parlé de son cancer, reprit Holly, c'était pour ne pas m'inquiéter, sans doute. Tout ce qu'il voulait, c'était que je sois heureuse.

— Il a même tué pour vous.

— Il a fait ce qui lui semblait juste. C'est le rôle d'un père de préserver son enfant des monstres, pas vrai ?

— Ce n'était pas à lui de le faire, mais à nous.

— Vous ? Vous n'avez pas été capables de me protéger.

— Parce que vous nous en avez empêchés. Vous avez pour ainsi dire invité Stanek et sa complice à passer à l'action. En dépit de nos avertissements, vous êtes entrée dans un pub et avez accepté le verre que vous offrait une inconnue. Vous cherchiez à vous faire tuer, ou bien vous aviez une idée derrière la tête ?

— Vous n'aviez pas été fichus de le retrouver.

— Alors, vous avez décidé de vous en charger.

— Enfin, qu'est-ce que vous racontez ?

— C'était quoi, votre plan, Holly ?

— Je suis allée prendre un verre après le boulot, c'est tout. Je vous l'ai déjà dit : j'avais rendez-vous avec un ami.

— Un ami qui n'est jamais venu.

— Vous pensez que j'ai menti, c'est ça ?

— Je crois que vous ne nous avez pas tout dit. Avouez-le : vous êtes entrée dans ce pub pour inciter Stanek et sa complice à se dévoiler. Au lieu de nous laisser le retrouver, vous avez voulu jouer les justicières.

— J'ai choisi de me battre.

— En vous faisant justice vous-même ?

— Peu importe la manière. Ce qui compte, c'est le résultat, non ?

Jane dut admettre que, dans une certaine mesure, elle partageait l'avis de la jeune femme. Combien d'assassins avait-elle vus ressortir libres à cause d'un vice de procédure ? Combien de fois avait-elle regretté l'absence d'un raccourci pour envoyer un criminel en prison sans passer par la case tribunal ? Son jeune collègue Johnny Tam lui-même n'avait pas hésité à se substituer à la justice. Jane était la seule à connaître son secret et elle s'était juré de ne jamais le révéler.

Mais elle ne pourrait pas protéger celui d'Holly : la police était déjà au courant du plan qu'elle avait échafaudé avec son père. Elle n'avait d'autre choix que de l'affronter.

— Vous avez volontairement servi d'appât pour obliger Stanek à sortir du bois, lança-t-elle d'un ton accusateur.

— Ce n'est pas interdit par la loi.

— Mais la complicité de meurtre, si.

Holly se raidit :

— Pardon ?

— Votre père allait mourir d'un cancer du poumon, il n'avait rien à perdre à tuer Martin Stanek. Et vous saviez ce qu'il avait en tête.

— C'est faux !

— C'est vous qui lui avez appris où Stanek s'était réfugié. Peu après l'interpellation de Bonnie Sandridge, vous avez appelé votre père sur son portable. La conversation a duré deux minutes. Vous lui avez donné le nom et l'adresse de Bonnie. Il s'est alors rendu chez elle armé et déterminé à tuer l'homme qui menaçait la vie de sa fille.

Holly accueillit cette accusation avec un calme surprenant. Jane détenait la preuve de sa complicité dans le meurtre de Martin Stanek. Pourtant, elle ne semblait pas le moins du monde troublée.

Frost prit la parole :

— Qu'avez-vous à répondre, mademoiselle Devine ?

Holly se redressa :

— C'est vrai, dit-elle, j'ai appelé mon père. Je venais d'être abordée par une femme qui projetait de m'enlever ; je tenais à le rassurer. N'importe qui en aurait fait autant à ma place. J'ai peut-être mentionné le nom de Bonnie, mais à aucun moment je n'ai demandé à papa de la tuer. Je lui ai seulement dit que vous l'aviez arrêtée et qu'il ne devait pas s'inquiéter pour moi. J'ignorais qu'il se rendrait ensuite chez elle avec son arme… (Elle poussa un soupir et, quand elle releva la tête, des larmes sillonnaient ses joues.) Il s'est sacrifié pour moi, ajouta-t-elle. Comment osez-vous le traiter d'assassin ?

Jane considéra ses yeux brillants, sa lèvre tremblante et pensa : Cette fille mériterait un oscar. Si elle n'avait pas gobé son numéro, d'autres risquaient de se montrer plus crédules. Ils n'avaient pas d'enregistrement de la conversation téléphonique entre Holly et son père, ni de preuve qu'elle était au courant des intentions de celui-ci.

— J'aimerais rester seule, maintenant, reprit Holly. Ça a été tellement dur de perdre papa… Vous pourriez me laisser, s'il vous plaît ?

— Bien sûr ! dit Frost.

Jane le regarda se lever, interloquée. Son coéquipier avait toujours eu un faible pour les demoiselles en détresse, surtout jeunes et séduisantes, mais il ne pouvait pas être aussi naïf ! Elle garda le silence le temps qu'ils regagnent la voiture, puis elle explosa :

— Bon sang, quelle putain d'actrice !

— Tu crois qu'elle jouait la comédie ? Elle avait l'air sincèrement affectée.

— Oh ! Tu veux parler de ses larmes de crocodile ?

— Je vois, soupira Frost. Qu'est-ce qui te dérange, au juste ?

— Il y a quelque chose de louche chez cette fille.

— Tu pourrais être plus précise ?

Jane réfléchit, cherchant à mettre des mots sur son malaise.

— Tu te rappelles sa réaction quand on lui a appris la mort de son père, il y a deux jours ? demanda-t-elle.

— Elle a pleuré. C'est normal, non ?

— Ouais, elle a éclaté en sanglots bruyants. J'ai trouvé qu'elle surjouait. Comme si elle faisait ce qu'on attendait d'elle. Et je te promets que, tout à l'heure, elle a pleuré sur commande.

— C'est quoi, ton problème avec Holly Devine ?

— Je n'en sais rien, avoua Jane en démarrant. Mais quelque chose m'échappe chez elle.

De retour au siège de la police, Jane se replongea dans les dossiers empilés sur son bureau, à l'affût d'un détail qu'elle aurait négligé, d'une explication à la frustration qu'elle ressentait. Elle passa de nouveau au peigne fin les comptes rendus d'enquête sur les meurtres de Cassandra Coyle et Timothy McDougal, sur la mort de Sarah Basterash et la disparition de Billy Sullivan. Quatre victimes, trois juridictions. Des modes opératoires si différents qu'elle aurait pu longtemps ignorer le lien qui les avait unies, vingt ans plus tôt. Cassandra Coyle, les yeux arrachés et placés dans le creux de sa main, comme sainte Lucie. Tim McDougal, la poitrine transpercée de flèches, tel saint Sébastien. Sarah Basterash, réduite en cendres à l'instar de sainte Jeanne d'Arc. Billy Sullivan, probablement enterré vivant, de même que saint Vital.

Des cinq enfants qui avaient fait condamner les Stanek, la seule survivante était la première à avoir révélé les abus qu'ils avaient subis : Holly Devine, née un 12 novembre. Ce jour-là, l'Église célébrait saint Liévin, évangélisateur des Flandres et martyr. Pour l'empêcher de répandre la parole divine, les païens lui avaient coupé la langue. Mais la légende voulait que celle-ci ait continué à prêcher après sa mort. Holly se retournait-elle dans son lit la nuit, hantée par la crainte du sort auquel la prédestinait sa date de naissance ? Frissonnait-elle d'effroi en imaginant qu'on la forçait à ouvrir la bouche pour lui trancher la langue avec un couteau ? Jane n'avait pas oublié sa propre peur quand le Chirurgien l'avait prise pour cible. Combien de fois s'était-elle réveillée en sueur, avec la sensation que le tueur plongeait son scalpel dans sa chair ?

Si Holly ressentait une telle terreur, elle la cachait bien – trop bien, même.

Jane soupira et se massa les tempes, résignée à lire une fois de plus les dossiers des quatre victimes.

Pas quatre, non. Il y avait cinq *victimes.*

Elle se leva d'un bond et chercha frénétiquement le dossier de Lizzie DiPalma dans la pile.

Frost, qui rentrait de déjeuner, secoua la tête en découvrant les documents étalés sur le bureau de sa coéquipière.

— Encore plongée dans la paperasse ? fit-il.

— Cette histoire me paraît trop bien ficelée, avec un joli ruban autour. Même la mort du principal suspect tombe à pic.

— À moi, ça ne me pose aucun problème.

— En plus, on n'a jamais su ce qu'était devenue cette gosse, Lizzie DiPalma.

— Ce n'est pas notre enquête. Les faits remontent à vingt ans.

— Mais c'est là que tout a commencé. La découverte de son bonnet à bord du car a déclenché les accusations : les Stanek sont des monstres ! Ça fait des mois qu'ils abusent des enfants qui leur sont confiés ! Pourquoi personne n'avait-il rien soupçonné avant ?

— Pour ça, il a fallu que quelqu'un brise le silence.

— Et ce quelqu'un était Holly Devine.

— La fille qui ne te revient pas.

— Quand je lui parle, j'ai l'impression que tout ce qu'elle dit est calculé. Comme si on jouait aux échecs et qu'elle avait cinq coups d'avance sur moi.

Le portable de Frost sonna. Pendant qu'il s'éloignait pour répondre, Jane feuilleta de nouveau le dossier de Lizzie DiPalma. Comment relancer l'enquête après tant d'années ? On avait retourné le parc de l'Apple Tree sans découvrir son corps. On avait expliqué la présence de traces microscopiques de sang à bord du car par le fait qu'elle s'était entaillé la lèvre un mois plus tôt. Le seul véritable élément à charge contre Martin Stanek était le bonnet qu'elle portait le jour de sa disparition, glissé entre deux sièges.

C'était forcément Martin Stanek qui l'avait tuée.

Lui aussi, il est mort. Point final ! Avec un soupir résigné, Jane referma le classeur.

Frost raccrocha et se tourna vers elle.

— Ça va pas te plaire, dit-il.

— Quoi donc ?

— Tu sais, le verre de vin que Bonnie Sandridge a offert à Holly ? Le labo n'a pas décelé de kétamine dedans. On va devoir la relâcher.

34

Deux jours plus tôt, Bonnie Sandridge était entrée dans la salle d'interrogatoire menottée et sous le coup d'une inculpation pour complicité de meurtre. Ce matin-là, elle s'avança vers Jane et Frost d'une démarche arrogante qui donnait l'impression que c'était elle qui allait poser les questions. Malgré les fils d'argent dans sa chevelure rousse, les taches de son qui parsemaient son visage et les rides au coin de ses yeux, conséquences de plusieurs décennies d'exposition au soleil, elle avait l'allure athlétique et assurée d'une femme qui n'avait jamais douté de sa beauté. Elle prit place sur une chaise et toisa les deux policiers d'un air méprisant.

— Laissez-moi deviner, attaqua-t-elle : le verre ne contenait rien d'autre que du vin.

— Il est temps que nous ayons une petite conversation, vous et nous, dit Jane.

— Vous espérez que je vais coopérer, après la façon dont vous m'avez traitée ?

— Nous cherchons tous la vérité. Vous pouvez nous aider à la découvrir, Bonnie.

— Pour le moment, je suis surtout tentée de dénoncer votre incompétence.

Frost intervint :

— Madame Sandridge, quand nous vous avons arrêtée, nous avions toutes les raisons de penser que vous constituiez une menace pour Holly Devine. Le fait que vous lui ayez offert un verre correspondait au mode opératoire de l'assassin.

— C'est-à-dire ?

— Une serveuse d'un bar à cocktails proche du domicile de Cassandra Coyle affirme l'avoir vue en compagnie d'une femme le soir où on l'a tuée.

— Et vous avez cru que, cette femme, c'était moi ? Malheureusement, vous n'aviez aucun moyen de le prouver.

Jane reprit la parole :

— Vous pouvez néanmoins comprendre que nous ayons jugé bon de vous interpeller. Quand vous avez abordé Holly, nous avons supposé qu'elle courait un danger imminent. Nous devions réagir sans tarder.

— Croyez-moi, ricana Bonnie, cette fille est capable de se tirer de n'importe quelle situation !

— Qu'est-ce qui vous fait dire ça ?

Bonnie se tourna vers Frost et lui demanda :

— Inspecteur, que pensez-vous d'Holly Devine ? Prononcez les premiers mots qui vous viennent à l'esprit.

Frost marqua une hésitation :

— Eh bien, elle est intelligente, séduisante…

— Ah ! Pour les hommes, tout se résume toujours au physique.

— Et pleine de ressources, enchaîna Frost, piqué au vif.

— Vous auriez pu ajouter manipulatrice, opportuniste…

— Où voulez-vous en venir, Bonnie ? l'interrompit Jane.

— Holly Devine est une parfaite sociopathe. Oh ! Je ne la juge pas : la sociopathie doit être un comportement normal, au vu du nombre de spécimens qu'on croise.

Bonnie lança à Jane un regard qui semblait l'inviter à mettre à niveau ses connaissances en psychologie. Nul n'est plus tenace qu'un flic de la brigade des homicides, hormis un journaliste d'investigation. Malgré elle, Jane ne pouvait s'empêcher d'admirer cette femme qui arborait ses rides comme des blessures de guerre.

— Ne me dites pas que vous ne l'aviez pas remarqué ? poursuivit Bonnie.

— Je l'ai trouvée… différente, admit Jane.

Bonnie éclata de rire :

— C'est un euphémisme !

— Qu'est-ce qui vous fait croire que c'est une sociopathe ? La seule fois où vous lui avez parlé, c'était dans ce pub.

— Vous avez interrogé ses collègues ? Vous leur avez demandé ce qu'ils pensaient d'elle ? La plupart des types rêvent de la sauter, mais les femmes… Elles sont toutes mal à l'aise face à elle.

— Ce n'est peut-être que de la jalousie, suggéra Frost.

— Non. C'est juste qu'elles ne lui accordent aucune confiance. Cassandra Coyle aussi se méfiait d'elle.

Jane fronça les sourcils :

— Elle vous a dit quoi au sujet d'Holly ?

— C'est elle qui a abordé la question. Elle m'a carrément mise en garde. Déjà, à l'époque de l'Apple Tree, les autres gosses la trouvaient bizarre et l'évitaient. Ils soupçonnaient un truc pas net chez elle. Le seul à jouer avec elle était Billy Sullivan.

— Qu'est-ce qui les repoussait chez elle ?

— Je me suis posé la même question. J'ai voulu en juger par moi-même, mais personne ne savait où elle vivait. Il m'a fallu enquêter pendant des mois avant de découvrir qu'elle travaillait chez Booksmart Media. Je souhaitais l'interviewer pour mon livre. Elle a été la première à accuser les Stanek. Je me demandais si elle avait dit la vérité.

— Il y avait des preuves physiques de maltraitance, objecta Frost. Elle présentait des ecchymoses, des écorchures…

— Elle aurait pu se les faire autrement.

— Pourquoi aurait-elle menti ?

Bonnie haussa les épaules.

— Pour attirer l'attention, peut-être. À moins que sa folle de mère ne lui ait fourré des idées dans la tête. Quoi qu'il en soit, Holly a bien choisi son moment pour se mettre en avant. Lizzie DiPalma venait de disparaître, toute la population avait peur et cherchait des réponses. Holly leur en a servi une sur un plateau : c'étaient les Stanek, les coupables. Là-dessus, Billy Sullivan a prétendu avoir été également maltraité, et le piège s'est refermé. Les parents affolés ont pressé les gosses de questions et ont fini par les convaincre qu'il leur était arrivé quelque chose. Les plus jeunes avaient à peine cinq ou six ans. Vous aurez remarqué qu'à chaque nouvel interrogatoire leurs récits devenaient de plus en plus fantaisistes : des bébés sacrifiés ! Des tigres volants ! Les Stanek chevauchant des balais magiques ! Les jurés ont envoyé toute une famille en prison sur la foi des témoignages d'une poignée d'enfants dont on avait lavé le cerveau. Cassandra Coyle avait fini par douter de ses propres souvenirs. Elle m'a dit qu'elle avait contacté les autres prétendues victimes pour savoir si elles accepteraient de me rencontrer, mais le seul nom qu'elle m'a divulgué était celui d'Holly Devine… l'unique source qui me reste à présent.

— C'est quoi, le but du livre que vous écrivez ? Disculper Martin Stanek ?

— Plus j'en apprenais sur cette affaire et plus j'étais en colère. Alors oui, j'avais à cœur de prouver son innocence. C'est toujours ma priorité, même s'il est mort.

Quand elle détourna le visage, Jane aperçut des larmes dans ses yeux.

— Vous l'aimiez ? demanda-t-elle doucement.

Bonnie releva brusquement la tête.

— Quoi ? fit-elle, surprise.

— Vous paraissez très émue.

— Parce que c'est important pour moi. Ça devrait l'être pour tout le monde.

— Mais pourquoi l'est-ce autant pour vous en particulier ?

Bonnie prit une profonde inspiration et se redressa.

— Pour répondre à votre question : non, je n'étais pas amoureuse de Martin, mais j'avais mal pour lui. Ce qu'on leur a fait subir, à sa famille et lui, ça me…

Elle se tut, trop bouleversée pour poursuivre, et serra les poings si fort que ses doigts blanchirent.

— Qu'est-ce qui vous met dans cette colère ? voulut savoir Jane.

Bonnie crispa un peu plus les poings.

— Il y a sûrement une raison, insista Jane.

Bonnie parla enfin, d'une voix à peine audible :

— Si ça me touche autant, c'est parce que j'ai vécu la même chose.

Jane et Frost échangèrent un regard, puis le second demanda doucement :

— Quoi donc, madame Sandridge ?

— J'avais... J'ai une fille, Amy. Elle aura vingt-six ans dans trois semaines. Je souhaiterais plus que tout au monde fêter son anniversaire avec elle, mais je n'ai pas le droit de la voir, de l'appeler ou de lui écrire, dit Bonnie en rejetant les épaules en arrière, comme si elle s'apprêtait à livrer combat. L'année où Amy est entrée à l'université, elle a fait plusieurs attaques de panique. Elle se réveillait la nuit avec l'impression que quelqu'un s'était introduit dans sa chambre pour la tuer. Ces crises étaient tellement effrayantes qu'elle devait garder la lumière allumée en se couchant. Le service de santé l'a envoyée consulter une psy, une prétendue spécialiste d'une thérapie appelée « régression en âge ».

» Pendant huit mois, ma fille a été suivie par cette... femme. Au fil des séances, des images sont remontées à la surface de sa conscience, des souvenirs qu'elle avait prétendument occultés. Elle s'est revue, enfant, dans son lit. La porte de la chambre s'ouvrait, quelqu'un s'approchait d'elle dans l'obscurité, relevait sa chemise de nuit et... Ces souvenirs étaient extrêmement détaillés, reprit Bonnie après une pause, jusqu'aux objets employés pour abuser d'elle : une cuillère en bois, le manche d'une brosse à cheveux. La thérapeute en a déduit que l'angoisse d'Amy résultait des agressions qu'elle avait subies pendant des années, et qu'il était temps qu'elle affronte la responsable de son état : moi.

— Vous avez…

— Bien sûr que non ! Rien de tout ça n'était vrai. J'étais mère célibataire, j'élevais seule ma fille, donc j'étais forcément coupable. Le monstre qui s'introduisait la nuit dans sa chambre pour abuser d'elle ne pouvait être que moi. Plus Amy voyait cette femme, plus son mal-être grandissait. Je n'ai pris conscience de la gravité de la situation que lorsqu'elle a atteint un point critique.

» Un jour, la thérapeute m'a appelée pour me demander de passer à son cabinet. Je suis allée au rendez-vous, pensant qu'elle souhaitait m'informer des progrès d'Amy. Ma fille était déjà là. Devant sa psy, qui l'encourageait, elle m'a reproché les horreurs que je lui avais infligées dans son enfance : les viols, les mauvais traitements, toutes les fois où je l'avais livrée à des inconnus… Je me suis défendue, mais elle était persuadée que c'était réellement arrivé. Pour finir…, dit Bonnie, essuyant ses larmes avant de poursuivre, elle m'a dit qu'elle ne voulait plus jamais me voir ni me parler. Comme je tentais de la raisonner, sa psy s'en est mêlée : j'avais de la chance de m'en tirer à si bon compte, alors qu'Amy aurait pu m'envoyer en prison. J'étais en pleurs. J'ai supplié ma fille de m'écouter, mais elle s'est levée et a quitté la pièce. Je ne l'ai pas revue depuis, conclut Bonnie, qui passa une main sur ses yeux, laissant des traînées humides sur son visage.

Vous comprenez maintenant pourquoi l'affaire de l'Apple Tree est tellement importante pour moi ?

— Parce que vous pensez que les Stanek aussi ont été victimes d'une injustice ?

— Cassandra Coyle en était convaincue. Cette histoire la hantait au point de lui inspirer un film.

— *Monsieur Kong* ?

Bonnie eut un rire ironique :

— Ça vous étonne ? Parfois, la fiction est le moyen le plus efficace pour décrire la réalité.

— Les collègues de Cassandra nous ont dit que le film évoquait la disparition d'une jeune fille, pas des abus sexuels sur des enfants.

— Il traite aussi de la manière dont le temps déforme les souvenirs. La vérité n'est qu'une question de point de vue. Connaissez-vous la Dr Elizabeth Loftus ?

— La psychologue ?

Jane lança un regard surpris à son coéquipier, qui crut devoir se justifier :

— Alice m'a parlé d'elle. Elle a abordé son œuvre lors d'un cours de droit sur la fiabilité des témoignages. Alice, c'est ma femme, expliqua Frost à Bonnie.

Ton ex-femme, se retint de dire Jane.

— Dans les années 1990, enchaîna Bonnie, la Dr Loftus a publié un article qui a fait date dans *Psychiatric Annals.* Il décrivait l'expérience à laquelle elle s'était livrée sur un groupe de vingt-quatre adultes. Ces sujets se voyaient rappeler par des proches quatre événements de leur enfance. Seulement trois étaient authentiques. On leur demandait ensuite de se remémorer des détails à propos de chacun. Plus les semaines passaient, plus leurs souvenirs gagnaient en précision, même ceux qui concernaient l'événement fictif.

» À la fin, cinq des vingt-quatre sujets étaient incapables de démêler le vrai du faux. Chez chacun d'eux, la Dr Loftus était parvenue à implanter un faux souvenir. Répétez à quelqu'un qu'un événement a eu lieu, parlez-lui-en comme si c'était le cas et, avant longtemps, cette invention lui paraîtra réelle. L'expérience de la Dr Loftus portait sur des adultes. Vous vous doutez bien qu'il est encore plus facile de convaincre un jeune enfant, naturellement disposé à croire n'importe quoi.

— Comme à des tigres volants et des souterrains secrets, suggéra Frost.

— Vous avez lu les minutes du procès de l'Apple Tree. Vous avez vu à quel point certaines affirmations des prétendues victimes étaient abracadabrantes. Il était question de sacrifices d'animaux, de rituels démoniaques. Ajoutez à cela que certains de ces enfants avaient à peine cinq ou six ans. Si peu fiables qu'aient pu paraître leurs témoignages, ils ont envoyé une famille en prison. C'est la version moderne du procès de Salem. (Bonnie se cala sur sa chaise et regarda tour à tour Jane et Frost :) Vous avez rencontré la procureure Erica Shay ?

— Pas encore, répondit Jane.

— Cette affaire a lancé sa carrière, même si elle a échoué à faire condamner Martin pour l'enlèvement de Lizzie DiPalma. Tout ce qui comptait pour elle, c'était la victoire. Pas la vérité ni la justice.

— C'est une accusation grave, répliqua Frost. Vous prétendez que la procureure en chef a fait condamner des innocents en toute connaissance de cause ?

Bonnie acquiesça :

— C'est tout à fait ça.

— Vous pouvez me croire : Martin Stanek était coupable. (À cinquante-huit ans, Erica Shay paraissait encore plus redoutable que la jeune femme en tailleur strict, au chignon sévère, que dépeignaient les journaux à l'époque du procès de l'Apple Tree. Le temps avait effacé toute trace de mansuétude de son visage anguleux, aux pommettes saillantes et au nez recourbé comme un bec d'oiseau.) Bien sûr, reprit-elle, il a soutenu qu'il était innocent. Tous les coupables en font autant.

— Les innocents aussi, lui rétorqua Jane.

Erica Shay se carra dans son fauteuil et darda un regard glacial sur ses visiteurs par-dessus son bureau en chêne. Le mur derrière elle était couvert de diplômes et de photos où la procureure posait avec une succession de gouverneurs du Massachusetts, deux sénateurs et même un président des États-Unis. Le message était transparent : « Je connais des gens importants. Vous n'avez pas intérêt à me chercher ! »

— Je n'ai fait que mon travail, affirma-t-elle. J'ai présenté à la cour les preuves contre Martin Stanek, et le jury l'a déclaré coupable.

— D'agressions sexuelles, mais pas de l'enlèvement de Lizzie DiPalma.

Une lueur d'agacement brilla dans les yeux de la procureure.

— C'est là que les jurés ont commis une erreur. Pour ma part, je n'ai jamais douté qu'il l'avait tuée. C'est évident !

— Ah bon ?

— Lizzie DiPalma a disparu un samedi après-midi. On a retrouvé sa bicyclette abandonnée sur le bord de la route, environ deux kilomètres plus loin. Deux jours plus tard, une enfant a découvert son bonnet dans le car que Martin Stanek prétendait avoir laissé dans l'allée de ses parents pendant tout le week-end, et sur le sol duquel on a relevé des traces du sang de Lizzie.

— Lizzie s'était entaillé la lèvre un mois plus tôt. Sa mère a mentionné cet incident au tribunal.

— Quelle idiote ! gronda Erica. Elle aurait mieux fait de se taire !

— C'était vrai, non ?

— Elle a semé la confusion dans l'esprit des jurés, qui se sont mis à douter de tous les éléments à charge qu'on leur avait présentés. Puis la défense a avancé cette théorie absurde : quelqu'un d'autre avait enlevé Lizzie, et elle était peut-être encore en vie ! (Erica secoua la tête avec une expression dégoûtée.) Martin Stanek a quand même été reconnu coupable d'agressions sexuelles, enchaîna-t-elle. J'espérais une peine plus longue, mais au moins il n'a pu nuire à personne pendant vingt ans. Et aussitôt libre, il a recommencé à tuer. Il voulait se venger des enfants qui l'avaient envoyé en prison en révélant la vérité.

— Certains chefs d'accusation paraissent pourtant invraisemblables, glissa Frost.

— Les gosses ont tendance à exagérer. Ils peuvent se tromper, mais ils ne mentent jamais. Pas sur des faits aussi graves que des abus sexuels.

— Toutefois, on peut les influencer, leur faire croire que…

— Ne me dites pas que vous défendez ce monstre ?

Frost tressaillit. Dans un tribunal, cette femme devait montrer la férocité d'un gladiateur qui acculait peu à peu son adversaire, jusqu'à porter le coup fatal. Jane songea au jeune Martin Stanek, effrayé et désemparé, qui avait dû affronter cette furie dans un combat perdu d'avance.

— J'ai interrogé moi-même chacun des enfants, reprit la procureure. J'ai parlé à leurs parents. J'ai constaté les éraflures et les ecchymoses sur les bras d'Holly. C'est elle qui a retrouvé le bonnet de Lizzie dans le car. C'est elle, encore, qui a eu le courage de dénoncer les Stanek. Quand Billy Sullivan a confirmé ses accusations, mes derniers doutes se sont dissipés. L'Apple Tree Center était un nœud de vipères. Les victimes étaient tellement terrifiées qu'elles n'osaient pas parler. Il a fallu les interroger pendant des semaines pour qu'elles lèvent le secret sur ce qu'elles avaient vu et, pour la plupart d'entre elles, subi.

— Ça représentait combien d'enfants ? s'enquit Jane.

— Beaucoup. Mais nous n'avons pas retenu tous les témoignages.

— Parce que certains étaient trop abracadabrants ?

— Cette affaire remonte à vingt ans. Pourquoi la déterrer maintenant ?

— Parce qu'une journaliste affirme que vous avez implanté de faux souvenirs dans l'esprit de ces enfants.

— Bonnie Sandridge, une journaliste ? ricana Erica. Une cinglée, oui !

— Vous la connaissez ?

— Je fais mon possible pour l'éviter. Elle a voulu m'interviewer, mais ses questions étaient biaisées. Elle est convaincue que les procès comme celui de l'Apple Tree n'étaient qu'une chasse aux sorcières. Je me fiche pas mal de ce qu'elle peut raconter !

— Ce n'était pas l'avis de Cassandra Coyle. Elle était persuadée de l'innocence des Stanek et comptait sur Bonnie pour rouvrir le dossier. Elle avait contacté les autres témoins pour leur demander de quoi ils se souvenaient.

— C'est Bonnie Sandridge qui vous a dit ça ?

— Cassandra Coyle a bien téléphoné à Sarah Basterash, Timothy McDougal et Bill Sullivan. C'était il y a plus d'un an, ce qui explique que nous n'en ayons pas trouvé trace dans le journal d'appels de son portable. La seule qu'elle n'avait pas réussi à joindre était Holly Devine, car personne ne savait où elle résidait.

— Au bout de vingt ans, Cassandra s'était mis en tête de réhabiliter les Stanek ? Pourquoi ?

— Si vous découvriez que vous avez envoyé un innocent en prison, ça ne vous empêcherait pas de dormir, vous ?

— Martin Stanek était coupable. Ça ne faisait aucun doute à mes yeux, et le jury était de mon avis. (Erica Shay se leva, leur signifiant que l'entretien était terminé.) Justice est faite. Il n'y a rien à ajouter.

35

— Encore une victoire pour la famille Rizzoli ! claironna le père de Jane. Unis contre le crime !

Il fit sauter le bouchon de la bouteille de prosecco. De la mousse jaillit du goulot et se répandit sur la nappe jaune toscan préférée d'Angela.

— Tu exagères, papa, le gronda Jane. Il n'y a pas de quoi en faire un plat.

— Bien sûr que si ! Chaque fois que notre nom apparaît dans le *Boston Globe*, il faut fêter ça.

Jane s'adressa à son frère :

— Dis, Frankie, tu ne voudrais pas braquer une banque ? Ça nous vaudrait une bouteille de *vrai* champagne !

— Notre Frankie aussi fera l'actualité un de ces quatre. Je vois les gros titres d'ici : « L'agent spécial Frank Rizzoli Jr éradique à lui seul le crime organisé. » (Frank Sr remplit une flûte, qu'il tendit à son fils.) J'ai toujours su que mes gosses me rendraient fier d'eux, ajouta-t-il.

— *Nos* gosses, le corrigea Angela en posant le rosbif sur la table.

— Frankie va entrer au FBI, et le nom de Jane est dans tous les journaux. Quant à Mikey… Eh bien, il doit encore trouver sa voie. Il réussira tôt ou tard, lui aussi. Je regrette qu'il n'ait pas pu se joindre à nous, mais c'est déjà un grand bonheur d'avoir deux de mes enfants à mes côtés en cette journée mémorable.

— *Nos* enfants, insista Angela. Tu ne les as pas élevés tout seul, je te rappelle.

— Ouais, ouais. Nos enfants. (Frank porta un toast.) À l'inspectrice Jane Rizzoli, qui a mis une autre ordure au tapis !

Pendant que son père et son frère vidaient leurs flûtes, Jane jeta un coup d'œil à son mari. Gabriel secoua la tête d'un air amusé et but consciencieusement une gorgée de prosecco. En acceptant l'invitation de ses parents, Jane ignorait que ce dîner familial n'était qu'un prétexte pour célébrer son triomphe sur « l'arracheur d'yeux », comme l'avait surnommé Frank Jr. À vrai dire, elle ne se sentait pas d'humeur à fêter quoi que ce soit : la mort de son principal suspect laissait trop de questions en suspens, et elle ne pouvait se défaire de l'impression qu'elle avait omis un détail crucial. Le prosecco lui parut aussi amer que cette victoire en demi-teinte, et elle reposa sa flûte après y avoir à peine trempé les lèvres. Ce faisant, elle remarqua qu'Angela n'avait pas touché à la sienne. Ça ressemblait bien à son père d'acheter un vin bas de gamme que n'importe qui ayant un minimum de goût refuserait de boire !

Tandis que Frank Sr et Frank Jr éclusaient la bouteille, Jane revit le corps rongé par le cancer d'Earl Devine, pendant l'autopsie qui avait révélé son secret tragique. Puis elle songea à Martin Stanek, qui jusqu'à son dernier jour avait clamé son innocence.

Et s'il avait dit la vérité ?

— Pourquoi tu fais cette tête, Janie ? s'enquit son père en attaquant sa tranche de rosbif. Tu devrais pourtant te réjouir : c'est toi, l'héroïne du jour.

— Il ne faut pas pousser. Ce n'est pas comme si j'avais trouvé un remède à la faim dans le monde !

— Tatata ! Tout travail bien fait mérite salaire, ou au moins une coupe de champagne.

— C'est du prosecco, marmonna Angela.

Personne ne parut l'entendre. Assise au bout de la table, les épaules voûtées, elle n'avait même pas pris sa fourchette alors que son mari et son fils engloutissaient le repas qu'elle avait cuisiné.

— C'est juste que je ne suis pas satisfaite de la conclusion de cette affaire, expliqua Jane.

— Pourquoi ? Un coupable mort, c'est un souci de moins !

Frankie, hilare, donna un coup de poing dans le bras de sa sœur.

— Tonton Frankie a tapé maman ! protesta Regina.

— Je ne l'ai pas tapée, ma puce. C'était pour rire.

— Je t'ai vu !

Jane plaqua un baiser sur la tête de sa fille scandalisée :

— Tout va bien, chérie. Ton oncle voulait jouer.

— C'est un truc de grandes personnes, tenta de se justifier Frankie.

Regina le toisa d'un air sévère :

— On ne doit pas taper les gens, même pour jouer.

La vérité sort de la bouche des enfants !

— Il faut apprendre à te défendre, ma puce ! s'exclama Frankie, qui serra les poings et mima un boxeur. Vas-y ! Montre à tonton comment tu te bats !

— Laisse-la tranquille, Frankie !

— Maman ! On rigole, c'est tout !

— C'est une fille, elle n'a pas besoin de savoir se battre.

— Bien sûr que si ! C'est une Rizzoli.

— Officiellement, c'est une Dean, objecta Jane en regardant son mari, ce modèle de patience.

— Mais le sang des Rizzoli coule dans ses veines. Dans la famille, on ne se laisse pas marcher sur les pieds. On rend coup pour coup !

— C'est faux ! gronda Angela, le rouge aux joues. Il y a des lâches chez les Rizzoli. Moi, par exemple.

Frankie, la bouche pleine, considéra sa mère avec perplexité :

— Qu'est-ce que tu racontes, maman ?

— Tu as bien entendu. Je suis une lâche. D'ailleurs, tout le monde me piétine.

Frank Sr posa sa fourchette :

— On peut savoir ce qui te prend ?

— Ce qui me prend ? Il me prend que j'en ai marre de cette vie de merde !

Regina se tourna vers Gabriel :

— Papa, mamie a dit un gros mot !

Angela devint encore plus rouge :

— Oh ! Pardon, chérie. Mamie est fatiguée.

Elle repoussa brusquement sa chaise et se leva.

— C'est ça, va faire un tour ! cria Frank comme elle se précipitait vers la cuisine. Je ne sais pas ce qu'elle a en ce moment, lança-t-il à la cantonade, mais elle se fout en rogne pour un rien.

Jane se leva à son tour.

— Laisse-la, lui dit son père. Elle finira par se calmer.

— Elle a besoin de parler.

— À ta guise, marmonna Frank en tendant la main vers la bouteille de prosecco.

Jane trouva Angela devant le bloc de couteaux, qu'elle fixait d'un air menaçant.

— Le poison serait plus propre, lui souffla-t-elle.

— C'est quoi, la dose létale de strychnine ? s'enquit Angela.

— Si je te le dis, tu risquerais de passer à l'acte et je devrais t'arrêter.

— Ce n'est pas pour lui, mais pour moi.

— Maman, tu te sens bien ?

Angela tourna vers sa fille un visage ravagé par la tristesse.

— Je n'y arriverai pas, Jane.

— J'espère bien !

— Non, je parlais de… *ça*, répliqua Angela, avec un geste englobant les poêles et les casseroles sales dans l'évier, la cuisinière éclaboussée de graisse, la tarte qui attendait sur le comptoir. Je suis retombée dans le même piège. C'est ce qu'il veut, *lui*. Moi, je n'en peux plus. J'ai essayé, je te le promets. Et regarde où ça m'a conduite !

— À vouloir avaler de la strychnine.

— Exactement.

Des rires tonitruants leur parvinrent à travers la porte : ceux de Frank et Frankie, qui continuaient à dévorer comme si de rien n'était. Avaient-ils conscience de l'amour qu'elle avait mis dans la préparation de ce rôti de bœuf et de ces pommes de terre ? Soupçonnaient-ils seulement que, au même moment, dans la cuisine, leur femme et mère s'apprêtait à prendre une résolution qui changerait à jamais leurs habitudes alimentaires ?

— C'est décidé, dit Angela. Je le quitte.

— Oh ! Maman !

— N'essaie pas de m'en dissuader.

— Au contraire ! (Jane plaça les mains sur les épaules de sa mère et plongea son regard dans le sien.) Tu sais quoi ? Je vais t'aider à faire ta valise et, après, je t'emmènerai chez nous.

— Quoi, tout de suite ?

— Ce n'est pas ce que tu souhaites ?

Les yeux d'Angela s'embuèrent.

— Si, répondit-elle. Mais je ne peux pas m'installer chez vous. C'est trop petit…

— Tu pourras dormir dans la chambre de Regina, au moins au début. Elle sera ravie d'avoir sa mamie près d'elle.

— Ce sera seulement temporaire, promis. Mon Dieu ! Ton père va me faire une scène…

— Tu n'es pas obligée de lui parler maintenant. Montons chercher tes affaires.

Les deux femmes sortirent ensemble de la cuisine et traversèrent la salle à manger. Tout à leur conversation, Frank et Frankie ne les remarquèrent même pas. Mais Gabriel, dont la vigilance n'était jamais prise en défaut, lança un regard interrogatif à Jane, qui lui adressa un signe de tête discret avant de suivre sa mère dans l'escalier.

Dans la chambre, Angela rassembla en hâte quelques effets personnels. Elle devrait revenir récupérer le reste en l'absence de Frank. Deux ans plus tôt, en proie au démon de la cinquantaine, celui-ci l'avait plaquée pour une blonde décolorée. Mais il n'allait certainement pas laisser partir sa femme sans se battre. En se dépêchant, Angela pouvait espérer quitter la maison avant qu'il s'aperçoive de quoi que ce soit.

Jane descendit la valise et trouva Gabriel dans le vestibule.

— Besoin d'aide ? demanda-t-il d'un ton égal.

— Tu veux bien porter ceci à la voiture ? Maman vient avec nous.

Gabriel ne posa aucune question. Il avait déjà analysé la situation et compris ce qu'il convenait de faire. Sans un mot, il prit la valise des mains de Jane et sortit.

— Je ne peux pas laisser ma voiture, dit Angela. On se retrouve chez vous, d'accord ?

— Non, maman, objecta Jane. Tu ne dois pas rester seule en ce moment. Je monte avec toi.

— Vous allez où, comme ça ? (Debout sur le seuil de la salle à manger, Frank les observait d'un air soupçonneux.) C'est quoi, ces messes basses ? Il se passe quoi, dans cette baraque ?

— Maman va venir habiter chez nous, expliqua Jane.

— Quoi ? Mais pourquoi ?

— Tu sais très bien pourquoi, répliqua Angela. En tout cas, tu devrais ! (Elle alla chercher son manteau dans la penderie.) Le dessert est dans la cuisine, ajouta-t-elle. Une tarte aux myrtilles. Il y a aussi de la glace à la vanille au congélateur. Ben & Jerry's, ta marque préférée.

— Une minute ! Tu ne vas pas me quitter, dis ?

— C'est toi qui es parti, je te rappelle !

— Mais je suis revenu ! Pour le bien de la famille !

— Tu parles ! Tu es revenu parce que ta bimbo t'avait foutu dehors ! On n'a qu'une vie, Frank. Je ne vais pas gâcher la mienne plus longtemps.

Angela attrapa son sac à main sur la desserte et se dirigea vers la porte.

— Elle changera d'avis, grogna Frank, s'adressant à sa fille. Tu verras !

Compte là-dessus !

Jane sortit à son tour. Angela l'attendait dans sa voiture, le moteur allumé.

— Laisse-moi le volant, maman. Tu n'es pas en état de conduire.

— Je vais parfaitement bien. Monte !

Jane se glissa à la place du passager.

— Tu es sûre de toi ? demanda-t-elle.

— Sûre et certaine ! répondit Angela. Fichons le camp !

Comme le véhicule s'éloignait, Jane jeta un coup d'œil à la maison de ses parents, cette maison où Angela avait élevé trois enfants. Le fait qu'elle ait choisi de l'abandonner traduisait la profondeur de son désespoir. Au cours des derniers mois, elle avait vu sa mère mal coiffée, avec les traits tirés et les épaules perpétuellement voûtées. Frank l'avait probablement remarqué, mais jamais il n'aurait imaginé que sa femme réagirait en prenant la fuite. Encore maintenant, il se rassurait en affirmant qu'elle reviendrait. Il n'avait même pas voulu assister à son départ.

— Je promets de ne pas vous encombrer plus longtemps que nécessaire, dit Angela. Juste le temps de trouver un endroit où m'installer.

— Ne t'inquiète pas pour ça, maman.

— Bien sûr que si, je m'inquiète ! À mon âge, c'est dur d'être un fardeau pour les autres… Ça, ou leur bonniche. Je ne sais pas ce qui est le pire…

Elle poussa un gémissement à la vue d'un panneau indicateur.

— Qu'est-ce qu'il y a ?

— C'est là qu'on passe pour aller chez *lui*.

Sans qu'elle le nomme, Jane comprit qu'elle voulait parler de Vince Korsak, qui avait fait un bref passage dans sa vie après la trahison de Frank.

— Je suppose qu'il voit quelqu'un d'autre, soupira Angela.

— Je n'en ai pas la moindre idée.

— C'est obligé. Un homme aussi merveilleux…

Jane se retint de rire. L'ex-inspecteur Vince Korsak, obèse et hypertendu, vivait en permanence sous la menace d'une crise cardiaque. Doté d'un appétit d'ogre, il manquait du tact le plus élémentaire. Mais il aimait sincèrement Angela et avait été anéanti quand elle avait mis fin à leur relation pour renouer avec son mari.

Angela donna un brusque coup de volant et la voiture fit demi-tour dans un crissement de pneus.

— Maman, qu'est-ce qui te prend ? hurla Jane. Tu n'as pas le droit de faire ça !

— Il faut que je sache.

— Quoi donc ?

— Si j'ai encore mes chances.

— Avec Korsak ?

— Je lui ai brisé le cœur, Jane. J'ai peur qu'il ne puisse pas me pardonner.

— Il était conscient que tu agissais sous la pression de papa et de la famille.

— Et s'il refusait même de me parler ?

Angela ralentit, comme si elle regrettait son coup de tête, puis elle enfonça la pédale d'accélérateur, et le véhicule fit un bond en avant.

Jane, impuissante, se cramponna à son siège.

Angela se gara au pied de la résidence de Korsak et prit une profonde inspiration, rassemblant son courage.

— Et si tu l'appelais d'abord ? suggéra Jane.

— Non, je dois lui parler en face. Je veux pouvoir lire ses sentiments sur son visage. Attends-moi ici. Je n'en ai peut-être pas pour longtemps.

S'étant extraite de la voiture, Angela fit une pause sur le trottoir pour défroisser son manteau et passer une main dans ses cheveux. On aurait dit une lycéenne à son premier rencard. Sa transformation était saisissante : elle s'était redressée et levait le menton d'un air résolu.

Jane la vit disparaître à l'intérieur de la résidence et s'arma de patience.

Vingt minutes plus tard, Angela n'était toujours pas revenue.

Jane tenta d'imaginer ce qui pouvait la retarder. Et si elle avait trouvé Korsak avec une autre femme, une maîtresse jalouse ? À cette heure, elle gisait peut-être dans une mare de sang, un couteau planté dans le cœur… Ou était-ce Korsak qui saignait à mort ? En tant que flic, elle avait vu trop d'horreurs pour ne pas envisager le pire.

Elle songea à appeler sa mère, puis s'aperçut que celle-ci avait laissé son sac à main et son portable sur la banquette arrière. Elle composa alors le numéro de Korsak et tomba sur sa boîte vocale.

Si ça se trouve, ils sont tous les deux en train d'agoniser pendant que tu restes là, à attendre.

Avec un soupir, elle descendit de voiture.

L'immeuble n'avait pas changé depuis sa dernière visite, quelques mois plus tôt. Le même faux palmier prenait toujours la poussière dans le hall aux dalles fissurées et l'ascenseur n'avait pas été réparé. Elle emprunta l'escalier jusqu'au premier et frappa à la porte du 217. Personne ne répondit mais, à l'intérieur, la télé était allumée avec le volume au maximum. On entendait des cris perçants sur un fond de percussions menaçantes.

La porte n'était pas fermée à clé. Elle entra.

Le salon était tel que dans son souvenir – la tanière d'un célibataire endurci : un sofa en cuir noir, une table basse avec un plateau en verre fumé, un téléviseur extra-large diffusant un vieux film en noir et blanc. La pièce n'était éclairée que par les images tremblotantes qui défilaient sur l'écran : des visages terrifiés, levés vers le ciel où planaient des soucoupes volantes.

Des voix – bien réelles, celles-ci – l'attirèrent vers la cuisine.

Un coup d'œil par l'entrebâillement de la porte lui révéla une vision qu'elle aurait préféré ignorer : Korsak et Angela enlacés, en train de se peloter et de s'embrasser à pleine bouche. Dans sa vie, Jane avait vu beaucoup de choses qu'elle aurait voulu pouvoir effacer de sa mémoire, et le spectacle de sa mère roulant une pelle à son amant en faisait partie. Elle battit en retraite vers le salon et s'abîma dans le canapé.

Elle hésita à téléphoner à Gabriel pour qu'il vienne la chercher. Elle n'avait pas envie d'interrompre ces retrouvailles, mais combien de temps allait-elle rester là à poireauter ?

Sur l'écran, une femme courait dans la forêt, fuyant un type dans un costume de fourmi géante en latex. Jane se rappela que Korsak collectionnait les vieux nanars de série Z parce que, disait-il, « rien de tel qu'un film effrayant pour qu'une fille se blottisse dans vos bras ». À croire que la peur était son seul atout séduction !

La fourmi géante émergea des fourrés dans toute sa splendeur kitsch. La femme trébucha sur une racine et tomba de tout son long. Forcément : c'était le b.a.-ba du cinéma d'horreur. Tandis qu'elle se relevait en sanglotant, complètement paniquée, une autre image, extraite d'un autre film d'épouvante, surgit dans l'esprit de Jane : celle d'une jeune femme poursuivie par un tueur dans les bois.

D'après les collègues de Cassandra Coyle, *Monsieur Kong* lui avait été inspiré par un incident survenu dans son enfance, « la disparition d'une fille ».

— Oh ! fit la voix d'Angela. Tu es là, Janie ?

Jane ne répondit pas. Le regard rivé à l'écran, elle pensait à Cassandra, à Lizzie DiPalma et aux nombreuses questions que la conclusion officielle de l'enquête avait laissées en suspens.

— Finalement, je vais rester ici avec Vince, reprit Angela. Sauf si ça te dérange, chérie.

— Pourquoi ça la dérangerait ? intervint Korsak. On est entre adultes, non ?

Jane s'arracha au canapé.

— Ce n'est pas terminé, dit-elle.

— En effet, acquiesça sa mère en adressant un sourire radieux à Korsak. Et c'est encore mieux qu'avant.

— Il faut que j'y aille, maman.

— Une seconde ! Et ma valise ?

— Gabriel va te l'apporter.

— Alors, tu ne vois pas d'inconvénient à ce que Vince et moi… tu sais… on vive dans le péché ?

Jane jeta un coup d'œil à la main replète de Korsak posée sur la hanche d'Angela, et frissonna en imaginant ce qui allait se passer dans la chambre à coucher après son départ.

— La vie est courte, maman, dit-elle. Maintenant, je dois vous laisser. J'ai un truc urgent à faire.

— Où cours-tu si vite ? s'enquit Korsak.

— Regarder un film.

36

— Le film n'a pas encore été étalonné et il manque la bande-son, s'excusa Travis Chang. La musique apportera une charge émotionnelle supplémentaire. Sinon, cette version est très proche du résultat final.

Les trois jeunes cinéastes avaient fait le ménage depuis la dernière visite de Jane. Les cartons de pizza et les canettes avaient disparu, les poubelles avaient été vidées et l'odeur appétissante du pop-corn qu'Amber venait de verser dans un grand saladier avait remplacé celle de chaussettes sales. Toutefois, ils avaient oublié de passer l'aspirateur et Jane dut brosser les débris d'une précédente fournée de pop-corn avant de s'asseoir sur le canapé.

Ben et Travis la regardaient comme si elle était une extraterrestre.

— On voulait vous demander quelque chose, lança le premier.

— Quoi donc ?

— Vous avez dit que vous n'étiez pas fan des films d'horreur. Puis vous débarquez un samedi soir en insistant pour voir *Monsieur Kong.* Qu'est-ce qui vous a fait changer d'avis ?

— Une crise d'insomnie ?

— Non, sérieusement... C'est quoi, la vraie raison ?

Les trois jeunes gens la dévisageaient, attendant sa réponse.

Jane s'exécuta :

— Le soir où je vous ai interrogés, juste après l'assassinat de Cassandra, l'un de vous m'a dit que le scénario de *Monsieur Kong* s'inspirait d'un incident survenu dans son enfance...

— Exact, acquiesça Amber. La disparition d'une gosse.

— Vous a-t-elle dit comment s'appelait la fillette ?

— Non. Seulement qu'elles fréquentaient la même école.

— Il s'agissait sans doute de Lizzie DiPalma. Elle avait neuf ans à l'époque.

— Les personnages du script sont plus âgés, objecta Amber. Ils ont dix-sept ans.

— Je pense néanmoins qu'ils représentent la véritable Lizzie, et que le tueur du film est l'homme qui l'a enlevée.

— Une seconde ! intervint Travis. M. Kong existe vraiment ?

— Qui est-ce, dans votre film ?

Travis se dirigea vers son ordinateur et pianota sur le clavier.

— Le meilleur moyen de vous répondre, dit-il, c'est de vous montrer le film. Installez-vous confortablement, inspectrice. C'est parti !

Amber baissa la lumière et le logo de Crazy Ruby Films – des figures géométriques qui s'assemblaient pour dessiner un visage de femme dans le style cubiste – apparut sur l'écran de télé extra-large.

— Une idée à moi, précisa Amber. Ces éléments épars qui se rejoignent pour former un tout, c'est l'essence même du cinéma.

— Vous voyez cette scène d'ouverture, dans les bois ? (Travis prit une poignée de pop-corn dans le saladier et s'assit par terre, aux pieds de Jane.) Elle a nécessité quatre jours de tournage, ajouta-t-il. Un cauchemar ! Notre actrice principale est arrivée complètement défoncée. On a été obligés de la virer et de lui trouver une remplaçante au pied levé.

— En plus, je me suis foulé une cheville en filmant, intervint Ben. J'ai boité pendant plusieurs semaines. À croire que notre projet était maudit dès le départ.

À l'écran, une jolie blonde au jean taché de boue courait à travers une forêt obscure. Malgré l'absence de musique, la tension transparaissait dans son expression paniquée et dans sa respiration saccadée. Elle jeta un coup d'œil par-dessus son épaule. Le faisceau d'une lampe torche éclaira alors ses traits, et ses lèvres se retroussèrent dans un rictus terrifié.

Sans transition, l'image enchaîna sur la même jeune fille paisiblement endormie dans une chambre au décor de bonbonnière. Un sous-titre indiquait : *Une semaine plus tôt.*

— La première scène dans les bois était ce qu'on appelle un *flash-forward*, expliqua Amber. En remontant le temps, on va découvrir comment l'héroïne, Anna, s'est retrouvée dans cette situation.

Suivit un panoramique sur les élèves de la classe d'Anna : deux filles qui pouffaient et se faisaient passer des petits mots en cachette ; un grand costaud à l'air débile, portant la veste de l'équipe de football du lycée, qui bâillait, avachi sur sa chaise ; un garçon fluet, au teint blafard, qui prenait consciencieusement des notes… Puis la caméra pivota lentement vers le tableau et s'arrêta sur le professeur.

Jane comprit au premier coup d'œil pourquoi Cassandra avait choisi cet acteur pour le rôle : avec ses cheveux blonds clairsemés, son visage rond et poupin, ses lunettes cerclées de métal, il était le portrait craché du jeune Martin Stanek.

— C'est lui, M. Kong ? demanda-t-elle.

— Peut-être… ou peut-être pas, répondit Travis avec un sourire espiègle. Pour le savoir, vous allez devoir regarder jusqu'à la fin.

Les lycéens sortaient à présent de cours et se dirigeaient vers leurs casiers en bavardant. Tous les personnages types des films d'horreur pour adolescents étaient là : le footballeur idiot, la fille timide et effacée, le geek, la pom-pom girl au caractère de peste, la brune avec la tête sur les épaules… Cette dernière, comme toujours, serait la seule survivante.

Vingt minutes plus tard, la brune n'avait plus du tout la tête sur les épaules : le tueur l'avait décapitée d'un coup de hache.

La scène, filmée au ralenti, était un festival d'effets gore : le sang giclait, le crâne volait à travers les airs… Jane remua sur son coussin, mal à l'aise. Pas étonnant qu'elle ait détesté le cinéma d'épouvante : il lui rappelait trop son travail. Le corps sans tête étendu parmi les arbres lui évoquait celui d'une jeune femme de Dorchester que son petit ami avait décapitée dans sa baignoire sous l'emprise du crack. Ce meurtre-là était bien réel, mais au moins elle n'avait pas eu à y assister et savait à quoi s'attendre quand elle avait débarqué sur la scène de crime. Le plus souvent, un collègue déjà sur place l'appelait pour la prévenir d'un ton sinistre que c'était « pas beau à voir ». Ça lui laissait le temps de se préparer au spectacle et au comité d'accueil composé d'agents en uniforme curieux de voir ce qu'elle avait « dans le ventre ». Jusque-là, elle ne leur avait jamais donné la satisfaction de flancher devant eux.

Elle coula un regard vers les trois cinéastes. L'horreur était leur fonds de commerce. À leurs yeux, le meurtre était « fun ». Pour elle, c'était toujours une tragédie.

À l'écran, le tueur n'était qu'une silhouette sans visage, penchée au-dessus du corps de la jeune fille brune. Une bêche s'enfonçait dans la terre, puis la tête tranchée décrivait un arc dans la nuit avant de retomber dans la fosse fraîchement creusée.

Ben sourit à Jane :

— Celle-là, vous ne l'aviez pas vue venir, hein ?

— Non, murmura-t-elle.

Quelles surprises lui réservait encore le film de Cassandra ? Son scénario offrait des similitudes troublantes avec la réalité : cinq victimes potentielles, une succession de mises en scène macabres, un tueur qui exerçait sa profession auprès d'enfants ou d'adolescents… Cassandra avait-elle eu la prescience de son destin funeste et de celui des autres témoins du procès de l'Apple Tree ?

Un quart d'heure plus tard, M. Kong frappait de nouveau. Sans surprise, il trancha le cou musculeux du footballeur. Jane ne fut pas plus étonnée quand la pom-pom girl y passa également, dans une explosion de matière grise et d'hémoglobine. Les amateurs du genre éprouvaient un plaisir coupable à voir massacrer les clones des caïds et des garces qui leur avaient pourri la vie au lycée.

Travis se tourna vers Jane :

— Comment trouvez-vous le film jusqu'ici ?

— Euh… c'est prenant, admit-elle.

— Vous avez deviné l'identité de M. Kong ?

— C'est lui, bien sûr, répondit Jane en désignant le sosie de Martin Stanek.

Accroupi dans un placard sombre, celui-ci épiait les toilettes des filles à travers une fente. De l'autre côté du mur, la lycéenne timide relevait sa jupe pour ajuster son collant sous le regard lubrique du professeur.

— Il est complètement tordu, ajouta-t-elle.

— Oui, mais est-ce lui, l'assassin ?

— À part les jeunes et leurs parents, je ne vois pas d'autres suspects.

Travis sourit :

— Ce qui paraît évident n'est pas toujours vrai, inspectrice. On ne vous a pas appris ça à l'école de police ?

Jane tressaillit quand le sang gicla sur le mur du placard. Le professeur voyeur s'écroula, une hache plantée dans le crâne, et la silhouette du véritable tueur s'avança alors dans la lumière, coiffée d'un bonnet orné de perles en argent.

— Surprise, hein ? dit Travis. C'est le b.a.-ba du film d'horreur : l'assassin est toujours la personne qu'on soupçonne le moins.

Jane saisit son portable et appela Frost.

— On fait fausse route depuis le début, lui annonça-t-elle de but en blanc. La clé de l'affaire, ce n'était pas l'Apple Tree ni les Stanek. (Elle dirigea son regard vers l'écran où Anna, terrifiée, courait à travers bois pour échapper à un tueur enfin doté d'un visage.) La clé, enchaîna-t-elle, c'est Lizzie DiPalma.

Après la disparition de sa fille, Arlene DiPalma était demeurée dans la même maison pendant dix-sept ans. Peut-être entretenait-elle l'espoir de voir Lizzie en franchir un beau jour le seuil, comme si de rien n'était. Ou alors, la perte de son unique enfant l'avait enfermée dans un chagrin qui l'empêchait d'accepter la moindre évolution. Mais, deux ans auparavant, un changement brutal était survenu dans sa vie : son mari s'était effondré devant elle, foudroyé par une attaque.

Son veuvage avait agi sur elle comme un électrochoc. Un an plus tard, elle quittait Brookline pour East Falmouth, sur la côte sud du cap Cod.

— J'ai toujours rêvé de vivre au bord de la mer, avoua-t-elle à Jane et Frost. J'ignore pourquoi j'ai attendu si longtemps. Peut-être me trouvais-je trop jeune pour vivre en résidence seniors. Et pourtant… (Elle dirigea son regard vers la baie vitrée donnant sur le détroit de Nantucket, dont les eaux étaient d'un gris menaçant sous un ciel chargé de nuages.) J'avais quarante ans à la naissance de Lizzie, précisa-t-elle. Ça faisait de moi une vieille maman.

Elle en avait à présent soixante-neuf, calcula Jane, et chacune de ces années était gravée sur son visage. Le chagrin accélère le passage du temps, blanchit les cheveux, ramollit les chairs. Une photo d'Arlene en jeune mariée trônait sur la cheminée. De même que sa fille, Lizzie, cette jolie femme au teint frais avait disparu depuis longtemps.

Arlene s'assit en face des deux visiteurs.

— Je pensais que la police avait oublié Lizzie, dit-elle. C'est pourquoi j'ai été très étonnée quand vous m'avez appelée ce matin. Pour être franche, j'ai cru que vous alliez m'annoncer que vous l'aviez enfin retrouvée.

— Navrée de vous décevoir, madame DiPalma, s'excusa Jane.

— Il ne s'éteint jamais, vous savez.

— Quoi donc ?

— L'espoir. Après toutes ces années, je ne peux toujours pas me défaire de l'idée que quelqu'un la retient prisonnière dans sa cave, comme ces gamines de l'Ohio. Ou comme cette pauvre Elizabeth Smart, trop terrifiée pour échapper à ses ravisseurs. Tout ce que je souhaite, c'est qu'elle ait été enlevée par quelqu'un en mal d'enfant. Si la mémoire lui revient un jour, peut-être m'appellera-t-elle. C'est possible, non ? acheva Arlene dans un murmure.

— C'est possible, oui.

— Mais vous me dites qu'on a tué quatre jeunes gens ? Comment pourrais-je garder l'espoir après ça ?

Frost se pencha vers Arlene et lui pressa la main.

— Tant qu'on n'a pas retrouvé le corps de Lizzie, lui dit-il, rien ne permet d'affirmer qu'elle est morte.

— Mais vous pensez que c'est le cas, pas vrai ? Mon mari lui-même en était persuadé. Moi, j'ai toujours refusé de me résigner. Vous avez des enfants, monsieur ?

— Non, répondit Frost. Mais l'inspectrice Rizzoli, oui.

Arlene se tourna vers Jane :

— Garçon ? Fille ?

— Une petite fille de trois ans. À votre place, madame DiPalma, je n'aurais pas cessé d'espérer non plus. Une mère ne renonce jamais. C'est pour ça que je veux découvrir ce qui est arrivé à Lizzie. Pour que vous ne viviez plus dans l'incertitude.

Arlene se redressa :

— En quoi puis-je vous être utile ? demanda-t-elle.

— Quand Lizzie a disparu, il y a vingt ans, on a soupçonné Martin Stanek. Il a été condamné pour des agressions sexuelles, mais on n'a pas pu prouver sa culpabilité dans l'enlèvement de votre fille.

— La procureure en chef m'a dit qu'elle avait fait son possible.

— Vous avez assisté au procès ?

— Oui, bien sûr. Comme la plupart des parents dont les enfants fréquentaient l'Apple Tree Center.

— Donc, vous étiez là quand Martin Stanek a été appelé à la barre.

— J'espérais qu'il avouerait enfin ce qu'il avait fait à Lizzie.

— Vous pensez que c'est lui qui l'a enlevée ?

— Tout le monde le croyait. La police, l'accusation…

— Et les autres parents ?

— Ceux d'Holly, en tout cas, en étaient convaincus.

— Parlez-moi d'Holly Devine. Quel souvenir gardez-vous d'elle ?

Arlene haussa les épaules :

— Rien de particulier. C'était une enfant plutôt jolie et discrète.

— Rien ne vous a jamais frappée chez elle ?

— Je ne la connaissais pas très bien. Elle avait un an de plus que Lizzie et n'était pas dans la même classe. Elles ne se fréquentaient pas. Pourquoi ces questions ?

— Holly Devine a découvert le bonnet de votre fille à bord du car. Elle a aussi été la première à accuser les Stanek. Elle est à l'origine de l'enchaînement qui a conduit à leur condamnation.

— Pourquoi ressortir tout ça maintenant ?

— Parce que nous nous demandons si Holly Devine a dit la vérité.

Cette éventualité – et ce qu'elle impliquait – parut stupéfier Arlene.

— Vous ne croyez tout de même pas qu'Holly a quelque chose à voir avec la disparition de ma fille ?

— Quelqu'un a évoqué cette possibilité.

— Qui ?

Une morte, pensa Jane. Cassandra Coyle, qui leur avait fait parvenir un message d'outre-tombe sous la forme d'un film. M. Kong n'était pas le professeur vers qui se portaient tous les soupçons. De même que Martin Stanek, il n'était qu'un bouc émissaire destiné à détourner l'attention du véritable assassin : la timide que personne ne remarquait.

Le b.a.-ba du cinéma d'horreur.

Arlene DiPalma secoua la tête :

— Non, je ne vois pas Holly faire du mal à Lizzie. Le garçon, à la rigueur, oui. Mais elle ?

Jane échangea un regard surpris avec Frost.

— Quel garçon ? voulut-elle savoir.

— Billy Sullivan. Lizzie le détestait. Ils n'étaient pas dans la même classe – il avait deux ans de plus qu'elle –, mais elle le connaissait assez bien pour l'éviter.

Jane se pencha vivement vers Arlene, tous les sens en alerte :

— Qu'est-ce que Billy a fait à votre fille, madame DiPalma ?

Arlene soupira :

— Au début, ça pouvait passer pour des taquineries comme on en voit dans toutes les cours de récréation. Les enfants sont parfois cruels entre eux, et Lizzie n'était pas du genre à se laisser faire. Plus elle se défendait, plus Billy se montrait méchant avec elle. Je suppose qu'il n'était pas habitué à ce qu'on lui résiste. Il la poussait pour la faire tomber, lui volait l'argent de son déjeuner… Mais il était trop malin pour agir devant témoin. Quand j'appelais sa mère pour me plaindre, elle refusait de me croire. Son Billy était un ange, un petit génie, et ma fille, une menteuse. Même le jour où Lizzie est rentrée à la maison avec la lèvre fendue, Susan a affirmé que son fils n'y était pour rien.

— Vous voulez parler de l'incident qui expliquait la présence de sang à bord du car ?

— Oui. Billy avait tendu le pied en travers du couloir pour faire trébucher Lizzie. Mais, là encore, c'était sa parole contre la sienne.

— Pourquoi rien de cela n'a été évoqué durant le procès ? s'étonna Frost.

— Ça l'a été, en partie. J'ai dit à la cour que Lizzie s'était fendu la lèvre, mais je n'ai pas précisé comment. La procureure, Erica Shay, était quand même furieuse contre moi. Elle m'a accusée de saper son travail. Elle était certaine que Martin Stanek avait enlevé ma fille.

— Vous le croyez toujours ?

— Je ne sais plus. Tout est tellement confus… Tout ce que je souhaite, c'est que ma Lizzie revienne, morte ou vivante.

Dehors, des flocons tournoyaient paresseusement au-dessus de l'océan. En été, il devait être agréable de s'étendre ou de bâtir des châteaux de sable sur la plage qui bordait celui-ci. Mais ce jour-là, le spectacle lugubre reflétait l'atmosphère qui régnait à l'intérieur.

Arlene se redressa péniblement et murmura :

— Personne ne m'avait jamais questionnée à propos de Billy. On aurait dit que tout le monde s'en fichait.

— Pas nous. Tout ce qui nous importe, c'est la vérité.

— La vérité, c'est que Billy Sullivan était un sale petit merdeux ! s'exclama Arlene, qui se tut un instant, apparemment surprise par son accès de colère. Désolée, mais ça devait sortir, reprit-elle. C'est ce que j'aurais dû dire à sa mère à l'époque, même si elle ne m'aurait pas crue. Personne n'a envie d'avoir engendré un monstre, mais parfois il faut être lucide. Quand un gosse prend plaisir à faire le mal, mentir, voler, et que ses idiots de parents ne voient rien… Vous avez rencontré Susan Sullivan ?

— Nous lui avons parlé après la disparition de son fils.

— Je ne voudrais pas médire de Susan alors qu'elle vient de perdre son enfant, mais elle avait une grosse part de responsabilité. Quoi que Billy fasse, elle trouvait toujours le moyen de l'excuser. Vous saviez qu'un jour il a écorché un bébé opossum pour s'amuser ? Lizzie m'avait confié qu'il aimait torturer des animaux. Il capturait des grenouilles dans la mare et leur ouvrait le ventre pour regarder battre leur cœur. S'il faisait ce genre de choses enfant, je n'ose imaginer quel homme il est devenu.

— Vous avez gardé des contacts avec Susan ?

— Seigneur, non ! Après le procès, je l'ai évitée – ou bien c'est elle qui m'évitait. J'ai entendu dire que Billy travaillait dans la finance. La carrière rêvée pour un petit fumier comme lui ! Grâce aux millions qu'il brassait, il a offert à Susan une grande maison à Brookline et une résidence secondaire au Costa Rica. Au moins, il prend soin de sa mère, dit Arlene, qui jeta un coup d'œil aux flocons qui tourbillonnaient derrière la fenêtre. Je devrais envoyer un mot à Susan pour lui dire que je compatis à son malheur, soupira-t-elle. Elle n'a pas pris la peine de m'écrire quand Lizzie a disparu, mais quand même… Après tout, elle a perdu son fils.

Jane et Frost se regardèrent. La même pensée venait de leur traverser l'esprit : Pas si sûr !

37

La maison de mon père baigne dans le parfum écœurant des lis. Je voudrais ouvrir les fenêtres pour renouveler l'air, mais il fait froid dehors. Ce ne serait pas courtois envers les trente-deux invités qui squattent le salon et la salle à manger, parlant à voix basse et pillant les plateaux de canapés. De temps en temps, l'un ou l'autre vient me presser la main ou me tapoter l'épaule. Bien que je me sente agressée, je les remercie d'un ton de circonstance et parviens à produire quelques larmes – question d'entraînement. Ce n'est pas que la mort de mon père me laisse indifférente. Il me manque sincèrement. C'était réconfortant de savoir que quelqu'un m'aimait sans réserve. Papa a sacrifié les quelques mois qu'il lui restait à vivre pour me protéger. Je doute que quiconque en fasse jamais autant pour moi… même si Everett Prescott ne ménage pas ses efforts.

Il ne m'a pas quittée d'une semelle depuis notre retour de l'église. Il remplit mon verre dès qu'il est vide, m'apporte de quoi grignoter… Ces attentions perpétuelles commencent à m'agacer, et j'aimerais qu'il me laisse un peu respirer. Quand je tente de me réfugier dans la cuisine, il me suit et reste à mes côtés pendant que je prépare une nouvelle assiette de fromage et de crackers.

— Je peux faire quelque chose pour t'aider, Holly ? demande-t-il. Ça doit te fatiguer de recevoir tous ces gens.

— T'inquiète, je gère.

— Veux-tu que je débouche d'autres bouteilles de vin ?

— Relax ! Ce sont juste les amis et les voisins de mon père. Il n'aurait pas aimé te voir stresser comme ça.

— Je regrette tant de ne pas l'avoir connu, soupire-t-il.

— Tu lui aurais plu. Il disait toujours : « Je me moque qu'un type soit riche ou pauvre du moment qu'il prend soin de ma fille. »

Everett esquisse un sourire.

— Je fais de mon mieux, dit-il.

Puis il s'empare du plateau de fromage et nous regagnons le salon, où tout le monde m'accueille avec des regards compatissants. C'est lassant, à la fin. Je regarnis les assiettes, redresse les fleurs dans les vases. Ces fichus lis me filent la nausée. Je ne peux m'empêcher d'inspecter les bouquets au cas où on y aurait glissé une palme, mais bien sûr il n'en est rien : Martin Stanek est mort. Il ne peut plus m'atteindre.

— Ton père a montré beaucoup de cran, me souffle Elaine Coyle. Nous lui sommes tous redevables. (Il y a quelques jours, son ex-mari, Matthew, est décédé après plusieurs semaines de coma. Néanmoins, Elaine affiche un air serein. Une assiette de canapés dans une main, un verre de vin dans l'autre, elle paraît très élégante dans la robe noire qu'elle portait à l'enterrement de sa fille.)

Si j'en avais eu l'occasion, j'aurais abattu moi-même ce salaud, me confie-t-elle encore. Et je ne suis pas la seule à penser ainsi, ajoute-t-elle en me désignant la femme près d'elle. Tu n'as pas oublié la mère de Billy ?

Susan Sullivan n'a pas changé depuis la dernière fois que je l'ai vue, il y a des années. Ses cheveux sculptés par la laque sont toujours aussi blonds et son visage aussi lisse qu'un masque. La richesse lui va bien au teint.

Nous échangeons une poignée de main.

— Merci d'être là, madame Sullivan.

— Ton père était un héros, Holly. Nous sommes tous sincèrement désolés.

Elaine lui presse le bras en murmurant :

— C'est très courageux à vous d'être venue, alors que Billy…

Susan grimace un sourire :

— Je souhaitais rendre hommage à l'homme qui a mis fin à ce cauchemar, dit-elle. Earl a réussi là où la police a échoué. Grâce à lui, tout est terminé.

Les deux femmes s'éloignent tandis que d'autres visiteurs s'avancent pour me présenter leurs condoléances. Je connais à peine la plupart d'entre eux. Je soupçonne que beaucoup ne sont venus que par curiosité : les journaux et les chaînes d'information ont ressassé l'histoire du justicier mort après avoir exécuté le violeur de sa fille.

Maintenant, plus personne n'ignore que j'étais une des victimes de l'Apple Tree Center. Tout le monde avait oublié cette affaire vieille de vingt ans, mais l'actualité l'a replacée sur le devant de la scène. En plus de la compassion, je lis de la gêne dans les regards que me jettent les uns et les autres quand je circule parmi eux.

Au lieu de courber la tête, je les fixe droit dans les yeux. À vrai dire, je n'ai pas souvenir d'avoir jamais éprouvé de la honte. En revanche, je sais comment doit se comporter une fille qui vient de perdre son père, aussi, je serre des mains, supporte des étreintes maladroites et acquiesce quand on me murmure : « Si tu as besoin de quoi que ce soit, n'hésite pas. » Je ne rappellerai aucun d'eux, ils le savent, mais c'est ce qu'il convient de dire dans ces circonstances. Chacun passe sa vie à prononcer les paroles qu'on attend de lui, parce qu'il ignore quoi dire d'autre.

Au bout d'une éternité, la maison finit par se vider. Je suis tellement épuisée que j'aspire juste à un peu de silence et de repos.

— Bon Dieu ! soupiré-je en me laissant tomber sur le canapé. Je meurs de soif !

Everett me sourit :

— Je peux arranger ça.

Il disparaît dans la cuisine et revient quelques minutes plus tard avec deux verres de whisky.

— Où as-tu dégoté ça ? demandé-je, étonnée.

— Au fond d'un placard.

Il éteint toutes les lampes, et je sens la pression se relâcher dans la clarté chaude du feu de cheminée.

— Un single malt de premier choix, reprend Everett. Ton père était un connaisseur.

— C'est marrant, je ne savais pas qu'il aimait le whisky.

Je bois une gorgée avec gratitude et sursaute en entendant un bruit de chasse d'eau.

— Apparemment, il reste encore quelqu'un, constate Everett.

Susan Sullivan émerge alors de la salle de bains et promène un regard embarrassé autour de la pièce désertée.

— Oh ! On dirait que je suis la dernière, dit-elle. Je vais t'aider à ranger, Holly.

— C'est gentil, mais on se débrouillera.

— Tu dois être fatiguée. Qu'est-ce que je peux faire ?

— Ne vous inquiétez pas pour moi. Pour le moment, on a juste besoin de se détendre.

C'est une manière polie de la mettre dehors, mais elle n'a pas l'air de comprendre. Everett propose alors :

— Ça vous dirait de boire un whisky avec nous ?

— Avec plaisir !

— Je m'en occupe.

— Ne bougez pas, j'y vais.

« Pardon ! » articule Everett tandis qu'elle se dirige vers la cuisine. J'aurais mauvaise grâce de lui faire des reproches : à l'évidence, Susan avait l'intention de s'incruster.

Elle revient bientôt avec un verre plein ainsi que la bouteille. Après nous avoir resservis, elle s'assied et le silence se prolonge.

— La messe était très réussie, dit enfin Susan en contemplant le feu. Je devrais en faire une pour Billy, mais je ne peux pas m'habituer à cette idée…

— Holly m'a dit ce qui était arrivé à votre fils, intervient Everett. Je suis désolé.

— Le problème, c'est que je ne parviens pas à faire mon deuil. Billy n'est pas mort, il a disparu. Or une mère ne cesse jamais d'espérer. (Elle boit une gorgée de whisky et grimace.) Avec lui, j'ai perdu ma raison de vivre.

— C'est faux, madame Sullivan ! Il faut vous accrocher.

Everett pose son verre presque vide sur le canapé et lui touche gentiment le bras. C'est naturel, chez lui. Je devrais en prendre de la graine.

— Votre fils aimerait vous voir profiter de l'existence, vous ne croyez pas ? ajoute Everett.

Susan lui adresse un sourire triste.

— Billy me disait souvent : « On devrait déménager pour un endroit où il fait chaud. Quelque part où il y a la mer. » Nous avions mis de l'argent de côté pour nous installer au Costa Rica. Peut-être devrais-je faire ça. Prendre un nouveau départ, loin de mes souvenirs…

J'ai la tête qui tourne un peu. Pourtant, j'ai à peine bu quelques gorgées. Je pousse mon verre en direction d'Everett, qui le saisit sans remarquer que ce n'est pas le sien.

— À moins que je n'aille au Mexique. Il y a plein de belles maisons à vendre là-bas, juste en bordure de plage.

Susan se tourne vers moi. Ses yeux luisent d'un éclat irréel à la lueur du feu.

— La plage…, murmure Everett d'une voix somnolente. Je rêve d'une longue sieste sur le sable.

— Seigneur ! s'exclame Susan en se levant. Il est tard, et vous êtes fatigués. Je vais vous laisser.

Tandis qu'elle boutonne son manteau, il me semble que la température s'élève subitement. Je jette un regard inquiet à la cheminée, mais seules de petites flammes dansent au-dessus des bûches. Elles sont si belles que je ne peux en détacher les yeux. Elles tremblotent quand la porte de la maison provoque un courant d'air en se refermant. Je ne m'étais pas aperçue que Susan avait quitté la pièce.

— J'ai de la peine pour elle, marmonne Everett. C'est terrible de perdre son enfant.

— Tu ne connaissais pas son fils…

Je fixe toujours les flammes. Elles paraissent pulser au rythme de mon cœur, comme si on était liées, elles et moi. Je suis le feu, et réciproquement. Je baisse les yeux vers mes mains. Mes doigts brillent et émettent des rayons dorés qui se déploient en direction de la cheminée. Quand je les bouge, les flammes dansent telles des marionnettes actionnées par des fils. Ce n'est pas normal.

Je secoue la tête et tente de me concentrer, mais les fils, au lieu de disparaître, se mettent à tournoyer dans la pénombre. Posée sur la table basse, la bouteille de whisky reflète la lumière du feu. Je ne parviens pas à déchiffrer l'étiquette. Je revois Everett sortir de la cuisine avec deux verres remplis d'un liquide ambré. J'ai pris celui qu'il me tendait sans réfléchir. Je n'ose pas le regarder de peur qu'il ne lise mes soupçons sur mon visage. Luttant contre le brouillard qui menace d'envahir mon esprit, je me rappelle les circonstances de notre rencontre dans un café proche d'Utica Street, la nuit où on avait tué Cassandra. Il disait avoir rendez-vous avec des amis pour dîner. Et s'il avait menti ? S'il avait tout planifié jusqu'à cet instant ? Je repense à la bouteille de vin qu'il m'a apportée et que je n'ai toujours pas débouchée, à la façon dont il buvait mes paroles quand je partageais avec lui tous les détails de l'enquête policière.

Qu'est-ce que je sais d'Everett Prescott, au juste ?

Mes membres s'engourdissent. Je dois réagir tant que mes jambes m'obéissent encore. Je me lève, titube et m'écroule. Ma tête heurte le coin de la table. La douleur dissipe le brouillard et tout m'apparaît avec une clarté aveuglante. La porte de la maison se referme alors avec un bruit sourd, et un souffle d'air frais balaie la pièce. Des pas font craquer le plancher et s'arrêtent près de moi.

— Regardez qui voilà ! La petite Holly Devine, toujours bonne à créer des problèmes.

Je lève les yeux vers l'homme penché au-dessus de moi. Celui qui m'a harcelée pendant des années, et qui est censé pourrir dans une tombe anonyme. Quand les policiers m'ont dit que Martin Stanek avait tué Billy, je les ai crus. J'aurais pourtant dû savoir que les types comme lui sont indestructibles. J'ai eu beau me cacher, changer de nom, il a fini par me retrouver.

— Et le petit ami ? demande une deuxième voix qui me cause un second choc.

— Il est inconscient, répond Billy. Il ne nous gênera pas.

Le visage de Susan apparaît dans mon champ de vision. Debout près de son fils, elle contemple son ouvrage. En tournant la tête, j'aperçois Everett, avachi sur le canapé. Il a l'air plus mal en point que moi. Il a fini mon verre en plus du sien. Moi qui n'ai bu que quelques gorgées, j'arrive à peine à bouger.

— Encore réveillée, Holly chérie ?

Billy s'accroupit et me fixe de ses yeux bleus. Quand j'étais petite, son regard m'hypnotisait. Je faisais tout ce qu'il attendait de moi, et les autres gosses aussi.

Tous, sauf Lizzie. Elle était la seule à l'avoir percé à jour. Le jour où il a approché une allumette enflammée du bébé opossum que nous avions trouvé dans la cour de récréation, c'est elle qui l'a obligé à la lâcher. La fois où il a pris l'argent d'un élève dans la poche de sa veste, elle l'a traité publiquement de voleur. Ça le rendait furieux. Or on ne mécontente pas quelqu'un comme Billy Sullivan sans en subir les conséquences. Il patiente des mois, voire des années, mais il finit toujours par se venger.

À moins de passer un marché avec lui.

Je parviens à articuler :

— Pourquoi ?

— Parce que tu es la seule à savoir.

— Je n'ai jamais rien dit. Je te l'avais promis.

— Tu me crois assez bête pour prendre ce risque ? La journaliste, celle qui écrit ce foutu bouquin, a parlé à Cassandra. Je ne veux pas qu'elle te parle, à toi.

— Il n'y avait que moi ce jour-là. Personne n'a rien vu.

— Mais toi, tu sais. (Il s'approche et me murmure à l'oreille :) Tu as bien capté les messages que je t'ai fait passer ?

Billy se doutait que les trois autres morts m'alerteraient et que je remarquerais les indices qu'il avait semés : la palme devant les ruines de la maison de Sarah, les flèches plantées dans la poitrine de Tim, les yeux de Cassandra… L'allusion était transparente : « Si tu révèles notre secret, tu subiras le même sort qu'eux. »

Comme Liévin, le saint célébré le jour de mon anniversaire, à qui on a coupé la langue pour l'empêcher de parler.

Pendant toutes ces années, j'ai gardé le silence sur ce qui est arrivé à Lizzie, mais ma promesse ne suffit plus à Billy. À cause de cette foutue journaliste, la vérité menace d'éclater, et il fera tout pour l'éviter.

Susan intervient :

— Cette fois, ça doit avoir l'air d'un accident, Bill. Pas question d'éveiller les soupçons.

— Je sais, dit Billy, qui se relève et se tourne vers Everett, toujours inerte. En plus, ils sont deux, ajoute-t-il. Ça complique la mise en scène. (Son regard tombe alors sur la cheminée, où les flammes achèvent de ronger une bûche.) Ces vieilles baraques, ça brûle en un rien de temps, fait-il d'un ton songeur. Dommage que ton père n'ait pas mieux entretenu son détecteur de fumée, Holly.

Il tire une chaise sous celui-ci et en ôte les piles avant de jeter une brassée de bois dans l'âtre.

— J'ai une idée, lance Susan. Quand on est fatigué et alcoolisé, on va se coucher, non ?

— Lui d'abord !

Les chaussures d'Everett raclent le sol pendant qu'ils le traînent vers la chambre. Quand on découvrira nos corps carbonisés sur le lit, on conclura à un accident tragique dû à la négligence.

Le bois a ranimé les flammes, qui rugissent dans l'âtre. La chaleur me donne la sensation que le feu roussit mes cheveux et consume ma chair. Non ! Je refuse de mourir ainsi ! Aiguillonnée par une poussée d'adrénaline, je commence à ramper en direction de la porte. Mais Billy et Susan sont déjà de retour. Des mains me tirent en arrière, et mon visage s'écrase sur le socle de la cheminée. Ma joue enfle instantanément. Je vais avoir un bleu énorme, mais personne ne le verra. Je suis trop faible pour résister tandis que Billy me traîne le long du couloir.

Sa mère et lui me hissent sur le matelas à côté d'Everett.

— Déshabillons-les, propose Susan.

Ils m'ôtent mon pantalon, mon chemisier et mes sous-vêtements avant d'en faire autant avec Everett. Cet effeuillage morbide achevé, Susan jette nos habits sur une chaise et nos chaussures en vrac sur le sol. Puis elle considère le tableau qu'Everett et moi formons, nus sur le lit, et quitte la pièce. Elle revient bientôt avec deux bouteilles de vin vides, deux verres et des bougies, le tout enveloppé dans des serviettes. Elle dispose ces éléments sur la table de chevet avec la minutie d'un décorateur de plateau. Quand les bougies mettront le feu aux rideaux, Everett et moi dormirons d'un sommeil profond, assommés par l'alcool et le sexe. Les flammes détruiront les indices – empreintes, fibres, cheveux, traces de kétamine. Mon corps sera réduit en cendres, comme celui de Sarah, et j'emporterai dans la mort le secret de la disparition de Lizzie DiPalma.

Je sais ce qui lui est arrivé parce que j'étais là, dans les bois, ce fameux samedi d'octobre.

Les feuilles s'agitaient et chatoyaient dans les arbres, et des brindilles craquaient tels de minuscules os sous nos pas. Je revois Billy planter sa bêche dans la terre pour creuser une tombe.

Susan quitte de nouveau la chambre. Billy s'assied alors sur le lit près de moi et caresse ma poitrine nue.

— Voyez-vous ça, glousse-t-il en me pinçant le téton. La petite Holly a bien grandi !

Je m'efforce de ne pas bouger malgré le dégoût qui raidit mes muscles. L'effet de la kétamine se dissipe déjà. Billy ignore que je n'ai bu que deux gorgées du whisky drogué par Susan. C'est Everett qui a terminé mon verre et ingéré presque toute la dose. Il a les yeux ouverts et marmonne vaguement, mais moi seule suis capable de me défendre.

— Tu as toujours été spéciale, poursuit Billy. On aurait fait une sacrée équipe.

Quand sa main descend vers mon ventre, je réprime un frisson et murmure :

— Je ne suis pas comme toi.

— Oh, mais si ! Dans le fond, toi et moi, on est semblables. On sait ce qui compte vraiment. Tout ce qui importe, c'est nous. C'est pour ça que tu as gardé le silence pendant toutes ces années. Parce que si tu avais trahi notre secret, tu aurais dû en subir les conséquences et ça aurait fichu ta vie en l'air.

— Bon Dieu, je n'avais que dix ans !

— Tu étais assez âgée pour savoir ce que tu faisais. Je t'ai donné la pierre et tu l'as frappée, toi aussi. Nous l'avons tuée ensemble.

Le contact de sa paume sur ma cuisse me répugne tellement que j'ai du mal à ne pas réagir.

— Je ne trouve pas de sacs en plastique, lance Susan depuis le seuil.

Billy se retourne vers elle :

— Tu as regardé dans la cuisine ?

— Il n'y a que des sacs de supermarché. Trop fragiles.

— J'arrive !

Billy et sa mère sortent. C'est maintenant ou jamais !

En rassemblant mes dernières forces, je me traîne jusqu'au bord du matelas et bascule dans le vide. J'atterris sur le sol avec un bruit sourd. Billy et Susan l'ont sûrement entendu depuis la cuisine. Je ne dispose que de quelques secondes avant qu'ils reviennent. En tâtonnant sous le lit, je trouve mon sac. Avec le monde qu'il y avait cet après-midi, j'avais préféré le cacher. Je connais les gens : même une maison frappée par un deuil n'est pas à l'abri d'un opportuniste. Je tire sur la lanière pour le rapprocher et plonge la main dedans.

— Elle est tombée ! crie Susan, dressée au-dessus de moi et me toisant d'un air mécontent. On ne peut pas la laisser là, ajoute-t-elle. Elle serait capable de ramper jusqu'à la porte et de s'enfuir.

— Autant en finir tout de suite, dit Billy. On va faire ça à l'ancienne.

Il saisit un oreiller et s'accroupit près de moi. Everett gémit, mais ni Billy ni sa mère ne lui prêtent attention. Tout ce qui leur importe, c'est de me tuer. Je ne sentirai pas la morsure des flammes. Quand la chambre s'embrasera, je serai déjà morte.

— Je n'ai pas le choix, Holly chérie, soupire Billy. Comprends-moi : je ne peux pas te laisser tout gâcher.

Il pose l'oreiller sur mon visage et appuie. Comme je me débats, Susan se jette sur moi et pèse de toutes ses forces sur mes jambes. Je cherche désespérément l'oxygène et ne parviens qu'à inhaler un mélange de coton et de polyester.

— Tu vas mourir, bordel ? gronde Billy.

L'engourdissement gagne mes membres. Je cesse de lutter. Je ne sens plus que la pression de l'oreiller et le poids de Susan. Mon bras droit est toujours sous le lit, la main glissée dans mon sac.

Dans un éclair de lucidité, je comprends ce que je tiens. Je l'emportais partout depuis que l'inspectrice Rizzoli m'avait mise en garde contre Martin Stanek. Nous avions tort, elle et moi. Celui qui me traquait dans l'ombre et feignait d'être mort pour mieux disparaître ensuite, c'était Billy.

Pas moyen de viser. C'est ma dernière chance d'agir avant que l'obscurité ne m'engloutisse. Alors, j'extrais le pistolet du sac, j'applique le canon contre Susan et je fais feu.

Une détonation éclate. Billy s'écarte brusquement, relâchant la pression sur mon visage. J'avale une gorgée d'air et mon esprit s'éclaircit.

— Maman ? hurle Billy. *Maman !*

Susan n'est plus qu'un poids mort en travers de mes cuisses. Billy la tire à lui et elle heurte le sol avec un bruit mat. Je repousse l'oreiller et aperçois Billy penché au-dessus de sa mère. Les mains plaquées sur sa poitrine, il tente d'arrêter l'hémorragie, mais le sang continue de jaillir.

Susan lui effleure la joue.

— Va-t'en, chéri, murmure-t-elle. Laisse-moi.

— Maman, non !

Le bras de Susan retombe, barrant la figure de Billy d'une traînée écarlate.

Je tremble si fort que la deuxième balle atteint le plafond et fait sauter un morceau de plâtre.

Billy m'arrache le pistolet. La fureur déforme ses traits et ses yeux flamboient. Il avait le même visage, dans les bois, au moment d'abattre une pierre sur le crâne de Lizzie DiPalma. Pour me protéger, je me suis tue pendant vingt ans, mais l'heure du châtiment a sonné. Quand on conclut un pacte avec le diable, on perd son âme.

Le canon pivote vers moi.

Une série de déflagrations, tellement rapprochées que je n'ai pas le temps de les compter, me fait sursauter. Je ferme instinctivement les yeux. Quand le silence revient, mes oreilles bourdonnent, mais je ne ressens aucune douleur. Pourquoi ?

— Holly ? Holly !

On me secoue par les épaules. En rouvrant les paupières, je vois le visage inquiet de l'inspectrice Rizzoli au-dessus de moi.

— Vous êtes blessée ? me demande-t-elle d'un ton pressant. Dites quelque chose !

Un murmure franchit mes lèvres :

— Billy…

J'essaie de m'asseoir, mais mes muscles ne répondent pas et j'avais oublié que j'étais nue. Je sais juste que je suis toujours en vie, même si j'ignore comment c'est possible. L'inspecteur Frost étale sa veste sur mon torse. Je la serre sur ma poitrine en grelottant à cause du contrecoup. Susan est étendue près de moi, les yeux vitreux, le bras tendu dans un effort ultime pour atteindre son fils. Leurs doigts ne se touchent pas tout à fait, mais leurs sangs se mêlent et les raccordent l'un à l'autre.

La mère et le fils, à jamais unis dans la mort.

38

— Le film de Cassandra Coyle contenait un indice capital, expliqua Jane. Dommage que je n'aie pas pu le voir plus tôt !

— Je pensais que c'était un simple film d'horreur, dit Maura, accroupie près des cadavres de Billy et Susan Sullivan. Qu'est-ce qui te faisait croire que tu y trouverais la clé de l'énigme ?

Jane baissa les yeux et distingua des fils d'argent dans la chevelure lisse et soyeuse de son amie. Nous vieillissons au même rythme, songea-t-elle. Elle et moi, nous avons trop côtoyé la mort. Quand déciderons-nous que la coupe est pleine ?

— C'était un simple film d'horreur, acquiesça-t-elle. Mais inspiré d'un événement survenu dans l'enfance de Cassandra. Peu avant d'être assassinée, elle avait eu des réminiscences et confié ses regrets à Bonnie Sandridge : elle avait contribué à faire condamner des innocents. Incapable de partager ce secret honteux avec ses proches, elle avait choisi de l'évoquer dans un scénario à propos d'une disparition qui rappelle beaucoup celle de Lizzie DiPalma.

— C'est le sujet de *Monsieur Kong* ?

— Les ados de la fiction ignorent qu'il y a un monstre dans leur groupe. À la fin, le tueur se révèle être une fille coiffée d'un bonnet identique à celui de Lizzie. À travers ce détail, Cassandra cherchait à orienter les soupçons vers Holly Devine. Elle se trompait, mais elle avait raison au moins sur un point : il y avait bien un monstre parmi les enfants de l'Apple Tree.

— Donc, Billy Sullivan a mis en scène son propre enlèvement ?

— Bien obligé : ces dernières années, il a volé des millions à ses clients pour les planquer sur un compte aux Caraïbes. Il va s'écouler plusieurs mois avant que les enquêteurs fédéraux ne parviennent à préciser le montant de ces détournements. Ils perquisitionnaient son bureau quand Frost et moi nous sommes pointés chez Cornwell Investments. En se débarrassant de son ancienne identité, Billy fuyait du même coup sa responsabilité dans la mort de Lizzie DiPalma, il y a vingt ans.

— Il avait à peine onze ans !

— D'après Arlene DiPalma, c'était déjà une belle petite ordure. On n'a jamais retrouvé Lizzie parce qu'on n'a pas creusé au bon endroit. Maintenant, on sait où la chercher.

Maura se releva.

— Tu connais la procédure, dit-elle. En plus, ce n'est pas ta juridiction.

Jane jeta un coup d'œil à l'inspecteur de Brookline qui attendait dans le couloir, son portable collé à l'oreille. Son expression renfrognée présageait une lutte de territoire acharnée et des interrogatoires interminables.

— Je sais, soupira-t-elle.

— En tout cas, reprit Maura en se dépouillant de ses gants, ton tir était parfaitement justifié. Et tu as un témoin pour attester que tu lui as sauvé la vie. À ce propos, comment va Holly ?

— Elle était pas mal secouée quand l'ambulance l'a emmenée, mais je suis sûre qu'elle s'en remettra. Il en faudrait beaucoup pour l'abattre.

Jane songea au calme stupéfiant que la jeune femme avait manifesté devant le danger. Quand Holly vous regardait, elle donnait l'impression d'étudier une espèce différente, comme si la nature humaine lui était étrangère.

— Elle t'a dit ce qui s'était passé ? demanda Maura.

— Dans les grandes lignes. Je devrais en savoir plus demain. Mais c'est assez clair, non ? ajouta Jane en considérant Susan et Billy. C'est l'histoire d'un gamin monstrueux et de sa mère qui lui pardonnait tout. Elle l'a même aidé à maquiller ses crimes !

— Tu m'as toujours dit que rien n'est plus puissant que l'amour d'une mère, Jane.

— Parfois, l'amour déraille. En voilà la preuve.

Jane prit une profonde inspiration. L'odeur trop familière du sang et de la violence planait dans l'air. Mais ce soir, il s'y mêlait un parfum de justice immanente qui lui procurait une satisfaction trouble.

Quand Jane pénétra dans la chambre d'hôpital d'Holly, le lendemain, la jeune femme achevait de déjeuner. Sa joue droite enflée et les ecchymoses sur ses bras témoignaient du combat féroce qu'elle avait livré la veille.

— Comment allez-vous ce matin ? s'enquit Jane.

— J'ai mal partout. Je dois être affreuse.

— Vous êtes vivante, c'est tout ce qui compte, déclara Jane, qui jeta un coup d'œil au plateau vide et ajouta : Je vois que cette histoire ne vous a pas coupé l'appétit.

Holly haussa les épaules :

— La nourriture est infecte. En plus, les portions sont minuscules !

Dans un éclat de rire, Jane approcha une chaise du lit et s'assit :

— Maintenant, vous allez me raconter ce qui s'est passé.

— Je vous ai déjà tout dit.

— Billy a admis avoir tué les autres ?

— Oui, et j'étais sa dernière cible.

— Il a aussi confessé le meurtre de Lizzie DiPalma ?

— Oui.

— A-t-il précisé où et comment il l'avait tuée ?

— Vous savez que c'est lui qui l'a fait. Ça ne vous suffit pas ?

— Malheureusement non, Holly. Mme DiPalma, la mère de Lizzie, ne trouvera pas la paix tant qu'on n'aura pas retrouvé le corps de sa fille. Billy n'a fait aucune allusion à l'endroit où il l'a caché ?

Holly ne répondit pas. Jane aurait payé cher pour lire dans ses pensées et percer son mystère. Mais le regard indéchiffrable de la jeune femme lui donnait l'impression de scruter les yeux d'un chat : deux joyaux verts énigmatiques.

— Je ne me rappelle pas, dit-elle. La drogue m'a embrouillé l'esprit. Désolée.

— Les souvenirs vous reviendront peut-être.

— Si c'est le cas, je vous le ferai savoir. Mais pour le moment, je suis fatiguée. Je voudrais dormir.

Jane se leva.

— Je repasserai, dit-elle. Nous aurons besoin d'un témoignage détaillé quand vous vous sentirez mieux.

— Bien sûr. Je n'arrive pas à croire que c'est terminé, soupira Holly.

— Pourtant, cette fois, ça l'est vraiment.

Sauf pour Arlene DiPalma. Billy Sullivan ayant emporté son secret dans la tombe, ils ne retrouveraient probablement jamais le corps de Lizzie.

Après avoir quitté Holly, Jane se dirigea vers la chambre d'Everett Prescott. Quand on l'avait chargé à bord de l'ambulance, la veille, il n'avait pu marmonner que quelques mots. L'effet de la kétamine s'étant dissipé, elle le trouva bien réveillé.

— Monsieur Prescott ? Je peux entrer ?

Il cligna plusieurs fois des yeux, comme s'il émergeait d'un rêve.

— Inspectrice Rizzoli. J'étais là la nuit dernière…

— Je me souviens très bien de vous. Merci de m'avoir sauvé la vie.

Jane prit une chaise et s'assit près du lit :

— C'était moins une. Vous souvenez-vous de quelque chose ?

— Des coups de feu. Puis je vous ai vus au-dessus de moi, votre coéquipier et vous. Ensuite, on m'a emmené à l'hôpital. C'était la première fois que je montais dans une ambulance.

Jane sourit :

— Espérons que ce serait aussi la dernière !

Il ne lui rendit pas son sourire, mais tourna son regard vers la fenêtre et le ciel d'un gris morne. Pour un homme qui avait frôlé la mort, il semblait moins soulagé que troublé par ce dénouement heureux.

— J'ai parlé au médecin, enchaîna Jane. Vous risquez d'avoir des flash-backs et de vous sentir un peu instable pendant un jour ou deux. Mais si vous ne reprenez pas de kétamine, les effets secondaires devraient rapidement se dissiper.

Everett Prescott eut un rire amer :

— Je ne consomme aucune drogue, justement pour éviter ce genre de désagrément.

Une silhouette mince et élancée, une allure soignée : il avait assurément l'air d'un homme qui menait une vie saine. La veille, ils s'étaient livrés à quelques recherches sur lui. Il travaillait comme architecte paysager dans un cabinet réputé. Un casier vierge – pas même une contravention pour stationnement dépassé. Si quelqu'un mettait en doute la pertinence du tir de Jane, Everett Prescott ferait un excellent témoin à décharge.

— Vous devriez sortir aujourd'hui, lui annonça-t-elle.

— C'est ce que m'a dit le médecin, oui.

— Nous aurons besoin d'un compte rendu détaillé des événements de la nuit dernière. Pourriez-vous venir demain au siège de la police ? Tenez, voici ma carte.

— Ils sont morts tous les deux. Alors, à quoi bon ?

— Ce qui importe, c'est la vérité, vous ne croyez pas ?

Il réfléchit et répéta à mi-voix :

— La vérité, oui…

— Je vous attendrai à Schroeder Plaza vers 10 heures, d'accord ? Si vous vous rappelez quelque chose d'ici là, notez-le par écrit.

Everett leva les yeux vers elle.

— Il y a bien quelque chose, dit-il. Quelque chose que vous devez savoir.

39

Everett a dit qu'il passerait prendre un verre.

Je ne l'ai pas revu depuis que nous avons quitté l'hôpital, il y a une semaine. Nous avions l'un et l'autre besoin de nous rétablir, et je devais régler des affaires urgentes : la lecture du testament de mon père, décider du devenir de Joe, qui est toujours au chenil, nettoyer la maison – en particulier la chambre –, répondre aux questions de la police… L'inspectrice Rizzoli m'a interrogée trois fois. On dirait qu'elle cherche à presser mon cerveau comme une éponge pour en extraire le moindre détail des événements de cette nuit fatidique. Je lui ai répété que je lui avais déjà tout dit, et elle semble enfin disposée à me fiche la paix.

On a sonné. Je vais ouvrir et trouve Everett sur le palier, une bouteille à la main. Pile à l'heure, comme d'habitude. Ce cher Everett, tellement prévisible… Mais un emballage aussi séduisant mérite qu'on ferme les yeux sur un défaut aussi minime. Ça ne fait pas de mal d'avoir un petit ami riche !

Il a l'air fatigué, presque éteint, et m'embrasse sans conviction sur la joue.

— Je débouche le vin ? proposé-je.

— Si tu veux.

C'est quoi, cette réponse ? Son manque d'enthousiasme m'agace. J'emporte la bouteille dans la cuisine. Debout près de moi, il me regarde tâtonner dans le tiroir à la recherche du tire-bouchon sans m'offrir son aide. Après ce que nous venons de vivre, il devrait avoir envie de faire la fête. Mais à voir sa tête, on croirait qu'il est en deuil.

Je remplis deux verres et lui en tends un. Le cabernet dégage un bouquet capiteux – Everett a dû le payer une blinde. Il boit à peine une gorgée et m'annonce :

— J'ai quelque chose à te dire.

Nom de Dieu ! J'aurais dû m'en douter. Il a l'intention de me larguer. Comment ose-t-il ? Je parviens à garder mon sang-froid et demande :

— Quoi donc ?

— L'autre nuit, dans la maison de ton père… je t'ai entendue parler avec Billy.

Je pose mon verre :

— Tu as entendu quoi, exactement ?

— Tout. La kétamine peut donner des hallucinations, mais ce n'en était pas. Je sais ce que vous avez fait à cette petite fille, lui et toi.

Je reprends mon verre, très calme, et bois une gorgée :

— Tu as tout imaginé, Everett. Tu n'as rien entendu.

— Si. Vous l'avez frappée avec une pierre. Tous les deux.

— Je n'ai rien fait.

— Ne mens pas, Holly.

— Nous n'étions que des gosses. Tu me crois capable de…

— Bordel ! Pour une fois, dis-moi la vérité !

Je repose brutalement mon verre :

— Qu'est-ce qui te donne le droit de me parler sur ce ton ?

— Mes sentiments. Parce que je t'aimais, Holly.

Ça, c'est la meilleure ! Parce qu'il a été assez bête pour tomber amoureux de moi, je devrais me montrer sincère avec lui ? Aucun homme n'a ce pouvoir sur moi.

— Je me suis renseigné, reprend-il. Lizzie DiPalma avait neuf ans quand elle a disparu. Un samedi après-midi, sa mère l'a vue quitter la maison coiffée d'un bonnet décoré de perles acheté à Paris. Deux jours plus tard, une autre fillette a retrouvé ce bonnet dans le car de l'Apple Tree Center, et les soupçons se sont immédiatement portés sur Martin Stanek. On l'a accusé d'avoir enlevé et assassiné Lizzie. Cette fillette, c'était toi, Holly. Mais tu n'avais pas vraiment trouvé le bonnet à bord du car, n'est-ce pas ?

— Tu n'as aucune preuve de ce que tu avances, lui répliqué-je d'un ton glacial.

— Billy t'a tendu une pierre pour que tu frappes Lizzie. Vous l'avez tuée ensemble, puis tu as gardé son bonnet.

— Une histoire abracadabrante, qui ne tiendra pas devant un tribunal. Tu étais shooté à la kétamine. Personne ne te croira.

Il me considère à présent avec dégoût :

— Tu pourrais montrer un peu de compassion pour Lizzie ou pour sa mère, qui a eu le cœur brisé. Mais non : « Ça ne tiendra pas devant un tribunal. » C'est tout ce que tu as à répondre ?

— C'est la vérité. Et d'abord, j'avais à peine dix ans. Tu n'as jamais fait de bêtises quand tu étais gosse ?

— Moi, en tout cas, je n'ai tué personne.

— Ça ne s'est pas passé comme ça.

— Tu as raison : ça ne tiendra jamais devant un tribunal. Alors, autant avouer. Je n'ai pas l'intention de te revoir, donc tu n'as rien à perdre.

Je le jauge du regard. En admettant que je lui dise la vérité, que pourrait-il faire ? Me balancer à la police ? Tout déballer à la presse ? Pas question de prendre ce risque !

— Pourquoi est-ce que je me confierais à toi ?

— Ça fait vingt ans que la mère de Lizzie espère le retour de sa fille. Tu pourrais au moins lui apporter la paix en indiquant l'emplacement du corps.

— Et foutre ma vie en l'air ?

Il secoue la tête.

— *Ta* vie ? C'est tout ce qui compte pour toi ? Bon sang ! Comment ai-je pu être aussi aveugle ?

— Tu ne crois pas que tu attaches trop d'importance à cette histoire ?

Je lève la main et lui caresse la joue, mais il s'écarte de moi.

— Ne me touche pas !

— Allons, Everett ! Tu l'as dit toi-même : il y a un truc spécial entre nous. Toi et moi, on s'éclate bien ensemble, non ? Alors, faisons comme s'il n'était rien arrivé.

— C'est bien ça, le problème, Holly : c'est arrivé et maintenant je sais ce que tu es vraiment.

Il me tourne le dos pour quitter la cuisine, mais je le retiens par le bras.

— Tu ne vas pas raconter tout ça à quelqu'un ?

— Tu comptes m'en empêcher ?

— Personne ne te croira. Je dirai que tu as abusé de moi, que tu m'as menacée.

— Tu en serais capable ?

— S'il le faut, oui.

— Rassure-toi, je ne raconterai rien à la police. C'est inutile : ils nous écoutent en ce moment même.

Je mets quelques secondes à comprendre ce qu'il veut dire. J'agrippe alors sa chemise et je tire d'un coup sec avant qu'il puisse réagir. Les boutons arrachés tintent sur le sol tandis que je découvre le micro fixé à sa poitrine par du ruban adhésif.

Je recule, tentant de me rappeler tous les mots que j'ai prononcés. Rien de ce que j'ai dit ne peut être interprété comme des aveux. Je passerai probablement pour une garce sans cœur, une manipulatrice, mais ça n'a rien de répréhensible. Il existe plein de gens comme moi – des banquiers, des P-DG, dont le succès récompense l'absence d'empathie. Eux et moi, nous ne faisons que suivre notre nature.

Everett ne peut pas comprendre. Il n'est pas des nôtres.

Sans un mot, il rabat sa chemise sur le micro. Je lis de la douleur et même du chagrin dans ses yeux. La femme qu'il croyait connaître et aimer n'était qu'une illusion. À présent, la véritable Holly se tient devant lui et elle lui fait horreur.

— Adieu, murmure-t-il avant de quitter la pièce.

Cette fois, je ne tente pas de le retenir. Bientôt, la porte de l'appartement se referme en claquant.

J'attrape mon verre et je le jette avec rage. Il vole en éclats contre le réfrigérateur et le vin tombe goutte à goutte sur le sol, comme du sang.

40

Deux mois plus tard

Depuis la terrasse de la maison de mon père, je remarque de l'agitation dans les bois. Une demi-douzaine de véhicules de patrouille et un fourgon de la police scientifique sont garés le long de Daphne Road, et un chien aboie au loin. Le dégel a suffisamment ramolli le sol pour qu'on puisse le creuser, mais ils ignorent où chercher et ont déjà perdu deux jours à passer au peigne fin la propriété où Billy Sullivan vivait enfant. À présent, ils ont entrepris de sonder la bande de forêt qui borde le jardin. Il y a vingt ans, les enquêteurs ont ratissé le terrain des Stanek, ainsi que la portion de route au bord de laquelle Billy avait abandonné la bicyclette de Lizzie. S'ils n'ont pas fouillé les abords de Daphne Road, c'est parce que Billy et moi avions orienté leurs soupçons vers un innocent. Tout le monde nous a crus : des gosses sont incapables d'imaginer un plan aussi tordu – du moins, c'est ce que pensent les adultes.

La sonnette retentit.

Je vais ouvrir et découvre l'inspectrice Rizzoli sur le perron. Elle porte des chaussures de randonnée, une veste maculée de boue, et des brindilles parsèment ses cheveux. Je ne l'invite pas à entrer.

— On trouvera le corps de Lizzie tôt ou tard, déclare-t-elle. Vous nous feriez gagner du temps en nous indiquant où chercher.

— Ça me rapporterait quoi ? Une médaille ?

— Un bon point ? Plus sérieusement, la satisfaction d'avoir bien agi, pour une fois ?

— On ne décerne pas de médaille pour ça.

— C'est tout ce qui compte pour vous ? Votre intérêt personnel ?

— Je n'ai rien à vous dire.

Je m'apprête à lui claquer la porte au nez, mais elle la retient.

— Je n'en ai pas fini avec vous, Holly.

— Je vous écoute.

— Cette histoire remonte à vingt ans. Vous n'étiez qu'une enfant, sans responsabilité pénale. Vous n'avez rien à perdre.

— Ni rien à gagner. Quelle preuve détenez-vous contre moi ? Le vague souvenir d'un témoin shooté à la kétamine ? L'enregistrement d'une conversation qui ne contient aucun aveu ? Je préfère m'en tenir au silence.

Ma logique est inattaquable : elle ne peut pas me forcer à coopérer. Qu'ils exhument ou non la dépouille de Lizzie, je suis intouchable, et elle en est consciente. Elle et moi, nous sommes comme les deux côtés d'une même pièce : coriaces, intelligentes, expertes en survie.

Mais elle attache trop d'importance aux choses et aux gens, et moi aucune.

Sauf quand il s'agit de moi.

— Vous ne vous en tirerez pas comme ça, reprend-elle. Je sais ce que vous avez fait.

Je hausse les épaules :

— Je suis différente, et alors ?

— Une foutue sociopathe, voilà ce que vous êtes !

— Ça ne fait pas de moi une criminelle. Je suis née ainsi. Certaines personnes ont les yeux bleus, d'autres courent le marathon. Moi, je sais ce qui est bon pour moi. C'est mon superpouvoir.

— Un jour, ça causera votre perte.

— Peut-être. Mais pas aujourd'hui.

Le grésillement de son talkie-walkie brise le silence qui s'est installé. Elle décroche l'appareil de sa ceinture et répond :

— Rizzoli.

— Le chien a flairé quelque chose, dit une voix d'homme.

— Vous voyez quoi ?

— Juste un tapis de feuilles. Mais le signal est précis. Vous voulez y jeter un coup d'œil avant qu'on commence à creuser ?

Rizzoli me tourne le dos et rejoint sa voiture. Je sais que nous nous retrouverons. Une longue partie d'échecs va nous opposer, et cet échange n'en était que l'ouverture. Ni elle ni moi n'avons encore pris l'avantage, mais chacune a pu jauger son adversaire.

Je regagne la terrasse et regarde vers Daphne Road. À travers les branches des arbres, j'aperçois de nouveaux véhicules. Au-delà de la route s'étendent les bois qui bordent l'ancienne maison de Billy. C'est là que le chien a décelé une odeur.

C'est là qu'ils trouveront le corps de Lizzie.

41

Son long séjour dans le sol avait décomposé les chairs de Lizzie DiPalma, ne laissant d'elle qu'un squelette en pièces détachées : une phalange par-ci, un tibia par-là… L'exhumation de la tête du cadavre dissipa les derniers doutes de Maura sur son identité. Tenant le crâne dans une main, elle brossa la mâchoire supérieure pour en ôter la terre et se tourna vers Jane.

— D'après la taille des incisives latérales, j'estime que la victime avait huit ou neuf ans, dit-elle.

— L'âge de Lizzie quand elle a disparu.

Maura posa délicatement le crâne sur une bâche et frotta ses mains gantées l'une contre l'autre :

— Je crois qu'on l'a retrouvée.

Les deux femmes restèrent un moment silencieuses à contempler l'excavation. Le corps était enterré à moins de trente centimètres de la surface, ce qui expliquait que le chien ait pu le flairer même après vingt ans. Deux enfants étaient parfaitement capables de creuser une tombe de cette profondeur – surtout Billy Sullivan, qui, à onze ans, était exceptionnellement grand et fort pour son âge.

Assez fort pour manier une bêche… et tuer une petite fille.

Maura continua à nettoyer le crâne, révélant une fracture de dépression sur l'os temporal gauche. Seul un coup porté à toute volée pouvait causer une telle lésion. Elle tenta de se représenter la scène : Lizzie étendue sur le sol, Billy soulevant une pierre et l'abattant violemment sur sa tête… Une pierre, l'instrument du premier meurtre de l'Histoire, celui d'Abel par Caïn.

— Holly a aidé Billy à tuer Lizzie, affirma Jane. Je le sais.

— Quelle preuve en as-tu ?

— Aucune, et ça me rend dingue ! Si nous appelons Everett Prescott comme témoin à charge, la défense invoquera la règle d'ouï-dire pour le récuser. Pire, il était drogué à la kétamine lorsqu'il a surpris la conversation entre Holly et Billy. Et quand nous l'avons envoyé chez elle équipé d'un micro, elle n'a rien avoué. Elle est trop maligne pour se trahir.

— Elle avait à peine dix ans à l'époque des faits. Peut-on vraiment la juger responsable ?

— Je ne crois pas que les gens changent. Un serpent ne devient pas un lapin en grandissant. Holly est restée un serpent et elle fera de nouvelles victimes… à moins qu'on ne l'arrête.

— Ce ne sera pas cette fois.

— En effet. Mais on aura rendu justice à Martin Stanek, même s'il ne le verra pas. On peut compter sur Bonnie Sandridge pour faire savoir au monde entier qu'il était innocent. (Jane coula un regard vers la maison d'Earl Devine, qu'on apercevait à travers les arbres, et murmura :) Parfois, j'ai l'impression que nous sommes entourés de monstres… Des monstres de l'espèce de Billy Sullivan et Holly Devine, qui n'attendent que l'occasion de nous trancher la gorge.

— C'est là que tu interviens, Jane. En nous protégeant de ces monstres.

— Le problème, c'est qu'ils sont trop nombreux et qu'il y a trop peu de gens comme moi.

— Tu as au moins réussi cela, dit Maura en désignant le petit crâne sur la bâche. La mère de Lizzie DiPalma va enfin retrouver sa fille.

Ce seraient de tristes retrouvailles, mais pas moins réelles que celles qui avaient émaillé cette enquête : Angela Rizzoli et Vince Korsak, Barry Frost et son ex-femme, Alice, tous réunis pour le meilleur ou pour le pire.

Et Daniel est revenu.

En vérité, il ne l'avait jamais quittée. C'était elle qui l'avait repoussé, croyant qu'elle devait mettre un terme à cette relation bancale, comme on ampute un membre malade, pour connaître enfin le bonheur. Mais la perfection n'existe pas, et surtout pas en amour.

Elle n'avait jamais douté des sentiments de Daniel. Il avait risqué sa vie pour elle. Quelle meilleure preuve d'attachement aurait-il pu lui donner ?

La nuit était déjà tombée quand Maura regagna sa maison ce soir-là. Les fenêtres illuminées semblaient lui souhaiter la bienvenue, et la voiture de Daniel était bien visible dans l'allée. Le chemin parcouru ensemble leur avait appris à ne plus se soucier du qu'en-dira-t-on. Elle avait cru pouvoir vivre sans lui. Elle avait confondu la résignation et le bonheur, alors qu'elle avait juste oublié à quoi ressemblait celui-ci.

Le spectacle de sa maison éclairée lui avait rendu la mémoire.

Je suis prête à être heureuse à nouveau, pensa-t-elle. Avec toi, Daniel.

Elle descendit de voiture, souriante, et marcha vers la lumière.

42

Le monde se partage entre les gens comme moi et ceux qui nous dénigrent parce que, contrairement à eux, nous ne versons pas des torrents de larmes aux enterrements ou devant un film triste. Pourtant, chez toutes ces bonnes âmes sommeille un opportuniste dépourvu de pitié, comme un double maléfique. C'est lui qui transforme de petits soldats en bourreaux, des voisins en délateurs, des banquiers en voleurs. Mais ça, aucun d'eux ne l'avouera : ils se croient tous meilleurs que moi, parce qu'ils pleurent et moi non.

Sauf en cas de nécessité.

Aujourd'hui, en tout cas, j'ai les yeux secs en contemplant l'endroit où on a exhumé le corps de Lizzie DiPalma. Ça fait une semaine que les flics ont remballé leur matériel et quitté les lieux. Le temps finira par effacer les dernières traces de leur passage – la terre remuée, le morceau de ruban jaune en plastique accroché à une branche. Le sol se couvrira de feuilles mortes, de nouveaux arbres pousseront et déploieront leurs racines, et dans quelques années, si personne n'intervient, plus rien ne distinguera ce petit coin de forêt de ce qui l'entoure.

Il retrouvera son aspect d'il y a vingt ans, quand Billy et moi y avons enseveli Lizzie.

Cet après-midi d'octobre, l'air sentait le feu de bois et l'humus. Billy avait apporté son lance-pierre et visait les oiseaux, les écureuils, tout ce qui avait le malheur de croiser son chemin. Il n'avait encore touché aucune cible et bouillait de frustration. Je le connaissais assez pour savoir qu'il devenait dangereux sous l'effet de la colère. Cependant, je ne le craignais pas, car je me reconnaissais en lui : lorsque je plongeais mes yeux dans les siens, j'y voyais ce qu'il y avait de pire en moi.

Il venait de manquer une nouvelle cible emplumée quand nous avons aperçu Lizzie sur la route. Elle portait un pull rose et le bonnet décoré de perles d'argent qu'elle avait rapporté de ses dernières vacances à Paris. Comme elle en était fière ! La semaine précédente, elle l'avait mis chaque jour pour aller à l'école, et chaque jour je l'avais regardée avec envie pendant la pause déjeuner. J'aurais donné tout ce que je possédais pour en avoir un pareil. Pour être aussi blonde, aussi jolie et douée pour me faire des amis que Lizzie. Ce n'était pas ma mère qui m'aurait fait un tel cadeau ! Elle aurait eu trop peur qu'il n'attire sur moi l'attention des garçons et qu'ils ne me fassent ce que son oncle lui avait fait. « La vanité est un péché, Holly. La jalousie aussi. Rappelle-toi le dixième commandement : "Tu ne convoiteras point les biens d'autrui." » Mais voici que Lizzie avançait dans notre direction, son bonnet emperlé planté sur sa jolie tête blonde. Elle ne nous avait pas vus au milieu des arbres et poussait sa bicyclette le long de la route en chantant comme si le monde entier l'écoutait.

Billy a armé son lance-pierre.

Le caillou a atteint la joue de Lizzie. Surprise, elle a crié et regardé autour d'elle. C'est alors qu'elle nous a repérés. Lâchant son vélo, elle a foncé vers nous en menaçant :

« T'aurais pas dû faire ça, Billy Sullivan ! Tu vas avoir de gros, *gros* ennuis ! »

Billy a de nouveau armé son lance-pierre.

« T'as pas intérêt à cafter, a-t-il grondé.

— Je vais me gêner ! Cette fois, tu… »

Le second caillou l'a touchée au front. Elle est tombée à genoux. Mais même blessée et aveuglée par le sang, elle n'a pas cédé. Elle a rassemblé une poignée de terre et l'a jetée au visage de Billy, qui a hurlé. Je me rappelle le frisson d'excitation qui m'a traversée quand il a laissé éclater sa fureur, ainsi que le bruit de son poing s'écrasant sur le nez de Lizzie. Ils ont roulé au sol, et Billy a pris le dessus.

Moi, tout ce qui m'importait, c'était le bonnet. Je me suis précipitée pour le ramasser. Avec ses centaines de perles scintillantes, il était plus lourd que je ne l'aurais cru. Il était un peu taché, mais je pourrais toujours le laver. Maman m'avait montré comment rincer mes draps à l'eau froide pour enlever le sang. J'ai enfoncé le bonnet sur ma tête et je me suis retournée vers Billy pour le lui faire admirer.

« Réveille-toi ! a-t-il aboyé, penché au-dessus de Lizzie. Allez, debout ! »

Il lui a donné un coup de pied, mais elle n'a pas bougé. J'ai contemplé le cuir chevelu lacéré de Lizzie et la flaque qui s'élargissait sur le sol.

« Qu'est-ce que tu lui as fait ? ai-je demandé.

— Elle allait nous dénoncer, a-t-il répliqué. Maintenant, elle ne dira plus rien. »

Puis il m'a tendu la pierre souillée par le sang de Lizzie et a ordonné :

« À ton tour !

— Quoi ?

— Toi aussi, tu dois la frapper.

— Et si je ne veux pas ?

— Alors, tu ne pourras pas garder son bonnet. Et tu ne seras plus mon amie. »

J'ai réfléchi. Le bonnet semblait fait pour ma tête ; je n'avais pas envie d'y renoncer.

Billy a insisté :

« Vas-y !

— Pourquoi ? Elle ne bouge plus.

— Frappe-la quand même ! » Il s'est approché et m'a murmuré à l'oreille : « Tu ne veux pas savoir quel effet ça fait ? »

Lizzie avait tellement saigné qu'on ne voyait pas si elle avait les yeux ouverts ou fermés. Un coup de plus ne changerait rien à son état.

« C'est facile, a ajouté Billy. Tu veux rester mon amie ? Alors, fais-le ! »

Je me suis accroupie près de Lizzie. Quand j'ai levé la pierre, une décharge électrique m'a parcourue. Je me sentais toute-puissante. Il ne tenait qu'à moi qu'elle vive ou qu'elle meure.

J'ai abattu la pierre sur sa tempe.

« Et voilà ! s'est exclamé Billy. Ce sera notre secret. Maintenant, tu dois me promettre que tu ne diras rien à personne. Jamais ! »

J'ai promis.

Ça nous a pris le reste de l'après-midi pour enterrer Lizzie. À la fin, j'étais couverte d'égratignures à cause des ronces et je m'étais meurtri le dos en tombant à la renverse sur un caillou pointu. Billy m'avait récompensée de mes efforts en m'accordant le bonnet, que j'ai glissé dans mon sac pour que ma mère ne le voie pas. Ce soir-là, après l'avoir nettoyé, je l'ai essayé devant la glace. Quand Lizzie le portait, les perles scintillaient tels de minuscules diamants, faisant ressortir le bleu cristallin de ses yeux. Les yeux qui me fixaient dans le miroir n'avaient pas le même éclat. En changeant de propriétaire, le bonnet avait perdu toute la magie que je lui prêtais.

Je l'ai fourré dans mon sac et n'y ai plus repensé.

Jusqu'au lundi suivant.

Entre-temps, tout le monde avait appris la disparition de Lizzie DiPalma. Notre institutrice, Mme Keller, nous a invités à la prudence, car un « méchant homme » rôdait peut-être dans le voisinage. Pendant la pause déjeuner, les autres filles évoquaient à voix basse les choses affreuses que les ravisseurs d'enfants faisaient à leurs victimes. Après l'école, la plupart des élèves regagnaient directement leur foyer où ils étaient couvés et dorlotés par leurs parents. Cet après-midi-là, nous n'étions que cinq à monter dans le car de l'Apple Tree. Un silence inhabituel régnait à bord quand mon sac a glissé de la banquette et heurté le sol avec un bruit sourd. Comme je ne l'avais pas fermé, son contenu s'est répandu dans l'allée centrale : mes livres, mes stylos… et le bonnet de Lizzie.

Cassandra Coyle a été la première à le remarquer.

« Hé ! s'est-elle écriée en le désignant du doigt. C'était à Lizzie ! »

J'ai ramassé prestement le bonnet.

« C'est à moi, ai-je marmonné.

— Non, c'est faux ! Tout le monde sait qu'il est à Lizzie ! Tu l'as trouvé où ? »

Les quatre autres gosses avaient les yeux rivés sur moi : Cassandra et Sarah, Timmy et Billy. Dans le regard de ce dernier brillait une lueur de menace.

« Par là, ai-je répondu en indiquant le fond du car. Coincé entre deux sièges. »

C'est ainsi que les soupçons se sont portés vers Martin Stanek, qui nous attendait fidèlement chaque après-midi à la sortie de l'école.

Il suffit de peu pour faire accuser un innocent : la parole d'un enfant, le bonnet d'une fillette disparue… C'est ainsi que Martin Stanek, vingt-deux ans, conducteur de car scolaire, s'est retrouvé condamné, et ses parents aussi.

Plus personne n'a douté de leur culpabilité après que j'eus montré aux médecins les égratignures et les ecchymoses que je m'étais faites en enterrant Lizzie dans les bois. Puis Billy a scellé leur sort en renchérissant sur mes accusations. Dès lors, les témoignages se sont enchaînés, de plus en plus extravagants.

En réalité, tout est parti d'un bonnet que je convoitais. En s'efforçant de reconstituer le puzzle, Cassandra a fait surgir de sa mémoire une image qui y était enfouie depuis presque vingt ans : moi à bord d'un car, tenant un bonnet qui ne m'appartenait pas.

Je lève les yeux vers les arbres qui bourgeonnent. On aperçoit déjà des touches de vert sur leurs branches.

Les autres sont tous morts. À présent, je suis la seule à connaître la vérité.

Non, pas tout à fait. L'inspectrice Rizzoli l'a devinée en partie, mais elle ne peut rien prouver.

Elle sait ce que j'ai fait, et elle m'a à l'œil. Je vais devoir me tenir à carreau. Jouer la fille parfaite, qui n'a jamais volé ni triché, qui traverse toujours dans les clous et paie ses impôts en temps et en heure. Faire semblant d'être une autre, au moins pendant un temps.

Car je suis ce que je suis, et elle ne pourra pas me surveiller éternellement.

Remerciements

Ma mère, qui avait émigré depuis la Chine, maîtrisait mal la langue anglaise. Mais elle comprenait parfaitement les films d'horreur américains, dont elle raffolait. Elle m'a légué son amour pour ce genre cinématographique. Petite fille, j'ai passé des moments merveilleux à crier d'effroi et d'excitation devant *Des monstres attaquent la ville*, *The Thing* ou *L'Invasion des profanateurs de sépultures*, pour ne citer que quelques-uns de mes titres préférés. Quand on m'a offert l'occasion d'écrire et de produire moi-même un long métrage, il a fallu que ce soit un film d'horreur, *Island Zero. Le Martyre des innocents* s'inspire en partie de cette expérience. Je remercie Mariah Klapatch, Josh Gerritsen, Mark Farney, mon mari, Jacob, tous les acteurs et les techniciens qui ont pris part à cette aventure. Nous avons déversé des litres d'hémoglobine, incendié volontairement une maison, passé des nuits blanches à écluser des bières, tout ça pour la bonne cause. Ce que j'ai écrit sur les fans de cinéma d'horreur est véridique : nous formons tous une grande famille heureuse et équilibrée. Vous pouvez me croire sur parole !

Je remercie également toutes les personnes grâce auxquelles *Le Martyre des innocents* a pu être publié : les collaborateurs de l'agence Jane Rotrosen, mes éditeurs Kara Cesare (pour les États-Unis) et Frankie Gray (pour le Royaume-Uni), Kim Hovey, Larry Finlay, Dennis Ambrose et son équipe de correcteurs, qui m'obligent à rester humble, ainsi que mes attachées de presse des deux côtés de l'océan, Sharon Propson et Alison Barrow. Ça a été un honneur de travailler avec vous tous !

Composition et mise en pages
FACOMPO, Lisieux

Imprimé en France par

MAURY IMPRIMEUR
à Malesherbes (Loiret)
en octobre 2021

POCKET - 92 avenue de France, 75013 PARIS

N° d'impression : 258108
S29308/01